그날 밤의 거짓말
Le menzogne della notte

Le menzogne della notte

그날 밤의 거짓말

제수알도 부팔리노 지음
김석희 옮김

섬앤섬

차
례

01 어디에서 · 7

02 누가, 왜, 어떻게 · 21

03 흥정 · 37

04 밤을 어떻게 보낼 것인가 · 53

05 학생의 이야기 —강에서 구출된 나르치소 · 71

06 천둥과 번개의 간주곡 · 99

07 남작의 이야기 · 115

08 지붕 위를 걷다 · 145

09 병사의 이야기 —뒤죽박죽 · 153

10 망나니의 방문 · 183

11 시인의 이야기 —눈먼 수탉 · 197

12 주사위 승부 · 227

13 문제의 해결사 · 239

14 비둘기가 나르고 사냥꾼이 발견한 문서 · 255

옮긴이의 덧붙임 · 269

1
어디에서

먹는다 해도 그저 입에 대는 시늉만 하거나, 아니면 아예 먹지를 않았다. 눈치 빠른 간수가 나름대로 신경을 써서 장만한 음식답게 평소보다 훨씬 맛있는 진수성찬인데도, 왠지 입맛에 맞지 않기 때문에 입 안에 넣으면 재를 씹는 느낌이었다. 말할 나위도 없는 일이지만, 작별을 눈앞에 두고 있는 사람이라면 누구나 식욕을 잃게 마련이다. 하물며 내일 새벽이면 형장의 이슬로 사라져야 할 운명임에랴! 생의 종말이 바싹 다가와 있다고 생각하면 차라리 음식에 독을 넣어도 이상할 게 없을 터인데, 이처럼 진수성찬을 제공하는 것은 도대체 무슨 심사란 말인가! 그 위선적인 처사에 화가 나서 남작은 짜증스러운 기분을 억누를 수 없었다.

"배고파 죽으면 저승길이 그만큼 더 비참해지기라도 한다는 건가? 꼭두새벽에 처형을 하는 것부터가 도대체 마음에 안 들어. 날이 밝고 따뜻해진 다음에 하면 오죽 좋아."

남작이 투덜거리자, 살림베니는 여느 때처럼 시인다운 말투로 맞장구쳤다.

"옳으신 말씀입니다. 처형 시간으로는 저녁때가 훨씬 낫고말고요. 어딘지 모르게 애도하는 분위기도 풍기고, 구름은 나지막이 깔리고, 핏빛 노을이 사방에 자욱하고……. 아, 정말이지 차분하고 우아한 기분이 되지 않겠습니까? 그러면 오히려 처벌을 감수하고, 세상과 조용히 작별할 수도 있을 텐데 말입니다."

병사는 말없이 구두코만 내려다보고 있다가, 추운 듯이 옷깃을 세웠다. 그러나 나이가 가장 어린 나르치소는 "밤이든 아침이든 그게 무슨 상관이죠?" 하면서 부끄러운 줄도 모르고 울음을 터뜨렸다.

요새는 섬 안에서 유일하게 사람이 살고 있는 지역이다. 아니, 이곳은 섬이라기보다, 하나의 큰 바위 덩어리라고 해야 할 것이다. 화산암 지층이 주름처럼 겹겹이 쌓인, 코 모양의 거대한 낭떠러지에 불과했기 때문이다. 섬 주위는 도저히 기어오를 수 없는 가파른 경사를 이루고 있었는데, 깎아지른 듯한 절벽을 이루고 있는 곳이 더 많았다. 육지와는 해협으로 차단되어 있지만, 그 너비는 좁아서, 눈이 밝은 사람이라면 충분히 건너편을 바라볼 수 있는 거리였다. 그런데도 물살이 빠르고 바람이 심해서 배를 타고 건널 수도 없고, 헤엄을 쳐서 건너고 싶어도 그 거친 물살을 견뎌낼 수 없었다. 이따금 탈옥하는 죄수가 있기는 하지만 끝내 해협을 건너지 못한 채, 해초에 휘감기거나 물고기에게 뜯긴 시체가 되어 '검은 곶' 끝으로 밀려 올라오는 게 고작이었다.

이 섬은 둘레가 2킬로미터쯤 된다. 어쩌다 바람이나 조류에 실려 온 씨앗이 싹을 틔운 곳에서는 풍조목이나 세이버리 따위가 뿌리를 내리고 있는데, 토양 때문에 이런 식물이 아니고는 자랄 수가 없다. 또한 이곳에서는 가축을 키우지 않는다. 놓아기르는 염소와 나귀들이 여기저기 흩어져 있을 뿐이다. 나귀들은 벼랑 기슭의 모래밭을 돌아다니고, 추운 1월이 되면 구슬프게 울어대는 소리가 밤의 장막을 뚫고 들려온다.

　섬 기슭에서 나선형으로 소용돌이치는 오솔길을 따라 올라가 서쪽 방향으로 고개를 돌리면 끝없이 펼쳐진 망망대해가 한눈에 들어온다. 아득한 수평선까지 헤아릴 수 없이 많은 파도가 이어져 있다. 그리고 반대쪽, 그러니까 해협 건너편은 뭍이지만, 그곳에는 사람의 모습은커녕 무언가가 움직이는 기척도 없고, 난쟁이 집 같은 항구가 활 모양으로 자리 잡고 있는 게 어렴풋이 보일 뿐이다. 하늘에도 보이는 것이라고는 섬과 왕국을 오가며 전령사 노릇을 하고 있는 외로운 새 한 마리밖에 없다.

　빙빙 돌면서 올라가는 길을 더듬어 가다 보면 어느덧 꼭대기에 이른다. 꼭대기에 올라서면 갑자기 평지가 나타나고, 성벽으로 둘러싸인 튼튼한 요새가 그곳에 우뚝 솟아 있다. 단단한 화강암 덩어리가 의젓하게 앉아 있는 꼴이다. 그 위압적이고 팽팽한 긴장감을 깨뜨리는 것이라고는 출입문뿐이다. 그 문을 들어서면, 무장한 사내들이 나타나 정지 명령을 내리고 신분을 묻는다. 지친 다리를 이끌며 이곳을 통과하면, 등 뒤에서 삐걱대는 돌쩌귀

소리가 미처 사라지기도 전에 보이는 것이 바로 현관 아치를 장식하고 있는 빗돌이다. 빗돌에는 라틴어 2행시가 새겨져 있는데, 이 글은 읽는 사람에게 공포와 위안을 동시에 안겨준다.

Donec sancta Themis scelerum tot monstra catenis
vincta tenet, stat res, stat tuta tibi domus.
정의의 여신 테미스가 세상을 지배하는 한
악당은 아무리 많아도 사슬에 묶이고,
그대의 생각은 모두 뜻대로 이루어지니
그대에게 집보다 확실한 것이 어디 있으랴.

그 의미를 되새기며 가다 보면 안마당이 나온다. 마당 곳곳에는 빗물을 빼느라 파놓은 구멍이 있기 때문에 발이 빠지지 않도록 조심하거나, 마당 한가운데에 있는 작은 예배당을 곁눈질로 보거나 하면서 안마당을 지나가게 된다. 언제 죽음이 찾아올지 모르는 환경에서는 예배당이 반드시 필요하다. 특히 이곳은 도처에 위험이 도사리고 있다. 만성 이질이 목숨을 앗아갈 수도 있고, 걸핏하면 칼을 빼드는 동료들도 위험하고, 큰 잘못도 없는데 사령관의 변덕 때문에 사형에 처해지는 경우도 왕왕 있다.

안마당을 둘러싼 성곽 네 모퉁이에는 똑같은 모양의 망루가 하나씩 있어서, 위병들을 비바람으로부터 보호해주고, 야간에는 그들을 위해 여덟 개의 가스등이 켜진다. 이것 때문에 경비 담당

장교는 불만이 많다. 가스등을 켜면 오히려 어두운 그림자가 생기기 때문에 탈옥을 도와주는 꼴이 된다는 것이다. 그러면 급식 담당 장교는 이렇게 대꾸한다.

"탈옥하고 싶으면 얼마든지 탈옥하라고 그래. 먹는 입이 줄어들면 굶주림도 그만큼 줄어들 테니까. 그뿐이야? 나중에 시체로 발견된 놈들은 범고래 잡이에 미끼로 좋잖아. 한 놈에 얼마씩 받고 팔아줄까?"

좀 더 상상력을 발휘하여 건물 전체를 묘사한다면, 허리를 잔뜩 구부린 전갈 모양과 아주 흡사하다. 발톱 부분은 수레가 드나드는 출입구에 해당한다. 성채를 쳐다보면 깎아지른 듯한 벽이 보이고, 벽에는 백 개의 감방마다 하나씩 뚫려 있는 백 개의 창문이 눈에 띈다. 그 창문에서는 죄수가 새로 들어올 때마다 호기심 어린 눈으로 내려다보는 백 개의 유령 같은 얼굴이 언뜻 보인다.

"폼페이 유적지 같군." 언젠가 창살문을 지날 때 살림베니가 비꼬는 투로 내뱉은 농담이다. "바깥 세상에 등을 돌리고 안에 있는 전망을 즐긴다. 그야말로 사령관 나리의 신분에도 어울리는 상수시[1] 생활이야."

감시병은 이 건방진 녀석이 밖에만 나오면 말이든 짓이든 제멋대로인 게 화가 나서, 왼손 집게손가락과 오른손 엄지손가락을

---

1 프로이센 국왕 프리드리히 빌헬름 2세가 지은 별궁의 이름(프랑스어로 '걱정 없는'이라는 뜻) 인데, 그것을 빗대어 냉소적으로 표현한 말. (앞으로 나오는 각주는 모두 옮긴이가 토를 단 것임)

맞대게 하고는 수갑을 채워버렸다. 하지만 죄수들은 비탈진 납지붕에 내리쬐는 태양의 활기를 맛보는 것도 잠시뿐, 이제 5분만 지나면, 정도의 차이는 있지만 어차피 지옥에 있는 거나 한가지라는 사실을 깨달을 수밖에 없다.

아래층 방들은 기둥들이 늘어서 있는 회랑이나 지하도를 통해 드나들도록 되어 있는데, 군인과 민간인들이 함께 사용하고 있다. 여기가 어떤 곳인지 알아볼 생각으로 눈을 빛내며 한 바퀴 돌면, 우선 마주치는 것이 큰 소리로 웃고 떠들어대는 경비병들이다. 그들 곁에는 벤치와 탁자, 무기 따위도 놓여 있다. 무기고도 있는데, 허풍을 떠느라 병기창이라고 부른다. 그 뒤에는 목공소, 대장간, 징벌실(아니, 차라리 고문실), 진료실(의사가 거처하는 방도 딸려 있다), 대마 냄새가 나는 의류 창고, 식당, 아궁이와 빵 굽는 화덕, 취사장, 경비대 사무실, 공동변소, 사병 숙소 따위가 차례로 늘어서 있다. 마지막으로 일곱 계단을 내려가면 낮은 지하실 문이 있다. 이 지하실에는 머리가 약간 돌아버린, 그러나 회복될 가망이 전혀 없는 사내가 갇혀 있는데, 이 죄수는 아침마다 동틀 무렵이 되면 수탉을 흉내 내어 '꼬끼오!' 하고 때를 알린다.

위층의 한쪽 날개는 원래 사령관이 전체를 독차지하여 쓰도록 되어 있었다. 그런데 늙고 병약한 홀아비인 사령관이 자청해서 방을 세 개만 쓰고, 나머지 방들은 장교들이 쓰도록 내주었다. 자못 선심을 베푼 것처럼 보이지만, 실은 제멋대로 돌아다니면서도 그것을 공식 순찰인 것처럼 과시하려는 속셈에서 나온 처사일 뿐이다. 그의 거처는 발코니 위에 우뚝 솟아 있고, 바람에 펄럭이는 깃발 두 개가 이곳이 사령관의 거처임을 알려준다. 깃발 하나는 하얀 바탕에 부르봉 왕가[2]의 백합꽃 문장이 찍힌 국기이고, 또 하나는 연대기인데, 이 깃발에는 노란 바탕에 검은 그리폰[3]이 방패 모양으로 그려져 있고, 그 둘레에는 이 연대가 승리를 거둔 유명한 전투들이 기록되어 있다.

이 깃발들은 권위와 전통의 상징이지만, 깃대를 놀이터로 삼은 참새들은 아랑곳하지 않는다. 참새들은 깃대 꼭대기로 올라가기 전에 감방의 창살을 콕콕 쪼면서 짹짹 울어대곤 한다. 창턱에는 죄수들이 뿌려둔 빵 부스러기가 쌓여 있다. 죄수들은 무료함을 달래기 위해 창턱에 빵 부스러기를 놓아두고, 해가 떠오를 때마다 참새들이 찾아오기를 기다렸다. 여기에 길들여진 몇몇 겁 없는 새들은 창살을 통해 감방 안에까지 들어오고, 상대에 따라서는 손바닥에 내려앉아 먹이를 쪼아 먹거나, 죄수의 빡빡머리 위에서 장난을 치거나, 몇 개 안 되는 비품 위로 올라가 흥미로운 듯이 어정거리기도 한다. 그러다가 파란 하늘에 이끌린 나머

---

2   1734년에 스페인 왕 펠리페 5세의 아들 돈 카를로스는 그때까지 오스트리아의 지배를 받고 있던 나폴리 지방과 시칠리아 섬을 정복하여 스페인계 부르봉 왕가의 지배하에 두었다. 그러나 19세기 초 나폴레옹 시대에 나폴리는 프랑스가 지배하고 부르봉 왕가는 시칠리아만 지배했는데, 나폴레옹이 몰락한 뒤 빈 회의의 결정에 따라 두 지역을 다시 부르봉 왕가가 통합하여 양시칠리아 왕국으로 명명했다. 그러나 부르봉 왕가의 지배는 민족운동에 적대적인 보수반동정치로 일관했기 때문에 많은 저항이 뒤따랐다. 이 왕국은 마침내 1860년에 가리발디의 천인대에 의해 정복되었고, 이듬해에 이탈리아 왕국에 편입되었다.
3   그리스 신화에 나오는 괴물. 사자 몸뚱이에 독수리의 머리와 날개를 가졌다. 그리핀 또는 그리프스라고도 한다.

지, 날개를 다시금 파닥이며 밖으로 포르르 날아갔다.

감방. 그렇다. 감방에 대해 잠깐 얘기하자.

감방은 길쭉하고 어두컴컴하다. 위쪽에 구멍이 하나 뚫려 있을 뿐이다. 이 구멍은 남의 어깨를 밟고 올라서야 겨우 손이 닿을 만큼 높고, 원래 바깥 풍경이 한정되어 있는 데다 구멍이 경사지게 나 있기 때문에, 전망은 거의 막혀 있는 거나 마찬가지다.

마룻바닥은 가로 5미터에 세로 4미터 정도인데, 심심풀이 삼아 세어보면 때에 절어 거무튀튀해진 널빤지가 정확히 쉰한 장 깔려 있다. 더위나 추위가 지나치게 심한 날이면 이상하게도 널판에 물방울이 송골송골 맺혔다. 널빤지로 만든 침대 네 개가 낮에는 벽에 기대어 세워지고 저녁에는 바닥으로 내려지는데, 둘씩 서로 마주보는 형태로 설치되어 있다. 침대와 침대 사이는 사람이 오가는 통로도 되고, 밤마다 전쟁이 벌어지는 싸움터도 된다. 그 비좁은 공간을 무대로 사랑과 미움이 서로 부딪치고 드러난다. 은밀히 쌓인 분노나 달콤하지만 덧없는 속삭임들······.

벽에는 상야등常夜燈이 걸려 있다. 밝기는 주사위 눈을 간신히 알아볼 수 있을 정도다. 그 침침한 램프 바로 위에는 성모 마리아의 초상이 걸려 있는데, 이 구원의 마돈나는 침과 빵 부스러기가 덕지덕지 칠해진 얼굴로 내려다보면서, 죄수들의 모독과 기도가 번갈아 되풀이되는 것을 묵묵히 듣고 있다. 지금은 색깔이 칙칙하게 바래져 있지만, 원래는 검은색을 띤 그림이다. 작은 거미

하나가 그 초상화에 거미줄을 치고 있지만, 치우는 사람은 아무도 없다. 거미가 불쌍해서 그런 게 아니라 귀찮기 때문이다.

벽은 축축하고 회반죽이 푸슬푸슬 떨어져 내리고 있다. 덕분에 석회 조각을 벗겨서, 그것을 분필 삼아 바닥에 그림을 그리며 놀 수도 있다. 이런 놀이를 즐기는 것도 매트리스에서 지푸라기를 빼내어 완성될 가망도 없는 밀짚모자를 짜는 데 싫증이 났을 때뿐이지만…….

비품은 빈약하기 짝이 없다. 의자로 쓰이는 돌기둥 네 개가 바닥에 붙어 있는데, 이렇게 박아 놓으면 흉기로 돌변하지 않는다. 한쪽 구석에는 하트와 단검 모양이 그려진 요강이 있다. 단단한 떡갈나무 문은 철제 자물쇠로 채워져 있고, 턱 높이에는 주먹만 한 구멍이 하나 뚫려 있는데, 간수들은 이 감시창을 통해 죄수들의 동태를 끊임없이 살피고 점호를 할 수 있다. 문 아래쪽에는 밖에서만 열 수 있는 쪽문이 따로 달려 있는데, 멀건 국물 그릇은 물론 요강까지도 이 쪽문을 통해 드나든다. 요강의 내용물은 막대기 두 개에 매달린 커다란 통에 비워지는데, 이 일은 간수나 병사가 아니라 민간인 죄수 두세 명이 맡고 있다. 좀 어리숙한 대신 그다지 거칠지 않은 자들이 이 일에 배정된다. 비록 지저분한 일이지만, 누구나 이 일을 맡고 싶어 한다. 길게 이어진 복도를 오가며 다리와 허리를 펼 수도 있고, 자기보다 불행한 동료 죄수들과 몇 마디 나눌 수도 있기 때문이다. 이따금 죄수들 사이를 오가며 연락꾼 노릇도 하는데, 당국에서는 이 짓을 용서할 수 없는 범죄 행위로 간주한다. 그래서 그 대가로 총살형을 당하는 경우도 드물지 않다. 사령관이 그 지체 높은 신분에도 불구하고, 최신 유행한 오페라에서 따온 '총잡이'[4]라는 별명을 얻게 된 것도 바로 그 때문이다.

여기까지 오면, 왕의 소식도 왕국의 소식도 전혀 들을 수 없다. 마치 성벽 마루에 있으면서 멀리서 울리는 북소리를 듣는 것처럼, 바람결에 전해져 오는 소식을 어쩌다 들을 수 있을 뿐이다. 가령, 왕비가 후계자를 낳았는데 사산이었다. 그래서 왕은 식음을 전폐한 채 슬퍼하고 있다…….

바다에 관해서도 마찬가지다. 폭풍우가 거세게 몰아치는 날 섬 기슭에 부딪치는 파도 소리를 통해, 저 어딘가에 바다가 있구나 하고 짐작할 뿐이다. 그러나 하늘에 대해서는 제법 많이 알고 있다. 창살 너머로 내다보면 하늘이 장기판처럼 보인다. 하늘은 시간에 따라 하루에도 몇 번씩, 그리고 계절에 따라 차례로 색깔을 바꾼다. 살색, 회색 또는 진주색으로. 별들의 운행에 대해서도 꽤 알고 있다. 일 년 중 몇 달은 날마다 정오가 되면 반드시 하늘에 구름이 나타난다. 마치 다 꾸지 못하고 도중에 깨어난 꿈이 구름의 형태를 빌려 나타난 것 같다.

그러나 그들은 알고 있다. 달려가는 소녀의 머리카락 매듭이

---

[4] 베르디가 빅토르 위고의 비극을 바탕으로 작곡한 오페라 《리골레토》에 나오는 암살자.

풀리듯, 그 구름은 이내 흩어지리라는 것을, 결국에는 사라져 두 번 다시 나타나지 않으리라는 것을. 그리고 그들은 또 알고 있다. 바다 너머 저편에는 아직도 그들을 기억해주는 누군가가 있다는 것을. 한 달에 한 번은 본토로부터 선물 차입이 허용되어 있기 때문이다(이 얼마나 위선적인 관용인가!). 담배, 갈아입을 속옷, 커피 재료, 성경…… 어떤 때는 잉크병까지. 그러나 잉크병은 두 가지 이유로 무용지물이었다. 첫째는 잉크병에 내용물이 없기 때문이고, 둘째는 글을 쓰는 것이 금지되어 있기 때문이다. 하지만 뭐니 뭐니 해도 그들이 알고 있는 것은, 권력이 아직도 그들을 잊지 않고 있다는 것, 잊기는커녕 아득히 높은 재판관 자리에 버티고 앉아서 서류를 검토하고 서명을 하는 등 사건을 종결짓기 위해 여전히 그러나 느긋하게 움직이고 있다는 사실이다. 그 종결이야말로 그들이 이 풍진세상에서 겪은 드라마가 막을 내리는 바로 그곳이다.

한편 그들은 왕국에 대해 꿈꾸고 있다. 길거리, 숲, 비옥한 들녘……. 때로는 말을 타고 지나가다가 황소 혼자 쟁기질하는 것을 보기도 했다. 그 옆에는 귀여운 아가씨의 모습이 보인다. 다리를 드러내고 금발을 스카프로 묶은 아가씨가 인사를 하면 그들도 손을 흔들어 답례를 보낸다. 그것은 마치 키스를 나누는 것 같았다. 장식등 불빛이 길거리에 풍요로운 빛을 흩뿌리고 있는 음악당, 대극장……. 안개 때문에 부옇게 흐려 보이는 숙녀들의 얼굴은 젊음과 건강으로 빛난다. 화려한 왈츠, 살랑거리는 쥘

부채, 요란한 마차들……. 운명적인 만남이 채찍질 한 번으로 어둠 속에 섞여들지 않도록 군중 속에서 서로를 찾고, 눈짓으로 나누는 작별 인사……. 그러다가 불현듯 꿈에서 깨어나, 아직은 살아 있다는 느낌, 즉 손과 발과 온몸에 따뜻한 피가 흐르고 있으며 뜨거운 열정을 품고 있어서 말과 공상만으로도 온몸이 부풀어 오르는, 분노 어린 행복감을 느낀다. 어쩌면 영원히 살게 될지도 모른다는 행복감!

한밤중에 한 사람씩 눈을 뜨는 것은 경보 신호가 뇌리에 번득였기 때문이다. 밤하늘에 떠 있는 달이 아무리 다정하고 상냥해도 그들은 속지 않는다. 그들은 각자 자신에게 남아 있는 날짜와 시간을 시계추처럼 정확하게 1분마다 생각한다. 그러다가 녹녹한 첫 햇살이 비치기 시작할 때면 언제나 눈을 천장으로 향한다. 그리하여 꿈과 공포에 사로잡힌 채, 대들보 사이를 눈길로 더듬으며, 탈옥의 길을 그려본다. 창살문, 안마당, 도개식(跳開式) 출입문, 샛길, 바위틈 따위가 천장에서 하나의 짝맞추기 그림을 이룬다. 마지막에 그들을 기다리고 있는 것은 몸무게마저 떠나버린 듯한 공기 같은 가벼움, 하늘을 나는 듯한 느낌이다. 그들의 머릿속에 들어 있는 관용구로 표현하자면, 이 느낌은 글로 쓰이지도 않았고 입 밖으로 나오지도 않았지만 그들 나름의 자유사상과 통하는 것이어서, 참으로 생생하고 자연스럽게 솟아나오곤 했다.

2
누가, 왜, 어떻게

이들 네 사람은 누구이고, 어쩌다 여기까지 오게 됐을까.

경비대 사령관 콘살보 데 리티스는 걸핏하면 덮쳐오는 무력증 발작을 견디는 틈틈이, 촛불에 의지하여 기억을 새롭게 더듬고 있었다. 하지만 그것 때문에 일부러 일건 서류나 진술서 따위가 들어 있는 자료실을 뒤질 필요는 없다. 그런 서류들은 사건을 침소봉대하여 과장되게 기록하기 때문이다. 그래서 사령관은 두툼한 서류철 속에 들어 있는 각자의 조서를 한쪽만 남은 사팔눈으로 대충 훑어보았다. 이 조서들은 보좌관이 한껏 글솜씨를 발휘하여 정리한 다음, 마지막에 처형 날짜를 적어 넣고 '아멘'으로 마무리하는 것도 잊지 않았다.

이 조서를 뒤에서 어깨 너머로 슬쩍 들여다보면 다음과 같이 적혀 있다.

- 코라도 인가푸. 레토얀니 남작 가문의 일원. 친구들 사이에서

는 '디디모'[5]라고 불림. 중년. 중키에 보통 체격. 얼굴은 갸름한 편이고, 수염을 길렀음. 밤색 머리카락에 백발이 섞여 있음. 겉으로는 성격이 부드러워 보이지만, 그 겉모습 밑에는 아무리 사악한 음모라도 해낼 수 있는 잔인함을 숨기고 있음. 귀족 출신으로, 오랫동안 궁정을 출입하며 태평한 한량 생활을 해왔지만, 어느 날 갑자기 귀신에 홀린 듯 귀족에게 적개심을 품은 나머지 못된 길로 빠졌음.

이때부터 격정적인 자들이 으레 그렇듯이 알프스를 넘어 외국으로 들어갔는데, 그곳에서 어느 당파에 심취함. 얼마 후 돌아왔을 때는 전혀 딴사람처럼 밝은 얼굴을 하고 있었고, 전에는 침묵을 좋아했는데 이제는 현란한 수다쟁이가 되어 있었음. 그 후 곧 밝혀진 사실이지만, 그는 국외로 망명했을 때 나라를 전란에 휩싸이게 만든 도당에 가담했음. 완전히 심취한 나머지, '살아 있는 신'이라고 불리는 정체불명의 수괴 밑에서 부관이 될 정도로 열성분자가 되었음.

오랫동안 숲과 가도에 출몰하며 온갖 악행과 살인을 일삼았음. 본인에게는 그럴 마음이 없었다지만, 결과적으로는 민중을 선동하여 해방감을 맛보는 행동으로 치달았음. 한 지역에 오래 머물지 않고 무리를 지어 이곳저곳 옮겨 다녔기 때문에 적발을 면했으며, 지방의 불한당들과 미리 짜고 목숨을 구했음. 그러면서도

---

5 예수의 12제자 중의 한 사람인 토마의 별명. '쌍둥이'라는 뜻.

수도에 있는 몇몇 지하 조직과 연락을 계속했으며, 수도에서 여우처럼 교활하게 돌아다니며 왕위를 위협했음.

어떤 단서를 토대로 그를 고발하기에 이르렀지만, 그의 정체를 확인하기 위해서는 상당 기간 그의 신변에서 염탐을 계속해야 했음. 그 단서란 그가 폭풍우를 유별나게 무서워한다는 사실인 바, 폭풍우가 몰아치면 비명을 지르고, 어린애처럼 장롱 속에 숨을 정도임. 이런 점을 전국의 모든 여관에 통지하여, 낯선 손님에게서 이처럼 이상한 낌새가 보이면 신고하도록 조치했던 것임.

그 밑에는 다른 잉크와 다른 필적으로 이렇게 적혀 있었다.

대참사 직후인 2월 7일 군중 속에서 체포되었음. 본인도 폭탄 파편에 화상을 입었고, 옷에서는 화약 냄새가 났음.

반역죄를 시인했으며, 비카리아[6] 재판소에서 10월 12일 제4급 공개 처형의 판결을 받았음.

요새에서 참수형이 집행될 날짜는······.

- 살림베니. 자칭 시인. 가장 정체를 알 수 없는 선동가로, 본명은 알려져 있지 않으며, 나이는 40세 정도. 아작시오[7] 출신의 코

---

6 나폴리의 한 구역.
7 지중해에 있는 프랑스령 코르시카 섬의 중심 도시.

르시카 인이라고 하는 사람도 있고, 카사미촐라[8] 출신의 나폴리 인이라는 사람도 있음. 인쇄공이라고도 하고 교사라고도 함. 그를 시인이라고 부르는 까닭은 국왕과 교회를 비꼬는 풍자시를 써서 유포한 자이기 때문인데, 이런 시들은 민중의 입을 통해 복음처럼 널리 퍼져 있음.

악행을 선동하는 유창하고 부드러운 말투. 다소 뚱뚱하지만 늠름하고 균형 잡힌 체격. 눈살을 찌푸려도 상냥해 보이는 표정. 자신만만하고 쾌활한 분위기를 풍기며, 눈은 늘 웃음을 띠고 있음. 둥근 얼굴은 여자처럼 수염이 없고, 아무리 급한 용무가 있어도 여자처럼 용모를 세심하게 손질함. 믿기 어려운 이런 행동은 사람들 사이에서 화젯거리가 되어 있을 정도임. 군대에 포위된 상황임에도 이발사한테 머리 다듬는 손길을 멈추지 말라고 명령하고, 머리 손질이 끝나자마자 대담하게도 지붕을 타고 도주한 적이 있음.

유례를 찾아보기 힘들 만큼 대담한 모험가임. 한번은 겸손한 태도를 보이며 좀 더 은밀한 곳에서라면 모든 것을 털어놓겠노라고 약속하는 바람에, 검찰은 그의 신병을 스베치 판사에게 맡겼음. 그러자 살림베니는 판사에게 코담배를 건네는 척하다가 후춧가루를 뿌려 눈을 못 뜨게 한 다음, 여자로 변장하고 유유히 사라졌음.

음악 애호가여서, 극장의 좌석이나 로비를 어정거리다가, 파

---

8 이탈리아 캄파니아 주 나폴리 현에 있는 지명.

괴 활동을 선동하는 유인물을 뿌리고 다녔음. 이것 때문에 체포되어 조사를 받은 일이 여러 차례임.

그 밑에는 다른 잉크와 다른 필적으로 이렇게 적혀 있었다.

《호라티와 쿠리아티》[9]가 공연된 날 밤에 오페라 극장 계단에서 대참사가 일어난 지 사흘 뒤에 체포됨.
반역죄를 시인했으며, 비카리아 재판소에서 10월 12일 제4급 공개 처형의 판결을 받았음.
요새에서 참수형이 집행될 날짜는…….

- 아제실라오 델리 인체르티. 군인. 30세. 사생아로 태어나, 모친(신원 미상)에 의해 수도원 앞에 버려진 뒤 고아원에서 성장. 성직으로 출세할 것처럼 보였으나, 16세 때 돌연 고아원을 탈출, 가명으로 나이를 속여 군대에 들어감. 척탄병 휘장을 달고, 최근에 일어난 마케도니아 전쟁에도 참가했음. 그런데 명령 불복종으로 상관에게 미움을 받게 되자 홧김에 장교를 죽인 뒤 잔인하게도 성기를 절단했음. 적의 공격으로 혼란한 틈을 타서 무사히 도망침. 지방 세 곳에서 경찰을 무장해제하고 감옥을 열어 죄수들을 석방했으며, 늘 인가푸 남작과 함께 행동했음. 남작의 열렬한 심복

---

9 이탈리아의 작곡가 사베리오 메르카단테(1795~1870)의 오페라 작품.

으로 알려짐.

소녀처럼 다정다감하면서도 변덕스럽기 짝이 없는 상상력, 신과 국가 및 인간 본성에 대한 토론마저 우스개로 만들어버리는 비뚤어진 지성. 하지만 그것은 언제나 슬픈 궤변의 형태를 취하고 있으며, 그로서는 그것이 여러 가지 자극을 얻는 수단임. 잔인하고 어리석은 짓으로 치닫는가 하면, 수수께끼 같은 자비심을 보이는 것도 그런 일면으로 사료됨. 도화선, 폭약(유황이나 니트로글리세린 따위), 발파에 관하여 옛날부터 쌓아올린 공적을 고려하면, 이자야말로 50년제[10]가 열린 2월 7일 로열박스 밑에 폭약을 장치하여 엄청난 유혈사태를 일으킨 사건의 주범으로 여겨짐. 커다란 얼굴, 사슴 같은 눈, 지나치게 큰 키, 선원들의 관습에 따라 팔뚝에 새긴 곤충 문신으로 신원이 밝혀졌음.

그 밑에는 다른 잉크와 다른 필적으로 이렇게 적혀 있었다.

대참사가 일어난 지 이틀 뒤인 2월 9일, 묵고 있던 여관방에서 체포됨.
반역죄를 시인했으며, 비카리아 재판소에서 10월 12일 제4급 공개 처형의 판결을 받았음.
요새에서 참수형이 집행될 날짜는…….

---

[10] 기독교에서 안식년이 일곱 번 지난 다음해인 희년에 열리는 축제. 이 해에는 땅을 원래 주인에게 되돌려 주고 노예는 모두 해방된다.

• 나르치소 루치포라. 학생. 나이는 분명치 않지만, 젊어 보임. 아마 겉보기보다 젊은 나이일 것으로 여겨짐. 어릴 적부터 반항심이 강해서, 지상의 권력이든 천상의 권력이든 모든 권력에 대해 반항했음. 그 때문에 카페나 광장뿐 아니라 종교 행렬이나 행사 도중에도 거리낌 없이 떠들어댔음.

비너스를 남달리 숭배했는데, 이는 헤라클레스나 아폴론처럼 섬세하면서도 건장하고, 이상할 만큼 체력과 매력을 겸비한 비너스의 용모 탓임. 떡 벌어진 어깨, 늘씬한 다리, 검은색 곱슬머리. 목덜미의 머리카락은 짧게 깎여 있음. 살림베니의 공범자인 동시에 추종자이며, 어떤 위기 상황에서도 살림베니를 도왔음.

그 결과 젊은 나이인데도 반역 음모에 정통하여 공화국 집행위원회 —도당들은 이를 농담 삼아 종무청^{宗務廳}이라고 부름— 에 소속되어 있었으며, 정체불명의 수괴와 당원들 사이를 중개하는 연락책을 맡았음.

리나레스 궁[11]에서 나오다가 마지막으로 목격되었음. 궁에는 아래층 창문으로 몰래 들어갔지만, 무엇 때문에 침입했는지는 알 수 없음. 추격을 당하자 쏜살같이 달아나 종적을 감추었음. 꽃무늬 사라사 천으로 만든 코트 밑에 파란색 셔츠와 두꺼운 모직 바지를 입었고, 발에는 도회풍의 구두를 신고 있었음.

---

11 스페인 마드리드 중심부의 시벨레스 광장에 위치한 대저택 건물로, 라틴 아메리카의 예술과 문화를 홍보하는 박물관으로 쓰이고 있다.

그 밑에는 다른 잉크와 다른 필적으로 이렇게 적혀 있었다.

2월 7일, 남작과 함께 군중 속에서 체포됨. 난수표처럼 숫자가 가득 적힌 종이를 여러 장 지니고 있었음. 심문을 받자 자기는 복권 당첨 번호를 추리하는 데 열중해 있고, 이건 그냥 메모지일 뿐이라고 변명했음. 두 번째 심문에서는 다음과 같은 말로 검찰 서기를 놀려댔음. 이것은 사실 음란한 내용의 연애편지인데, 당신의 귀를 더럽히는 건 미안하니까 절대로 밝힐 수 없다…….

반역죄를 시인했으며, 비카리아 재판소에서 10월 12일 제4급 공개 처형의 판결을 받았음.

요새에서 참수형이 집행될 날짜는…….

사령관은 조서를 읽느라 피곤해졌다 그래서 목구두를 신고 옷을 입은 채 소파에 길게 누웠는데, 구두 끝이 아득히 먼 저쪽에 있는 것 같다. 마치 다른 사람, 그것도 시체의 신발 같다. 한쪽 눈만으로 보고 있지만, 구두코의 가장자리에 진흙 얼룩이 두세 개 묻어 있는 것이 보이는 듯하다('겨울이 참 빨리도 왔군. 발레스트라가 지시를 받으러 올 시간이야. 녀석도 이제는 옛날 같지 않아. 정열을 잃어버렸어. 제기랄, 여기 있으면 골치가 아파져. 정말 못해 먹을 노릇이야……'). 실명한 다른 쪽 눈은 안대에 가려진 채, 30년 전부터 변함없는 어둠을 응시하고 있다. 그 어둠 속에는 인생의 후반부, 진실에 좀 더 가까운 절반이 진을 치고 있다. 발레스트라를 부르고 싶지만, 왠지 목소리가 나오지 않는다. 그래서 침대 옆 탁자에 놓여 있는 초인종을 누른다. 그러자 당번병이 기다리고 있었다는 듯이 허겁지겁 달려왔다. 당번병은 얌전하고 공손한, 주인이 죽으면 곧 따라 죽을 것 같은 얼굴을 하고 있다. 그에게 소리쳐 나무란들 무슨 소용이랴? 질책은 그만두고, 외알 안경과 책상 위에 있는 봉투를 가져오라고 이른다. 봉투를 침대 옆 의자에 놓게 한 뒤('빌어먹을, 왜 이렇게 아프지. 골수에 쥐새끼라도 들어가 살고 있나. 정말 못해 먹겠어······'), 사령관은 외알 안경을 성한 눈에 가까이 갖다 댄다.

봉투에서 좀 전에 본 것과 비슷한 서류를 꺼냈지만, 이 서류는 가는 끈으로 묶여 있었다. 그 끈을 풀 새도 없이 또 발작이 덮쳐와 입이 일그러진다. 사방 벽들이 방을 밀어제치며 서서히 팽창하는 것처럼 보인다. 왠지 모르게 나른한 공기를 마시면서 옛날식 정원을 걷고 있는 듯한 느낌이 든다. 협죽도 울타리 사이에서 기분 좋은 향기가 난다.

커다란 나무들 사이로 나 있는 길은 사람 하나 겨우 지나갈 정도로 비좁지만, 그게 오히려 어린 시절의 숨바꼭질과 같아서 마음이 놓이고 기분을 들뜨게 해준다. 자기를 기다리고 있는 얼굴 쪽으로 걸어간다. 아내의 얼굴. 무도회 밤에 처음 만났을 때처럼 부채질을 하는 틈틈이 엿보이는 작고 귀여운 얼굴. 숨이 차서 헐떡이는 듯한 얼굴. "키스해줘요." 하고 속삭이는 소리가 들려서 달려가지만, 상대의 입술이 궤양과 부스럼으로 허물어져가는 것을 자신의 입술로 느낀다. 오싹 소름이 돋아 뿌리치자, 어둠이 새우등처럼 구부정한 아내의 모습을 삼켜버린다. 그러나 아내가 어둠에 묻히기 전에 소리친다. "당신, 언젠가는 대가를 치르고 말 거야!" 그러고는 목을 졸라 죽이기라도 하듯 멀리서 두 손으로 목을 조르는 시늉을 해 보인다.

여기서 그는 발밑이 꺼지는 듯한 느낌을 받았다. 그리고 이번에는 순간적으로 검은 섬광을 꿰뚫고 나락의 밑바닥으로 떨어진다. 그곳은 빗물이 고인 우물인데, 포도주인지 핏물인지 색깔이 빨갛다. 마침내 그는 물보라를 튀기며 그 우물 속으로 가라앉는다. 발뒤꿈치로 박차면 이제라도 수면 위로 뛰쳐나갈 수 있을 것 같다. 눈 딱 감고 힘차게 물을 헤적이지만, 그럴수록 물속으로 점점 가라앉을 뿐이다. 문득 정신을 차리고 보면 식은땀이 줄줄 흐르고 있을 뿐이다. 물먹은 솜처럼 흠뻑 젖은 꼴로 눈을 뜬다.

"하느님의 거룩한 마음이여, 자비를 베푸소서." 속으로 기도하며, 굼뜬 손가락을 움직여 윗옷 단추를 푼다. 휘장 때문에 단추가 잘 풀리지 않자 확 잡아뗀다.

치통이 멈출 줄 모르고 그를 괴롭힌다. 아니야. 이건 성가신 신경섬유가 우연히 고장났기 때문이 아니라, 누군가의 사악한 의도가 작용했기 때문이야. 그는 한 손을 깨물어본다. 이빨이 살 속으로 파고들지 않도록 살짝 깨물어본다. 그리고 또 한손으로는 바지를 내리고, 통증이 가셔주면 좋겠다는 듯이 사타구니에 공기를 쐬어본다. 그렇다. 쥐새끼인지 하느님인지 모르지만, 누군가가 그를 괴롭히기로 작정하고 일부러 격심한 통증을 가져오는가 하면, 그 틈틈이 통증을 가라앉혀 잠시 쉬게 해주기도 한다. 차라리 그 누군가를 포섭하여, 통증을 자신의 규칙적인 일상생활 속에 받아들이고, 통증에 익숙해진 채 살아가는 편이 좋은 전술이 아닐까.

기도를 하면 좀 나아지지 않을까…….

기도문을 욀 수 있도록 입술을 길들인 다음, 까마득한 옛 기억의 밑바닥에서 기도문의 첫 구절을 끌어낸다.

"하늘에 계신 우리 아버지……." 그러나 그 이상은 나오지 않는다. 아무리 머리를 쥐어짜도, 또 다른 아버지, 죽음을 눈앞에 둔 네 사내가 방패처럼 지키고 있는 정체불명의 '살아 있는 신', 그의 그림자에 가려 기도문이 막혀버린다.

"네놈들이 나보다 건강은 하겠지." 사령관은 중얼거리고 나서, 핼쑥해진 얼굴로 회심의 미소를 짓는다. "하지만 저승에 가는 건 네놈들이 먼저야."

그는 서류의 끈을 풀고, 외알 안경을 쓰고, 관료적인 목소리로 읽기 시작한다.

반역자 일당을 이끌고 있는
이른바 '살아 있는 신'이라는
정체불명의 인물에 관한 메모

역모 사건의 주모자로서, 계획을 세우고, 모임을 주재하고, 암중모색을 하면서 엉킨 실타래를 풀고 있는 것이 바로 이자임. 첩보나 유언비어에 따르면, 이자야말로 당원 자격을 판정하여 입회를 승인하고, 바늘로써 피의 서약을 하여 부정을 씻어내는 일을 맡고 있음. 그는 발언을 허가하고, 지시를 내리고, 작전을 지휘하고, 암살 대상을 지명함.

그의 정체를 알고 있는 것은 집행위원회의 네 명뿐으로, 이들은 자신들을 '하느님의 네 전도사'라고 부르며, 그에 대해 맹목적일 정도의 친밀감을 느끼는 나머지, '살아 있는 신'으로 추앙하기에 이르렀음. 대중들이 그에게 붙여준 별명도 여기서 유래한 것임. 네 명은 혹독한 고문을 받으면서도 끝내 그에 대해서는 입을 열지 않았음. 어둠 속에서 그의 음성을 들은 적이 있다는 한 첩자의 증언에 따르면, 그는 달콤한 목소리로 속삭이거나 열정적인 목소리로 선동하고, 때로는 정말인지 아니면 일부러 그러는 것인지는 알 수 없으되 말을 더듬는 경우도 있다고 함.

고위층을 모함할 목적으로 일부러 비밀을 폭로하는 짓을 자행함. 명문가 출신의 아무개가 도박에 빠져 빚더미에 올라앉았다는 등의 악랄하고 터무니없는 중상모략도 불사할 뿐 아니라, 고위층을 헐뜯는 편지를 검찰에 익명으로 투서하여 그가 누구인지 알고 싶으면 이렇게 저렇게 하면 될 거라고······.

그다음은 흐릿해서 읽을 수가 없었다. 사령관은 얼굴을 찌푸리며 중얼거렸다.

"서기 녀석, 제법 신중한 놈이로군. 처음에는 의무적으로 또박또박 쓰더니, 나중에는 손가락에 화상이라도 입은 것처럼 휘갈겨 쓰고 있으니 말이야. 하기야 그 녀석이 자유주의의 물을 먹었을 턱은 없겠지만, 턱수염을 기르고 있는 꼴을 보면 왠지 그런 냄새가 나."

그럭저럭 하는 동안 통증이 가라앉았다. 아니, 어린애가 입은 상처처럼 다친 뒤에 오히려 부드러워진 듯한 느낌이 남았다. 어린애는 어쨌든 상냥하게 보살펴주지 않으면 안 된다. 안대를 가볍게 고쳐 쓰고, 책상 앞으로 걸어가 서류에 몇 자 적어 넣은 다음, 다시 봉투에 집어넣는다. 그러고는 거울 앞으로 다가가서 무슨 비밀이라도 찾아내려는 듯 자신의 얼굴을 힐끗 들여다본 다음, 늙은이답게 뒷짐을 지고 팔자걸음으로 천천히 걷기 시작했다.

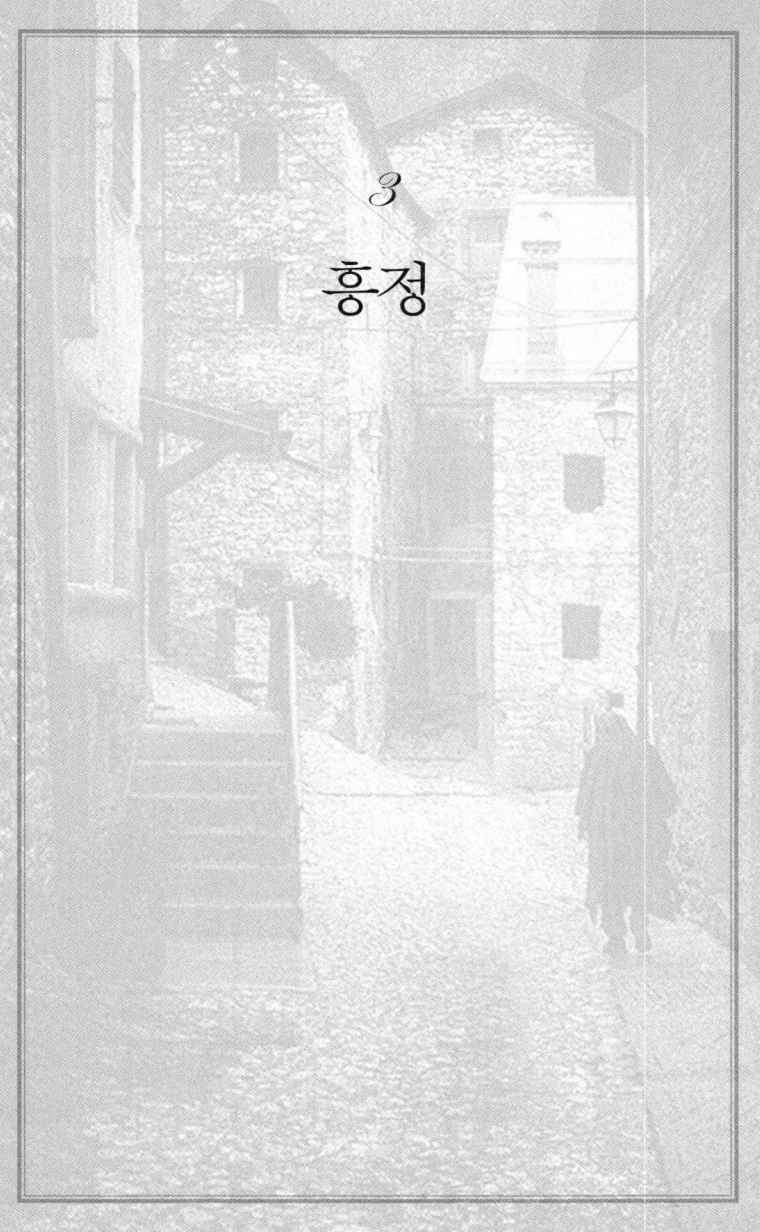

3
흥정

리차르델로 간수는 허리에 열쇠 꾸러미를 차고, 활기찬 걸음걸이로 다가와 열쇠를 세 번 돌렸다. 그는 죄수들이 설마 각자의 위치에서 꼼짝도 않고 있으리라고는 생각지도 않았다. 죄수들의 무릎 사이에 놓여 있는 밥그릇에 아직도 음식이 가득 담겨 있는 것을 보게 될 줄은 미처 몰랐다. 그러나 식기에 가득 담겨 있기는 하지만 이미 먹을 수 없게 된 음식을 보고 그는 조금 아까운 기분이 들었다. 죄수들이 식기에다 담뱃재를 털고, 꽁초도 거기에 눌러 껐기 때문이다.

간수는 반쯤 열린 문을 등지고 조심스럽게 앞으로 걸어갔다. 어쨌거나 그들은 이제 더 이상 잃을 게 없는 사람들이다. 맨주먹으로 폭력을 휘둘러 간수에게 보복을 가하는 죄수들도 있다는 이야기는 심심치 않게 들었다. 그래서 그도 허리춤에 채찍을 끼우고, 무장한 보초를 복도에 세워두었다. 조금이라도 이상한 소리가 들리면 당장 달려올 수 있도록.

"너무 심하군. 하느님의 선물인데."

그는 누구한테랄 것도 없이 중얼거리고는, 네 명의 식기를 직접 집어 들어 그 내용물을 수레처럼 밀고 온 잔반통에 쏟아 부었다.

돌의자에 앉아 있는 네 사람은 벌써 내일 행사를 위해 회색 헝겊으로 만든 의복을 걸치고 있었다. 수도복처럼 발목까지 내려온 옷자락이 마른 밀짚처럼 거칠었다. 이제는 버릇이 되어 있지만, 족쇄가 발목을 파고들지 않도록 쇠사슬 밑에 헝겊 쪼가리를 받쳐두었다. 그들은 간수의 말에는 대꾸도 하지 않고, 손가락 하나 까딱하지 않은 채 침묵을 지키고 있었다.

"밤중엔 배가 고플 텐데…… 전날 밤에는 시간이 좀처럼 흘러가주지 않거든."

그러자 남작이 단호하게 손을 흔들며 그만 나가보라는 신호를 보냈다.

간수는 문 쪽으로 걸어가다가, 갑자기 뒤를 돌아보며 말했다.

"조금 있으면 이발사가 올 거야. 네놈들이 나갈 필요도 없고 이발사가 들어올 필요도 없이, 한 사람씩 쪽문으로 머리만 내밀면 돼."

그러자 살림베니가 우울한 어조로 나르치소에게 말했다.

"이 고운 머리도 잘려버리겠구나!"

시인은 읊조리며 젊은이의 머리를 쓰다듬었다.

바로 그때 왁자한 목소리가 들리고, 구두를 세차게 내려밟는 소리가 복도에 울려 퍼졌다.

사령관이 문을 열고 들어왔다. 키가 커서, 문지방을 지나려면 허리를 약간 숙여야 했다. 사령관은 감방 안으로 들어오자마자 코를 실룩거리고는, 땀 냄새가 뒤섞인 악취를 불평했다. 그 순간, 문지방 너머에서 호위병의 소총이 번쩍 빛나는 것이 보였다. 리차르델로 간수는 벽 앞에 꼿꼿이 선 채 차렷 자세를 취하고 있었다.

간수는 이 예기치 않은 사령관의 방문에 깜짝 놀랐다. 사령관에게 경례를 붙이는 것이 당연한 의무이지만, 예의상으로는 잔반통 수레를 얼른 뒤로 숨겨야 하지 않을까, 그래서 엉거주춤한 채 아직도 수레를 붙잡고 있는 두 손을 어떻게 하면 좋을지 몰라 당황하고 있었다.

그러나 사령관은 손짓으로 신호를 보내면서 느릿한 어조로 말했다.

"자넨 나가 있어. 나와 죄수들만 남겨 놓고, 모두 나가."

사령관이 발로 걷어차자 문이 닫히고 복도의 어둠도 사라져 버렸다.

죄수 넷은 묵묵히 앉은 채였지만, 솔직히 말해서 관심이 없지는 않았다. 물론 사령관에 관해서라면 별명이 무엇이고 평판이 어떻고 생김새가 어떤지 이미 잘 알고 있었다. 하지만 그들이 고문을 당하고 있는 동안 창백한 얼굴로 침묵을 지키고 있는 것을 얼핏 본 게 고작이고, 목소리는 한 번도 들은 적이 없었다. 그거야 어쨌든, 그들에게 무언가 알려줄 일이 있다 해도, 절망적이라고 말할 수밖에 없는 이런 상황에서는 어차피 나쁜 소식일 게 뻔했다. 그런데 사령관이 이렇게 몸소 감방을 찾아오고, 게다가 호위병도 물리친 채 죄수들 가까이 다가오다니…… 죄수들은 내심 불안하기도 했지만, 속마음을 솔직히 표현하자면 낯간지러운 '일말의 희망'이라고 말할 수밖에 없었다.

그런데도 —사령관이 손에 쥐고 있는 뜻밖의 선물이 어쩌면 국왕의 사면이라 해도— 죄수들은 하나같이 약속이나 한 듯 애써 무관심한 표정을 지은 채, 상대가 무슨 말을 꺼내고 어떤 행동으로 나오는지를 잠자코 기다리고 있었다. 1분이 지나고 2분이 지났다. 사령관을 관찰하기에는 충분한 시간이었다. 사령관은 거인이라 해도 좋을 만큼 덩치가 크고, 머리카락과 귀밑털은 적갈색으로 퇴색해 있는데, 대머리가 되기 직전인 그 머리에는 백발 몇 가닥이 기묘하게도 꿋꿋이 버티고 있었다. 이탈리아식 성姓을 갖고 있지 않았다면, 한 재산 모으려고 알프스를 넘어 남쪽으로 내려온 스위스 인이나 독일인으로 착각할 만큼 이국적인 용모였다. 지병 때문에 이 작은 섬으로 유배된 거나 다름없는 군인이지만, 이곳에 와서도 군인으로서의 위엄과 긍지를 지키며 전쟁놀이에 열중했다. 경비대는 적군과 아군으로 나뉘어 전쟁 연습을 되풀이하느라 바빴다. 그리고 저녁 먹을 시간이 되면 사령관은 언제나 자신의 침실에서 참모 회의를 소집하곤 했다.

겉으로 드러난 그의 면모는 대충 이러했다. 그런데 스쿠타리[12]를 공략한 이후, 그는 교묘하고 잔혹한 공을 세웠다는 소문이 끊이지 않았다. 또한 그가 지금 앓고 있는 마음의 병은 사랑해 마지않는 아내가 죽은 뒤에 시작되었고, 몇 해 전부터 그의 뼈를 좀먹어온 척추염이 점점 악화되면서 우울증이 더욱 심해졌다고 사람들은 수군거렸다. 물론 통증을 느끼지 않고 잠을 푹 잤을 때는 지금도 군인이라기보다 철학자에게 어울리는 활기차고 당당한 제안을 내놓곤 했다.

네 명은 이런 사정을 잘 알고 있었기 때문에, 사령관이 이야기를 꺼내기를 두근거리는 가슴으로 기다리고 있었다.

그들은 앉아 있는데, 사령관은 그들을 위압하듯 서 있었다. 그러다가 마침내 입을 열었다.

"나는 카르타고의 옛 로마인[13]처럼, 평화냐 전쟁이냐, 생명이냐 죽음이냐 하는 문제를 옷 속에 넣어 가져왔다. 나는 너희들의 심정을 이해하고 있으며, 감탄하는 마음도 없지 않다. 육체적인 고통을 당하면서도 그토록 완강하게 버틴다는 것은 아무나 할 수 있는 일이 아니기 때문이다. 어떤 고문과 회유도 아무 소용이 없었지만, 내가 지금 내놓는 조건이라면 아마 솔깃할 것이다. 왜냐하면 지금 문제는 죽음이나 치욕 가운데 하나를 선택하는 것이 아니라, 두 종류의 치욕, 즉 목숨을 가져다주는 치욕과 죽음

---

12 터키 이스탄불 주에 있는 도시 위스퀴다르의 이탈리아식 이름.
13 제2차 포에니 전쟁(기원전 218~201년)에서 카르타고의 명장 한니발을 물리치고 승리한 로마의 장군 스키피오를 말한다.

을 가져다주는 치욕 가운데 어느 것을 선택하느냐에 달려 있기 때문이다."

여기서 사령관은 잠시 말을 멈추고 입술을 깨물었다.

"고대사를 너무 읽은 탓에 그만 경솔하게 따분한 이야기를 해버렸다. 미안하게 생각한다. 어쨌든 내 요구는 너희들의 우두머리가 누구인지, 이름만 말해 달라는 것이다. 그렇다고 너희들의 신념까지 배신하라고 요구하는 것은 아니다. 동료 하나를 배신하라고 요구하고 있을 뿐이다. 그리고 누가 배신했는지는 아무도 모를 것이다. 이렇게 말하는 나도 배신자의 정체는 알지 못하도록 되어 있다. 혼자 남몰래 부끄러워할 필요도 없다. 자기 스스로 부끄러워한다면 별문제지만 말이다. 인간의 속성을 알고 있기에 하는 말이지만, 수치심은 금방 잊히는 법이다. 그 수치심을 잠시 견딜 수만 있다면 너희는 보상을 받게 될 것이다. 나는 국왕 폐하의 이름으로 너희 모두를 사면하여 아르헨티나 식민지로 추방할 것을 약속한다. 사태가 진정된 뒤에는, 너희가 원할 경우 귀국할 수도 있을 것이다."

대답이 없자 사령관이 말을 이었다

"너희에게 남아 있는 시간은 오늘 하룻밤뿐이다. 수치심을 이겨내고 목숨을 구할 것인가, 아니면 명예라는 환상에 사로잡혀 목숨을 버릴 것인가. 어느 쪽이 더 나은지, 앞으로 여덟 시간 동안 충분히 생각하기 바란다. 조건이 마음에 들면 다음과 같은 절차를 밟게 될 것이다. 관례상 마지막 밤에는 족쇄를 풀고 감방을 나와 아래층에 있는 고백실로 옮겨가도록 되어 있다. 그곳에는 고해신부가 너희를 기다리고 있다. 너희는 이제 곧 거기로 옮겨가게 될 터인데, 그곳에 가면 내일 행사에 초대된 다섯 번째 손님과 너희 모두가 넉넉하게 누울 수 있는 침대, 그리고 탁자 위에 놓여 있는 백지 넉 장을 보게 될 것이다. 마지막 순간에 각자 그 종이에다 남들이 알지 못하도록 적어 넣기를 당부한다. 거부를 뜻하는 가새표를 하거나 아니면 내가 요구하는 이름을 적은 다음 작은 상자에 넣으면 된다. 물론 선택은 자유다. 내일 아침에 내가 왔을 때 종이 넉 장에 가새표가 그려져 있으면 너희는 모두 죽게 된다. 그와는 반대로, 누가 썼는지는 모르지만 단 한 장에라도 이름이 밝혀져 있으면 네 사람 다 목숨을 건지게 된다. 물론 누가 배신자인지는 아무도 모를 것이다."

그러자 남작이 바닥에다 침을 뱉었다. 다음 순간, 다른 사람들도 모두 침을 뱉었다. 그러나 '총잡이'는 끄떡도 하지 않고 말을 계속했다.

"나 개인적으로는 오히려 숭고한 대답을 기대하고 싶은 마음도 있다. 나중에 교훈이 될 만한 대답 말이다. 예를 들면 '추구하라, 슬퍼하지 말고'라든가, '치욕스러운 삶보다 명예로운 죽음이 낫다'라든가…… 적어도 냉소적인 대답을 기대하는 마음도 없지 않다."

사령관은 마룻바닥에 묻은 침을 구두 바닥으로 문질렀다.

"하지만 이런 짓은 지우려야 지울 수 없는 오점을 남기게 된다. 어쨌든 그런 식으로 달아날 궁리를 하는 것은 너희들 자신의 유대감을 의심하고 있다고 고백하는 거나 마찬가지여서, 사실 여부야 어쨌든, 정신적으로는 배신한 것이 되기 때문이다. 진정한 용기를 가진 자라면, 자신의 주눅 든 신념을 큰 소리로 떠벌리거나 부질없는 영웅심을 자랑스럽게 공언하지 않는다. 나는 지금껏 수많은 사람들이 깃발 주위에 모여들어 양처럼 묵묵히 죽음을 향해 걸어가는 것을 보아왔다. 아무도 보아주는 사람이 없고, 의식도 평온한 가운데, 혼자만의 고독 속에서 삶의 유혹을 거부할 수 있어야만 비로소 진정한 용기를 갖고 있다고 말할 수 있을 것이다. 사면 따위는 단호히 거부하고, 내가 원하는 이름 대신 '싫다!'는 한 마디를 과감하게 쓴다거나…… 그렇지 않으면 자신에 대한 의혹이 뱀처럼 가슴속에 우글거리는 상태로 처형대에 올라가게 될 것이다. 내가 무엇 때문에 죽어야 하는가 하고 화를 내면서……."

한참 침묵이 흐른 뒤에, 뜻밖에도 남작이 입을 열었다.

"지당하신 말씀이오. 나는 벌거벗은 두 수녀 사이에서 잠을 잔 뒤에야 비로소 정욕을 극복할 수 있었던 성자를 알고 있소. 즉, 모든 의혹을 풀어야만 비로소 우리의 최후도 영광스럽게 장식될 것이오."

남작은 족쇄 때문에 힘겹게 일어나, 사령관을 돌아보며 말을 이었다.

"피에 굶주린 분, 단순한 가새표 대신 훨씬 더 격렬한 저주의 말을 써드릴까?"

사령관은 낭패한 기색도 없이 말을 받았다.

"하지만 나는 감히 믿고 있다. 너희들 가운데 적어도 한 사람은 현명하게도 살아남겠다는 결심을 굳혀 주리라고. 저울의 양쪽 접시는 구태여 무게를 비교해볼 필요도 없다. 한쪽 접시에는 빛, 빛나는 청춘이 있다. 자신은 존재했고, 존재하고 있으며, 앞으로도 존재할 거라고 말하는 힘이 있다. 존재의 바다에서 제 몫의 한 방울이 될 수 있는 힘이 있다. 그리고 앞으로도 여인의 육체를 껴안고, 꽃내음을 맡고, 웃고 울 수 있는 힘이 있다. 기회만 있으면 '나는, 나는, 나는……' 하고 말할 수 있는 힘이 있다. 이 모든 것이 한쪽 접시 위에 놓여 있다. 그 무게는 산만큼이나, 하늘만큼이나 무겁다. 반면에 다른 한쪽 접시에 놓여 있는 것은 뭐가 뭔지 알 수 없는 숨결, 어둠의 조국뿐이다. 지금 너희는 자유니 평등이니 박애니 하는 말을 숙명으로 여기겠지만, 그 어둠의 조국에는 그런 것을 생각할 머리도 없고, 그 말을 끼적일 손도 없으며, 그 말을 지껄일 입도 없을 것이다."

사령관은 갑자기 입을 다물었다. 하늘빛 눈에 그늘이 어렸다. 그의 머릿속에서 쥐새끼가 눈을 뜨고 한두 번 깨문 뒤, 다시 잠든 시늉을 했거나 아니면 정말로 잠들었기 때문이다.

"하지만 당신은……" 하고 살림베니가 입을 열었다. "걸핏하면 고문을 하고 사람을 죽이는데, 당신의 대의명분이 우리 것보다 정의롭다고 믿고서 그런 짓을 하는 거요?"

"그렇다." 사령관은 다소 피곤한 어조로 대답했다. "어쨌든 나의 대의명분은 단순히 군주나 군주의 야심을 지키기 위한 것과는 다르다. 어떠한 왕좌보다 위에 계시는 하느님의 징표를 빛나게 하기 위한 것이니까."

"그 군주가 폭군이라도 말입니까?" 학생이 발끈했다.

"교황이 파문당했다고 해서, 그 교황이 그리스도의 대리인이 아닌 것은 아니다. 너희들 가운데 가장 훌륭한 자라도 사탄의 추종자임에는 변함이 없는 것과 마찬가지로……."

병사가 벌떡 일어나 사령관에게 달려들더니 빗장 같은 팔로 그의 목을 졸랐다. 하지만 사령관이 다치지 않도록 시늉으로만 목을 조른 채 작은 목소리로 남작에게 물었다.

"이자에게 따끔한 맛 좀 보여줄까요?"

남작이 눈짓으로 말리자 병사는 팔을 풀고 자리로 돌아갔다. 사령관은 광대뼈 언저리에 가벼운 화장을 하고 있었지만, 화장 밑의 안색은 파랬다. 사령관은 정신을 차리고 숨을 헐떡거렸다.

"내 나이 벌써 일흔. 하지만 일 년 전이었다면 너 같은 놈은 한 주먹에 숨통을 끊어버렸을 거다." 그러고는 네 사람을 둘러보며 마치 신탁이라도 내리는 듯한 투로 말을 이었다. "그렇다. 지상에는 하느님의 대리인이 단 두 분, 국왕 폐하와 교황 성하뿐이시다. 반면에 너희는 사탄의 앞잡이에 종이며, 자신을 인민이라 부르고, 남들의 눈을 피해서 다닌다. 그리고 너희는 지뢰를, '인간의 권리'라고 부르는 지뢰를 땅 밑에 숨겼지만, 이 지뢰는 단 한 번의 폭발로 고대 세계의 본보기, 경험의 전례들, 모든 회의와 위원회가 만든 법률이나 법적 행위를 무너뜨리게 된다."

살림베니는 사령관을 뚫어지게 쳐다보고 있었다.

"그런데 이제 보니 당신은 우리를 무장해제시키겠다는 거군. 도대체 무슨 권리로 그러는 거요?"

"나는 말이다……." 하고 노인이 받았다. "하느님이 만드신 삼라만상을 산수에 비유하자면, 너희야말로 계산 착오의 산물이 아닐까 생각하고 있다. 너희를 처벌하는 것은 그러므로 불필요한 군더더기를 제거하고 잘못된 과오를 시정하는 것이다. 또한 그것은 쾌감인 동시에 시련이기도 하다. 신자가 영성체를 원하듯 너희가 순교를 원한다면, 나는 집행자로서 너희의 순교를 도와줄 작정이다. 나는 심판이요, 형벌이요, 칼집에서 빼낸 칼이요, 하느님의 뜻을 집행하는 망나니이기도 하다. 시간이 계속되는 한, 살아 있는 온갖 것이 멸종할 때까지 끝없이 산 제물이 되도록, 피를 빨고 또 빨아들이는 이 지구상에서……."

남작은 작은 소리로, 그러나 분명히 알아들을 수 있도록 말했다.

"지금 그 말은 다른 사람이 한 말이오. 그게 누가 한 말인지도 나는 알고 있소. 총잡이, 당신은 책을 너무 많이 읽은 것 같소."

그러나 상대는 아랑곳하지 않고 말을 이었다.

"나에게는 너희를 설득할 만한 사상이 없다. 물에 젖어 축 늘어진 작은 나뭇가지 따위는 도저히 너희의 열기를 당해낼 수 없으니까. 나는 다만 아까 말한 조건을 제시하러 왔을 뿐이다 한 사람과 맞바꾸어 너희에게 생명을 주려고. '살아 있는 신'이 아니라 사탄에 불과한 그자의 이름을 너희들 가운데 한 사람이 나한테 알려주면 좋겠다 싶어서. 만약에 원한다면 말이다. 그렇게만 하면 내일 이맘때는 너희들 모두가 먼 바다로 나가는 배의 갑판에 있게 될 것이다. 그렇지 않으면 너희는 무^{無}로 돌아갈 뿐이다. 네 개의 몸통과 네 개의 머리가 자루에 담긴 채 바다 속에서 물고기 밥으로 사라지겠지."

"김칫국부터 마시는 격이군."

시인이 빈정거렸지만, 사령관은 군대식으로 작별 인사를 하려고 두 발을 모은 다음, 고개를 숙이고 문 쪽으로 걸어갔다. 그러고는 문지방을 넘기 전에 말했다.

"내일 새벽에 새로 옮겨간 방으로 너희를 찾아가겠다. 그때 너희가 쓴 종이를 펴 보겠다."

"맹세코 말하건대, 우리 모두 집으로 돌아가게 될 거요." 남작이 대답 대신 농담을 했다.

어느덧 이발사가 문 밖에서 죄수들을 부르고 있었다.

"머리를 밖으로 내밀어. 한 번에 한 사람씩. 시간은 오래 걸리지 않을 거야. 나는 워낙 손이 빠르니까. 마무리는 내일 아침에 내 선배 되는 양반이 와서 해줄 거야."

아제실라오가 이상하다 싶을 만큼 고분고분한 태도로 맨 먼저 문 쪽으로 다가갔다. 그리고는 커다란 덩치를 구부리더니, 부스스한 머리카락을 눈에 보이지 않는 가위를 향해 내밀었다.

4
밤을 어떻게 보낼 것인가

죄수들은 무장대의 호위를 받으며, 중사의 명령에 따라 '보조를 흩뜨리면서' 사형수가 임종 예배를 보는 방에 줄지어 도착했다. 다만 이곳에 도착하기 조금 전에 족쇄를 풀고 샤워실에 들어가 옷을 벗은 다음, 누군가가 천장 구멍에서 부어주는 물과 거칠거칠한 검은 비누로 몸을 씻을 수 있었다. 때를 벗기고 나자 기분은 한결 상쾌해졌지만 몸은 얼어붙을 것처럼 추웠다. 어쨌든 지난 몇 달 동안 온몸에 덕지덕지 달라붙은 때를 한꺼번에 벗겨냈으니, 그런 느낌이 드는 것도 당연했다.

이리하여 네 사람은 새로 옮긴 숙소로 들어갔지만, 하룻밤 손님인지라 도저히 잠을 이룰 수가 없었다. 하물며 신부한테 고해성사를 할 마음은 도저히 나지 않았다. 그래서 신부의 속죄 기도를 단호히 거부하자, 신부는 허둥지둥 도망치듯 나가버렸다.

동지들끼리만 남게 되자 그들은 주위를 둘러보았다. 조금 전까지 살았던 움막 같은 감방보다 두어 곱절은 넓었고, 청소도 구석구석까지 잘 되어 있었고, 다정한 느낌의 창문 덕분에 바람도 잘

통하고 있었다. 그런데 창밖을 내다보니, 다정하기는커녕 처형대를 세워둔 안마당의 일부가 눈에 들어온다. 다정한 건 겉모양뿐이다.

기다란 벽을 등지고 침대가 양쪽에 세 개씩 마주 놓여 있고, 침대 위에는 각각 십자가가 걸려 있다. 침대는 모두 비어 있다. 아니, 하나는 예외다. 거기에는 땅딸막한 사내가 웅크리고 있다. 그 모양은 마치 탈옥수가 간수들의 눈을 속이기 위해 담요 밑에 인형을 숨겨둔 것 같다. 하지만 이건 인형이 아니라, 분명 살아 있는 사람이다. 머리에는 핏물이 배어 딱딱하게 굳어버린 붕대를 장식 띠처럼 두르고 있다.

네 사람을 새 감방으로 데려온 중사가 꼼짝도 하지 않는 그 덩어리를 가리키며 말했다.

"치릴로 수도사다. 저 영감은 네놈들을 두 번 동행해줄 거다. 오늘 밤은 여기서, 그리고 내일 아침은 지옥에서……" 중사는 이렇게 말하고 문을 닫고 나갔다.

네 사람은 낯선 노인을 경외심 어린 눈으로 바라볼 뿐, 감히 방해할 엄두를 내지 못했다. 그 무서운 노인에 대해서는 태어났을 때부터 여러 가지 이야기를 들었고, 언젠가는 그 노인을 끌어들여 공동 전선을 펴면 좋지 않을까 하고 동지들끼리 의논한 적도 있을 정도다. 치릴로 수도사는 무모하다 싶을 정도로 겁이 없고 잔인한 산적인데, 그 옛날 이름을 날렸던 미켈레 페차[14]를 흠

---

14 나폴리를 점령한 프랑스군에 저항하여 유격대를 이끌었던 인물(1771~1806). 디아볼로 수도사라는 별칭으로 널리 알려졌다.

내 내어 수도사라고 부르고 있었다. 그는 전국 곳곳을 약탈하면서 40년 동안이나 암약해왔는데, 대단한 지성의 소유자이고, 집안도 괜찮은 편이라고 한다. 수도원이나 대저택에 침입하면, 식량이나 보석보다 책을 먼저 챙겼다는 소문이다.

마침내 그가 붙잡혔다는 소식이, 그것도 산 채로 붙잡혔다는 소식이 요새에 전해진 것은 얼마 전의 일이었다. 그 소식은 통방 신호로 감방에서 감방으로 전해졌고, 점점 위로 올라와 마침내 정치범 감방에까지 이르렀다. 그거야 어쨌든 그 유명한 산적 두목이 그들 바로 옆에 있고, 그의 목이 그들과 똑같은 말로를 걷게 된다는 것은 새로운 발견이었다. 하기야 이제 모든 것에 흥미를 잃어버린 사람에게는 쓸데없는 발견이겠지만……

죄수들은 각자 침대에 뛰어들어 눈을 감았다. 그러나 잠을 자려고 눈을 감은 것은 아니다. 오히려 그들은 밤새도록 깨어 있을 작정이다. 얼마 안 남은 목숨이나마 충분히 활용하지 않으면 안 된다는 것을 잘 알고 있기 때문이다. 침대에 누운 것은 목욕을 하고 배를 채운 탓으로 온몸이 나른했기 때문이지만, 이 나른함이 결국은 두려움에 불과하다는 것을 그들은 알고 있었다.

일종의 불순물이 내장을 타고 내려가, 몸속에 또 하나의 몸뚱이가 생긴 듯한 느낌이 든다. 어쩌면 임신한 여자가 밤의 정적 속에서 뱃속에 든 아기의 작은 심장 소리를 처음으로 느낄 때 이런 기분이 아닐까. 다만 다른 게 있다면, 증식해가는 그 살덩이의 무게가 임신한 여자에게는 생명이지만, 죄수들에게는 고통 그

자체라는 점이리라. 겉에는 드러나지 않는 암세포가 사령관의 머릿속에 있는 쥐새끼처럼 이따금 눈을 뜨고 몸속에서 살을 물어뜯는다.

  네 사람은 지금 두렵다. 위층 감방에 그대로 있었다면 이렇게 두렵지는 않았을 것이다. 어쨌든 오늘은 이상한 일만 계속 일어나고 있다. 이발, 목욕, 이감이 잇따라 일어나, 지금까지는 기억 밖에 있었던 흐릿한 시간 아닌 시간을 파괴하고, 한 걸음 더 나아가 그들에게 닥쳐오고 있는 사태의 결정적인 순간을 시시각각 새기고 있는 듯하다. 어제까지, 아니 오늘 낮까지만 해도 죽음이라는 말이 실감나지 않았다. 죽음은 기껏해야 배우가 무대에서 연기하는 드라마 같은 것이었다. 연극의 경우에는, 우레 같은 박수갈채를 받으며 인사를 끝내면, 배우들은 모두 분장실로 들어가 옷을 갈아입고 다시금 자기 자신으로 되돌아간다는 암묵적인 양해가 이루어져 있다. 그런데 지금 분명히 깨달은 것이지만, 이제 자기 자신으로 되돌아갈 가능성은 전혀 없다. 죽으면 아무것도 아니다. 그들은 앞으로 닥쳐올 어둠의 무게를 머릿속으로 탐색하고 있다……. 그런데 어둠이란 무엇일까. 어둠은 맹목의 세계다. 그래도 어둠 속에서는 눈먼 손과 손이 서로 마주잡고, 기억을 더듬으며 빛의 자취 속에서 함께 걸어갈 수 있다. 그러나 죽음은 어둠도 아니고 빛도 아닌, 그저 폐기된 기억일 뿐이며, 전면적인 파괴와 부재이고, 재조차 남지 않는 화장이다. 죽음 속에서는 과거에 존재했던 것들이 더 이상 존재하지 않는다. 앞으로도 존재하지 않을 뿐 아니라, 과거에 존재했던 흔적조차 사라지고 마는 것 같다.

그들은 모두 두려움을 끌어안은 채 침대에 누워 있다. 한쪽 벽을 등진 침대 세 개는 남작과 시인과 병사가 하나씩 차지했고, 나이가 가장 어린 학생은 반대쪽 침대 하나를 차지했다. 학생의 침대와 수도사의 침대 사이에 있는 침대만이 비어 있다. 수도사는 그들이 들어오는 소리를 듣고 안대 속에서 한쪽 눈을 잠깐 떴을 뿐, 그 다음에는 다시금 몸을 딱딱하게 긴장시키고 눈을 감는다.

실내가 너무 밝다. 쇠고리에 끼워진 촛불 네 개와 성상 밑에 켜져 있는 등불 말고도, 석양이 창문으로 비쳐 들어오고 있기 때문이다. 그래서 아제실라오는 얼굴에 목도리를 두르고 양쪽을 잡아맸지만, 그렇게 하고 보니 밭을 갈던 농부가 무더위를 피해 산울타리 밑으로 달아나는 꼴이다. 그래서 아제실라오는 진절머리가 났는지, 이윽고 목도리를 벗어버렸다.

그들은 그렇게 질서정연하게 누운 채, 방 한복판에 놓여 있는 탁자 위를 한 시간쯤 꼼짝도 않고 묵묵히 바라보고 있다. 탁자 위에는 필기도구, 길쭉한 종이쪽지, '진실의 입'[15] 같은 상자가 놓여 있다. 상자는 투표함처럼 옆면에 구멍이 나 있고, 비밀을 지키

---

15 로마 중심부의 산타 마리아 인 코스메딘 성당 입구 벽면에 있는 대리석 가면. 강의 신 홀르비오의 얼굴을 조각한 것으로서, 거짓말쟁이가 입 안에 손을 넣으면 입이 저절로 닫힌다는 전설이 있다.

기 위한 자물쇠가 채워져 있다. 요컨대 모든 것이 '총잡이'가 약속한 그대로다.

오랜 망설임 끝에 남작이 결국 입을 열었다.

"고민은 이제 그만 끝내도록 하지." 그러고는 일어나서 탁자 쪽으로 걸어갔다. 펜에 잉크를 묻히기 전에 문득 손을 멈추고 다른 사람들을 돌아보았다. "아니면 내일 아침까지 기다리는 게 좋을까? 협상한 대로?"

그러고는 제자리로 돌아갔다. 그를 뒤따라 일어났던 세 사람도 다시 침대에 눕지만, 시선은 서로를 피하듯 제각각이다. 누군가 한 사람쯤은 배신을 해도 좋을 텐데. 이런 소망과 상상을 하는 것도 무리는 아니지만, 그러면서도 동지들 가운데 정말로 배신자가 나오면 실망이 이만저만 아닐 것 같은 기분이다.

이때 치릴로 수도사가 귀찮다는 듯이 넝마 같은 담요 속에서 얼굴을 내밀었다.

"뭣들 하는 거야? 자네들은 누구야? 무슨 일이지?"

날카로운 데라고는 별로 없는 인상이어서, 좀 뜻밖이라는 생각이다. 네 사람은 자신의 내력을 간단하게 설명한 뒤, 주뼛거리며 물었다. 기분은 어떠십니까? 고문이 심했을 텐데, 상처는 괜찮으신가요?

수도사는 대꾸도 하지 않고, 쇠창살 틈으로 비치는 하루의 마지막 숨결을 바라보고 있었다. 하늘에는 벌써 별 하나가 어렴풋이 태어나 있었다.

이번에는 시인이 치릴로처럼 창밖을 내다보면서 중얼거렸다.

"참 묘하군. 존재란 것은 설령 멀고 무관심한 것이었다 해도, 우리의 성실함에 착실히 반응만 해주면 애착을 느끼게 되니 말이야. 그래서 내가 아직 자유의 몸이었을 때, 늘 지나다니는 길모퉁이에서 똑같은 술집 간판이 나를 기다려주고 있는 것을 발견하면 나는 기뻐서 어쩔 줄 모르곤 했지. 갈라진 벽의 똑같은 무늬를 보아도 마찬가지였어. 초저녁의 샛별도 다를 게 없지. 초저녁의 샛별, 오, 나의 별이여." 시인은 하늘을 향해 두 팔을 벌리면서 빈정거리는 투로 목청을 높였다. "죽음을 앞둔 자들이 그대에게 작별을 고하노라!"

그의 등 뒤에서는 나머지 네 사람이 일제히 눈을 들어, 아득히 먼 곳에 있는 차가운 별을 쳐다보았다. 젊은 학생만은 못 견디겠다는 듯이, 금방이라도 울음을 터뜨릴 것 같은 표정을 짓고 있었다. 그에게 남작이 말했다.

"두렵기는 나도 마찬가지야. 하기야 이 몸은 태어났을 때부터 다른 사람들한테 빚을 지고 있다고 생각하니까 그만큼 덜 괴로워해도 되지만 말이야. 내가 파리에 있을 때, 밤만 되면 유령을 만나려고 그레브 광장[16]에 나가곤 했던 게 기억나는군. 그때 이것만은 확실하다고 생각한 게 있다네. 깊은 고뇌는 허공에 가득 차서 영원한 흔적을 남긴다는 생각이지. 죽으려야 죽을 수도 없

---

16 현재 파리 시청 광장의 옛 이름. 프랑스 혁명 때인 1792년부터 이 광장에서 단두대 처형이 행해졌다.

다는 기분보다 더 깊은 고뇌가 있을까. 그래서 나는 그레브 광장에 나가, 눈을 감고 가슴 가득히 공기를 들이마시곤 했다네. 그러면 당장에 반역자, 살인자, 강도, 이단자, 귀족 등의 유령들이 나타나 내 양옆으로 바싹 다가오는 거야. 입가에 새겨진 잔주름도 셀 수 있었고, 언청이가 된 입과 젊은 여자의 주근깨, 노인의 하얗게 빛나는 이마도 알아볼 수 있을 정도였지. 하지만 무엇보다도 인상적이었던 것은 그 희생자들 속에서 풍기는 공포와 죽음의 냄새였다네. 지금 이곳에 있는 우리의 냄새와 똑같은 냄새, 여인들의 월경과 오줌이 뒤섞인 냄새……"

치릴로가 침대에서 부스럭거리며 뒤척이는 소리가 들렸다. 그는 마침내 일어나 앉았지만, 상체의 절반만 겨우 일으킨 채, 마구 헝클어진 텁수룩한 머리카락 사이로, 안대로 가린 얼굴의 일부, 찌르는 듯 날카로운 한쪽 눈, 퉁퉁 부어오른 입술, 그 입술에 떠오른 냉소를 드러냈을 뿐이다. 목소리가 상처의 아픔 때문인 듯 뜻밖에도 부자연스럽게 들렸다.

"이보게들! 그 엄격함을 자네들 것으로 끝까지 지켜야 하네. 이게 잘못된 일인지 아닌지는 별문제로 하고, 어쨌든 나한테는 수도사라는 경건한 칭호가 붙어버렸기 때문에, 내 목이 잘릴 때는 세례반처럼 달콤한 재스민 향기가 풍길 걸세. 기대하라구."

말은 얼핏 천진난만한 느낌을 주지만, 그 목소리에는 남에게 상처를 입히고 기뻐하는 모습이 너무나 짙게 담겨 있었다. 그 목소리가 듣는 사람을 지나치게 깔보는 것처럼 들렸기 때문에, 남작은 아무래도 치릴로와 얼굴을 맞대고 이야기를 나누고 싶다는 생각에 사로잡혔다.

"이제 와서 어떡하라는 거요? 그게 우리와 무슨 상관이죠? 영감님은 도대체 무엇 때문에 우리와 함께 죽는 건가요?"

"나도 똑같은 질문을 던지고 싶군." 치릴로는 아까와 똑같은, 왠지 일부러 거칠게 꾸민 듯한 목소리로 말했다. "도대체 자네들은 누구이고, 왜 나랑 함께 죽는 거지? 사실 아무도 자신의 마지막 순간이나 마지막 길동무를 선택할 수는 없는 법이지. 자네들이나 나나 좀 더 좋은 운명을 타고났으면 좋았을걸. 어쨌든 사이좋게 지내세. 비록 몇 시간 동안이지만. 우리는 동일한 대상을 증오하고 있고, 이 증오야말로 함께 죽는다는 사실보다 훨씬 강하게 우리를 묶어주고 있지 않은가 말이야."

"같은 인물을 증오하는 건 사실입니다." 남작은 당혹스러운 표정을 지으면서도 순순히 인정했다. "하지만 이유는 달라요."

"그런가? 그렇다면 내 이유가 훨씬 훌륭할걸." 치릴로가 말했다. "하지만 그게 무슨 상관인가. 내 이유를 자네들의 이유와 비교하고픈 마음도 없고, 자네들 일에 쓸데없이 참견할 생각도 없네. 내가 보기에 자네들이 '살아 있는 신'으로 떠받드는 자는 우스꽝스럽기 짝이 없으니까. 나는 다른 진리를 숭배하고 있지. 왕을 상대로 싸우면서 다른 왕을 섬기는 짓은 한 적이 없어. 내가 원한 것은 무엇인가. 신분에 따라 높고 낮음을 가르는 일이 더 이상 존재하지 않는, 그러니까 만인이 평등한 세상, 그런 세상을 나는 원했다네."

남작은 마음을 가라앉히고 조용히 대꾸했다.

"그런 토론이라면 브뤼셀에 있는 '천 개의 기둥' 카페에서 파리의 망명객들과 사귀면서 귀에 못이 박이게 들었습니다. 하지만 내가 궁금한 것은……."

갑자기 수런거리는 소리가 들렸기 때문에 남작은 말을 멈추고 창가로 다가갔다.

달이 떠 있었다. 낫 모양의 초승달이 두 덩이의 짙은 보랏빛 새털구름 사이에 끼여 있고, 그 언저리에는 아직도 저녁놀이 붉게 남아 있었다. 그러나 남작이 달에 이끌려 움직인 것은 아니다. 남작은 거의 다 완성된 처형대의 아래쪽을 내려다보고 있었다. 그곳에는 하늘과는 다른 낫이 반짝이고, 한 떼의 사람들이 주위를 오가며 바쁘게 움직이고 있었다. 그들은 두 개의 홈에 끼워진 칼날이 매끄럽게 작동하는지, 용수철이 제대로 튀어 오르는지, 그 여부를 시험하고 있었다. 눈에는 보이지 않지만 야옹야옹 하는 필사적인 울음소리가 들리는 것으로 짐작건대, 누군가가 고양이 머리를 단두대 아래쪽에 있는 초승달 모양의 칼날에 눌러대고 있는 모양이다. 마침 아슬아슬한 순간에 고개를 돌렸기 때문에 목격하지는 못했지만, 쿵 하는 둔탁한 소리와 여럿이 숨죽여 킬킬거리는 소리가 들린 것으로 보아, 내일은 만사가 순조롭게 진행된다는 게 보장된 셈이다.

병사가 소름이 돋은 듯 몸을 떨었다.

"단두대는 그래도 인간적인 편이라고 하더군요. 하지만 나는 차라리…… 심장에 화약이나 총알이 박히는 그 고귀한 죽음까지는 바라지 않지만, 하다못해 교수형이라도……."

"이봐." 살림베니가 말을 잘랐다. "이러니 저러니 해도, 목이 잘리는 건 한순간에 끝나."

"아플까요?" 학생이 주뼛거리며 물었다.

한동안 아무도 입을 열지 않았다. 이윽고 남작이 말했다.

"어쨌거나 앞으로 몇 시간은 피할 수가 없어. 그러니까 문제는 그 시간을 어떻게 보낼 것이냐 하는 것일세. 말없이 잠자코 보낼 것이냐, 아니면 이야기나 나누면서 보낼 것이냐……."

치릴로 수도사가 말을 받았다.

"오래 전 일인데, 불길 속에서 책을 한 권 구한 적이 있었지. 토레아르사에 있는 성이었네. 음란한 내용이지만, 알고 보면 무서운 책이야. 책 이름은 《데카메론》[17]이라고 하는데……."

"그래서 그게 어쨌다는 겁니까?" 남작이 대꾸했다. "죽음이 페스트처럼 다가왔으니, 이야기나 하면서 그 공포를 잊어버리자는 건가요?"

"이야기를 하자는 게 아니라, 속마음을 털어놓으면 무언가 좋

---

17 이탈리아의 작가 조반니 보카치오의 단편소설집. 1348년에 피렌체에 페스트가 창궐하자 교외의 별장으로 피신한 열 사람이 사랑과 지혜에 관하여 매일 10편씩 10일 동안 계속한 이야기 100편을 모은 것으로, 근대 소설의 시초로 평가받는다.

은 일이 생기지 않을까. 물론 대머리 '총잡이'의 털투성이 귀에다 고백하는 게 아니라, 우리끼리만 알고 있기로 하고……."

"그러면 어떤 이익이 있지요?" 병사가 물었다.

"그거야 자네들이 지금껏 살아온 인생에 비추어보았을 때, 이런 금욕적인 최후가 과연 에필로그로 어울리는 것인지 어떤지를 알 수 있겠지. 딱 들어맞지는 않더라도 대충은 알 수 있지 않을까. 음악에서도 종종 그러잖나. 튀는 가락을 즉흥적으로 집어넣는 것 말일세. 그와 마찬가지지. 뭐, 그건 자네들 문제고, 나는 관계없으니까 그저 잠자코 듣기만 하겠네."

무서운 침묵이 흘렀다.

남작은 오랫동안 동지들과 소곤소곤 대화를 나누어 의견을 조정한 뒤, 마침내 이렇게 말했다.

"그러면 영감님이 주제를 내주시죠. 세상 물정에 제법 밝은 모양이니까. 하기야 우리한테 남겨진 시간은 열흘도 천 날도 아니고, 비참할 정도로 짧은 하룻밤뿐이지만……."

치릴로는 남작이 같은 말을 되풀이하게 하지 않았다.

"미리 주제를 설정할 것도 없잖나. 각자 자기 이야기를 하면 돼. 예를 들면 각자가 지나온 삶을 돌이켜보고, 우연이든 착각이든, 언제 어떤 식으로 자기가 행복했는지, 또는 남을 보고 참 행복한 사람이라고 생각했는지……. 그리고 차가운 칼날이 마침내 목에 닿는 순간, 각자가 그동안 허송세월한 나날 속에서 어떤 모습을 골라 눈꺼풀 밑에 새길 것인지……. 이런 것들을 생각나는 대로 지껄이면 되지 않을까?"

"나한테는 적용되지 않습니다." 병사가 항의했다. "행복했던 추억을 이야기하라지만, 도대체 무엇을 이야기하면 좋을지 모르니까요. 굳이 행복했던 순간을 말하라면, 추억이 아니라 꿈이지요. 날이면 날마다 밤이면 밤마다, 나는 매번 다른 방식으로 왕을 죽이고 즐거워하거든요. 손톱으로 할퀴어 죽이기도 하고, 푸줏간 칼로 찔러 죽이기도 하고, 농부의 낫으로 찍어 죽이기도 하고……. 하지만 죽이기 전에는 내 발 밑으로 기어오게 해서, 구두에 묻은 진흙을 혀로 핥게 합니다. 그리고 왕비한테는 알몸을 땅바닥에 내던져, 나한테 울며불며 매달리게 하지요. 그러면 나는 왕관을 쓴 놈들이 눈물로 호소하는 왕비한테 말하는 것과 같은 투로 대답하곤 합니다. '감기 걸리겠소, 왕비. 어서 옷을 입으시오. 개돼지 같은 놈 하나 때문에 그토록 괴로워할 필요가 어디 있소. 그자의 명복을 빌기 위해 미사나 열 번 올려줍시다…….' 하고 말입니다."

"자네를 좀 더 일찍 만났더라면 내 패거리에 넣어주었을 텐데." 수도사가 아쉽다는 듯 한숨을 내쉬었다.

"저도 영감님이 싫지 않습니다." 병사가 대꾸했다. "모처럼 이렇게 만났는데, 만나자마자 오늘 밤으로 끝이라니 정말 유감이군요. 영감님의 생애에 대해서는 여러 가지로 알려져 있고, 그 색다른 점에 항상 매력을 느끼고 있었어요. 영감님이 종교와 총칼을 신봉하게 된 경위는 민중들 사이에서는 전설이 되어 있지요. 오늘 밤에도 신부가 아니라 영감님이 임종 예배를 올려준다면 훨씬 기쁘겠습니다. 영감님 같은 땡추의 기도가 효력이 있을지는 의문이지만……."

"예배를 올려달라는 건 지나친 말이야." 남작이 끼어들었다. "자 그럼, 각자 자기가 좋다고 믿고 있는 것을 말하도록 하지. 거짓말이라도 좋으니까, 자기에 대해서 남도 자신도 깨달을 수 있도록. 하기야 지금 같은 경우에는 선택의 여지가 많지 않지만 말이야. 자, 그러면 가장 잊을 수 없는 추억부터 털어놓도록 할까. 지어낸 이야기라도 괜찮아. 하지만 내가 바라고 싶은 것은, 각자 자기 이야기를 하는 가운데 우리의 운명이 갖고 있는 의미를 드러내도록 했으면 하는 걸세. 우리는 무엇 때문에 죽는가, 그 이유를 돌이켜 검토하고, 구경거리를 일상다반사로 만들어준 이 신비에 대해 결론을 내림으로써, 날이 새기 전에 하느님에 대해, 또는 우리 자신에 대해 변명할 수 있는 구실을 찾아낼 수 있으면 좋겠다는 게 내 생각일세. 하지만 그런 의미가, 다시 말해서 우리 죽음의 의미가 끝내 발견되지 않는다면……." 남작은 학생을 돌아보며 덧붙였다. "좋아, 그렇게 되면 나는 역설적으로 이렇게 말하겠네. 우리는 역시 목숨을 잃는 편이 좋기는 하지만, 자네한테는 말할 권리가 있다, 그 이름을 말하고 목숨을 구할 권리가 있다고……."

"저 혼자만요?" 나르치소가 오싹한 듯 몸을 떨었다. "베드로처럼 변절자가 되란 말입니까?"

"그렇다, 베드로처럼. 새벽에 미친 자의 목소리가 지하 감방에서 들려오기 전에……." 남작이 말하고는 꼬끼오 하고 수탉 울음소리를 서투르게 흉내 냈다.

"누구든 좋으니까, 어서 시작해." 치릴로가 말했다. "이제 다섯 시간밖에 안 남았다는 걸 명심하게. 이야기하는 데 네 시간, 나머지 한 시간은 혼자서 조용히 보내는 거야. 각자 눈을 감고, 문이 열릴 때까지……."

이렇게 말하면서 치릴로는 촛불을 불어 끄고, 그래도 꺼지지 않는 불은 손으로 껐지만, 등불의 희미한 불빛만은 남겨두었다.

그러자 어둠 속에서 젊은이가 말했다.

"제가 가장 나이가 어리니까 저부터 시작하겠습니다. 다른 분들은 마음이 내키면 내 뒤를 이어받아 주십시오. 괜찮겠습니까?"

반대하는 사람이 없었다. 세 사람은 학생의 침대로 모였지만, 수도사만은 자기 침대에 그대로 남아 있었다.

5
학생의 이야기
강에서 구출된 나르치소

내가 하고픈 이야기는 사랑 이야기입니다. 나는 본디 사랑과는 인연이 없는 사람이지만, 그런 내가 어떻게 해서 사랑을 마음에 담게 되었는가 하는 이야기입니다. 내 갈비뼈로 만들어 숨을 불어넣고, 사랑이라는 이름과 생명을 부여한 과정을 이야기하려는 것입니다. 사랑이란 어느 누가 손을 잡고 이끌어주어야만 타오르는 불이 아니라, 영혼이 스스로 자연스럽게 내뿜는 불이라는 게 제 생각입니다. 그리고 그 불이 활활 타오른 뒤에야 비로소 붙잡고 매달릴 존재를 찾아갑니다. 사랑은 덧없는 감각이고, 서로 대립하는 성질들을 갖추고 있다는 점에서, 이름은 하나뿐이어도 다양한 증상이나 결과를 수반하는 질병과도 흡사합니다. 덕분에 내가 어떻게 되었는지는 지금 여러분이 보시는 대로입니다. 나는 결국 파멸에 이르고 말았지요. 그런데도 나는 사랑을 저주할 수가 없습니다. 사랑 덕분에 행복하니까요. 행복이라는 말에는 물론 여러 가지 의미가 있을 수 있겠지만요.

그러면 내가 오래전부터 어떤 식으로 사랑을 소망하고, 사랑의 지식을 얻었는지, 또 어떻게 사랑에 실망했는지, 그리고 사랑을 얻기 위해 어떤 일을 했으며, 어떻게 해서 내 나름대로 사랑에 대한 자신감을 갖게 되었는지를 말씀드리겠습니다. 뭐니 뭐니 해도 이 자신감이야말로 하느님이 내려주신 선물입니다. 나는 처음에는 하잘것없는 존재였고, 내가 누구인지도 몰랐습니다. 그런데 사랑 덕분에 겨우 내 생김새를 알게 되었고, 나 자신의 됨됨이도 알게 되었지요.

처음부터 말씀드리지요. 우리 집안은 무척 유복한 편이었습니다. 아버지는 유럽 전역을 상대로 무역을 하는 포목상이었는데, 독선적인 기질에다 정력이 넘치는 분이어서, 네덜란드나 터키 같은 먼 나라로 여행을 갔다가 돌아올 때면 매번 다른 외국인 여자를 데리고 와서는, 어머니한테 억지로 떠맡기면서 다음번 여행을 떠날 때 함께 데리고 갈 테니 그동안 잘 보살피라고 요구하곤 했습니다. 어머니는 대단한 미인이었지만, 아버지가 자주 집을 비웠기 때문에, 아니 그보다는 아버지가 집에 머무는 동안 하도 시달림을 받은 나머지, 몹시 초췌해져 있었습니다. 어머니가 순종하면 할수록 아버지는 점점 더 폭군처럼 거칠고 냉혹해졌으니까요. 하지만, 부부로서의 의무감 때문이든 아니면 다른 이유 때문이든, 부부 관계를 원래대로 되돌리기 위해 애처로운 기교를 부려 남편을 유혹하는 짓쯤은 어머니도 할 수 있었습니다. 딸은 있으니까 이번에는 아들을 낳게 해달라고, 태몽을 꾼 사실까지 내세우며 남편을 잠자리로 끌어들여 결국 아기를 가졌지요. 그래서 태어난 게 바로 납니다. 그 바람에 어머니는 목숨을 잃었지만요.

 이리하여 나는 방종한 어린 시절을 보냈습니다. 우리 집은 아드리아 해가 눈앞에 펼쳐진 바닷가 벼랑 위에 있었고, 뒤쪽은 멋진 정원이 지켜주고 있었습니다. 누나인 올림피아와 제멋대로인 가정교사가 함께 살았는데, 누나가 보기에 나는 어머니를 죽인 죄인일 뿐이었습니다. 아버지를 만나는 것은 1년에 두세 번, 그나마도 집에 잠시 들렀다가 떠날 때까지 며칠뿐이었지요. 아버지는 여전히 외국에서 데려온 여자들을 우리 집에 머물러 있게 했지만, 그 여자들은 말이 통하지 않았고, 그래서 더욱 이해할 수 없는 존재가 될 뿐이었습니다.

 나는 음악을 조금 배웠고, 지붕 밑 다락방에서 어머니가 남긴 오르간을 발견하고는 거기에 빠져 있었습니다. 그리고 정원사인 카스파르한테 나팔도 배웠는데, 이 정원사는 베네토[18]의 어느 귀족한테 나팔수로 고용되어 브렌타 강을 따라 사냥하러 나간 적도 있었답니다. 카스파르는 나한테 오보에와 호른도 가르쳐주었는데, 이런 악기는 다락이나 움막 같은 데 숨어서 몰래 연주하곤 했지요. 혹시나 짐승들이 그 소리를 사냥 신호로 잘못 듣고 괜히 놀라서 달아나지나 않을까 해서 말입니다. 어쨌거나 더 이상 배움이 필요 없게 되자, 나는 멀리까지 나가서 나무 그늘이나

---

18 이탈리아 북동부 지방. 중심도시는 베네치아. 수세기 동안 베네치아 공화국이라는 이름으로 독립 국가를 유지했으나, 프랑스와 오스트리아-헝가리 제국의 간헐적 침략기를 맞은 뒤, 1866년에는 이탈리아 왕국에 병합되었다.

담벼락 밑에 앉아 가슴이 터질 때까지 악기를 불면서 시간을 보내곤 했습니다. 음악에 도취해 있던 몇 시간, 그때만큼 즐겁고 행복하게 보낸 시간이 또 있을까요?

그런데 하루는 젊은 시골 아가씨가 앞을 지나가다가 문득 걸음을 멈추었습니다. 암말을 교미시키러 데려가는 길이라면서, 악기 소리 때문에 말이 놀라서 날뛸지 모르니까 조용히 해달라고 부탁하더군요. 그 대신, 자기를 따라가서 고삐를 잡고 있어도 좋다는 것이었습니다. 나는 새로운 놀이라도 찾아낸 것처럼 신이 나서 따라갔습니다. 커다란 종마가 '틀집'이라고 부르는 울타리 안에 갇혀 있었습니다. 암말이 다가가자 종마는 그 냄새에 당장 흥분해서 울부짖더니, 빨갛고 축축하게 벌어진 암놈의 엉덩이 위로 덥석 덮치는 것이었습니다. 그러나 뒷발로 버티며 일어섰을 때, 그 초췌해진 눈과 벌렁거리는 콧구멍은 꼭 사람처럼 우울한 분위기를 풍기고 있었습니다.

난생 처음 목격한 광경이지만, 그 순간에는 별로 당황하지도 않고, 오히려 어린애다운 대담함 같은 것을 느꼈습니다. 어른들의 비밀을 엿보았으니까 되도록이면 신중하게 침묵을 지키라고 강요당한 느낌도 들고, 사랑이라는 감정은 왜 그렇3게도 곡예 같고 슬픈 행위를 하도록 만드는지, 혼자서 차분히 생각해봐야겠다는 느낌도 들었습니다. 그래서 개에서 파리에 이르는 온갖 동물들이 교미하는 모습을 탐욕스럽게 찾아다니며 엿보기 시작했지요. 열 살도 안 된 나로서는 달리 방법이 없었으니까요. 그런데 아무리

보아도 역겨운 느낌뿐이어서 그만두고 말았습니다. 하지만 나비 두 마리가 날개를 맞비비며 수레국화의 꽃받침 위에서 황홀하게 넋을 잃고 있는 광경을 보았던 아침은 지금도 기억에 생생히 남아 있습니다.

그럭저럭 하는 동안에 열세 살을 맞이하는 봄이 되었습니다. 악기에는 점점 흥미를 잃고, 그저 나무에 기대어 몸을 쭉 뻗고 깍지 낀 두 손으로 목덜미를 받친 채, 내 작은 물건이 팽창하여 곤추서는 모양만 바라보게 되었고, 그런 다음에는 오늘 밤 몽정을 하여 시트를 더럽히지나 않을까, 걱정하면서도 은근히 기다리게 되었지요. 그러던 어느 날 카스파르가 외출해 있는 동안 내가 대신 염소젖을 짜게 되었는데, 문득 이상한 느낌이 들었습니다. 이튿날은 억지로 그 짓을 해보았지만, 이건 욕망에서 나온 게 아니라 순전히 호기심 때문이었습니다. 다행인지 불행인지, 염소는 펄쩍 뛰어 달아났고, 그 바람에 나는 풀밭에 꼴사납게 나동그라지고 말았지요.

그래서 나는 '사랑'이라는 낱말에서, 그리스어의 '에로스'라는 낱말에서 느꼈던 어떤 특권과 매력을 더 이상 느낄 수 없게 되었습니다. 문학 작품을 읽다가도 욕정에 사로잡혀 땀을 뻘뻘 흘리는 사내가 나오면 나는 그만 책을 내던지고 말았습니다. 그런데 현실은 더욱 가관이었습니다. 남자들이란 하나같이 여자만 보면 침을 질질 흘리는 족속이었던 것입니다.

그 밖에 또 무엇을 이야기할까요. 나는 점점 세상과 담을 쌓게 되었고, 어떤 것과도 인연을 끊은 뒤에는 나 자신만을 사랑하기로 결심했습니다. 이름은 실체를 상징한다던데, 그러니까 나는 또 다른 나르치소[19]의 경쟁자가 된 셈이죠. 내가 거울 앞에 알몸으로 서 있는 것을 누나가 보고는 주먹으로 때리며 심술을 부린 적도 한두 번이 아닙니다. 어쨌든 누나는 어엿한 어른이 되어 있었고, 나와는 전혀 달리 육체적인 접촉에 열을 올리고 있었지요. 누나의 눈빛에는 엉큼한 호기심이 뚜렷이 떠올라 있었습니다. 그게 너무나 노골적이었기 때문에, 집에는 잠시밖에 머물지 않았던 아버지까지도 눈치를 챘을 정도였습니다. 아버지는 누나를 단속하지 않으면 안 되겠다 싶어서, 후견인을 집에 불러들였습니다. 아버지는 집에 돌아오는 일이 점점 드물어졌고, 그럴수록 이 후견인은 우리 집안의 명실상부한 지배자가 되어갔던 것입니다.

  5월 어느 날이었습니다. 카스파르는 정원에서 풀을 뽑고 있었고, 나는 언제나 그렇듯이 나뭇가지와 덤불로 엮어 만든 은신처에 아무도 모르게 숨어 있었습니다. 책을 읽고 있었던 것으로 기억하는데, 열심히 읽은 것은 아니고, 오히려 눈을 감은 채 사방에서 들려오는 온갖 소리를 상대로 놀고 있었지요. 다시 눈을 떠보니, 정원사는 나무 그늘에 앉아서 가슴을 열고 파란 손수건으로 땀을 훔치며 쉬고 있었습니다. 카스파르는 체격이 단단하고

---

[19] 나르키소스의 이탈리아식 이름. 나르키소스는 그리스 신화에서, 물에 비친 제 모습에 반하여 빠져 죽은 뒤 수선화가 된 미소년.

늠름한 50대 남자였는데, 가슴도 호른 연주자답게 떡 벌어져 있었지요.

그때 올림피아 누나가 어디선지 모르게 나타났습니다. 약간 들뜬 태도로 치마를 팔랑거리고 있더군요. 오두막에 가까이 다가갔나 싶으면 멀어지고, 떠났나 싶으면 다시 나타나고…… 그런 짓을 되풀이하고 있었습니다. 벌이 꿀을 따먹으려고 꽃을 오락가락하는 꼴과 전혀 다를 게 없었습니다. 마침내 누나가 정원사 곁으로 살며시 다가가더니 뭔가를 요구하는 것이 보였습니다. 하지만 카스파르는 너무 놀라서 대꾸도 하지 않더군요. 잠시 뒤에 누나는 치마를 걷어 올리고 카스파르 옆에 드러누웠습니다. 지금도 그 모습이 눈에 선합니다. 우윳빛으로 뽀얗게 빛나는 누나의 아랫배는 물에 빠져 죽은 시체처럼 부드러운 곡선을 그리고 있었고, 사타구니 언저리에는 갓 태어난 강아지 같은 털이 보송보송 돋아나 있었습니다.

카스파르의 얼굴은 어느덧 술에 취한 사람처럼 자줏빛인지 흙빛인지 알 수 없는 색으로 변해 있었지만, 두 손은 양옆으로 늘어뜨린 채 꿈쩍도 하지 않았습니다. 누나가 바지 단추를 풀기 시작했을 때에도, 누나의 손놀림을 도와주기 위해서인지, 아니면 거부하기 위해서인지, 그는 꼼짝도 않고 가만히 있었습니다. 바로 그때, 나는 나도 모르게 소리를 질렀고, 이 목소리가 두 사람을 떼어놓고 말았습니다.

이 비명 소리를 듣고 후견인이 창가로 달려왔습니다. 누나는 제정신을 되찾을 겨를도 없었습니다. 아니, 그럴 생각조차 없었을 겁니다. 누나는 카스파르가 자기를 유혹했다고 덮어씌웠습니다. 나는 그게 아니라고 반박했지만, 누나를 당할 수는 없었지요.

정원사는 당장에 쫓겨났고, 나도 함께 집을 나오고 말았습니다. 오기를 부린 것일까요, 아니면 순진한 감정에 상처를 입은 탓일까요, 아니면 충동적인 모험심에 휘둘린 탓일까요. 카스파르는 내가 따라가는 것을 원치 않았지만, 내가 작은 보따리를 들고 '황금사자'라는 여관으로 찾아갔기 때문에 더 이상 나를 뿌리칠 수가 없었습니다.

그 뒤에 겪은 일은 말씀드릴 필요도 없습니다. 여러 해 동안 카스파르와 함께 국경을 넘나들며 이곳저곳 돌아다녔지만, 젊은 이의 쾌락 따위는 염두에도 없이 엄격하게 동정을 지켰습니다. 한편으로는 여러 가지 책들을 읽으면서 민중을 해방시켜야 한다는 열정에 불타올랐고, 그것이 사랑의 열정을 대신해준 셈입니다. 그리고 바로 그 무렵이었습니다. 기억하십니까. 탁자를 뒤엎는 소동이 벌어졌던 날을 말입니다. 그때 우연히 여러분과 알게 되었고, 여러분은 나이도 어린 나를 위원회의 비밀결사에 끼워주셨지요. 그 뒤로 내 운명은 전혀 다른 행로를 밟기 시작했습니다. 새로운 사상의 씨앗을 학교 안에 뿌렸다는 혐의로 수배를 받게 되었고, 그래서 나는 북쪽으로 달아나지 않을 수 없었습니다. 카스파르가 한때 모셨던 그리말디 씨 앞으로 써준 소개장을 갖고 떠났지요.

그리말디 씨는 귀족이면서도 자유사상을 가진 분이었습니다. 브렌타 강가의 별장에 살고 있었는데, 별장을 둘러싸고 있는 정원은 어딘지 모르게 내가 어릴 적에 살았던 집과 아주 비슷했습니다. 나는 당장 그곳에 반하고 말았지요. 조각상으로 장식된 양어장, 기둥이 늘어선 회랑, 비둘기집, 과일나무, 야생식물, 끝없이 이어지는 편안하고 감미로운 은신처……. 오래전에 잊어버린 몽상과 평온을 즐기고 싶은 마음이 되살아났습니다.

나는 그 집에 하인으로 고용되었지만, 겉으로만 그럴 뿐, 실제로는 하고 싶은 일을 얼마든지 하면서 지낼 수 있는 자유와 시간이 있었습니다. 나는 그 여유를 이용하여 독서나 오락으로 돌아갔고, 틈틈이 호른을 연주했습니다.

이 솜씨 덕분에 나는 아마추어 연주자들로 구성된 오케스트라에 들어가게 되었는데, 이 악단은 그 일대에 별장을 갖고 있는 귀족들이 여름철을 좀 더 신나게 즐기려고 만든 것이었습니다. 지난 세기에 영국의 왕들이 템스 강에서 '물과 불의 음악회'를 열어 기분을 즐기곤 했다는데, 그리말디 씨는 이 악단을 이용하여 그 음악회를 재현하려고 했던 것이지요. 악보 전체를 익히기 위해서는 단원이 모두 한자리에 모여 연습을 할 필요가 있었는데, 나로서는 이런 기회가 무척 마음에 들었습니다. 자기중심적인 생활에 싫증이 나 있었고, 애타심을 발휘하기에는 더 없이 좋은 기회였으니까요.

마침내 음악회가 열리는 날이 왔습니다. 나는 악기를 목에 걸고 동료 단원들과 거룻배에 올랐습니다. 그 거룻배는 원래 강을 오가며 담배를 나르는 배였습니다. 수십 명이 발 디딜 틈도 없이 가득 올라탄 채, 음악가들은 저마다 악기를 연주하고 사공들은 천천히 노를 저으며 이 별장에서 저 별장으로 옮겨갔습니다. 다른 배들도 우리 뒤를 따라왔지요. 우리는 연주를 계속하면서, 목적지인 말콘텐타 별장에 도착했습니다. 여기에서는 불꽃놀이를 시작으로 야외 파티가 한밤중까지 벌어지고, 파티가 끝난 뒤에는 가장무도회가 열리도록 예정되어 있었습니다. 아아, 얼마나 멋진 하룻밤이었던가! 지금 이렇게 보내고 있는 오늘 밤의 우울함을 그날 밤의 추억으로 풀고 싶은 심정입니다.

나는 고물 쪽에 자리 잡은 관악기 연주자들 틈에 끼어, 모든 숨결을 담아 열심히 호른을 불고 있었습니다. 고물 끝의 딱딱한 바깥벽으로 밀려나 팔다리가 짓눌리는 바람에 숨조차 제대로 쉴 수 없는 상태에 있으면서도 나는 마치 그 배의 선장이라도 된 듯한 기분이었습니다. 상아 뿔피리를 연주하는 것만으로 사랑의 포로가 된 선원들을 비너스가 사는 섬으로 인도하는 기분이었지요. 우리는 풍성한 머리카락 속으로 손가락을 찔러 넣듯 노를 물 속 깊이 담그고, 잔잔한 수면 위를 미끄러져 나갔습니다. 배 양쪽의 강변 풍경이 날듯이 지나갔지요. 이쪽 강기슭에는 무성한 버드나무와 뽕나무들이 검은 빛을 띠고 있고, 저쪽 강기슭에는 불빛들이 점점 이어져 있었습니다. 다른 사람들과 함께 배를 달리며 연주하고 있는데도, 마치 하늘을 컵처럼 뒤집어놓고 그 속에서 나 혼자 연주하고 있는 듯한 느낌이었습니다. 나지막한 물결 소리, 그 물결을 따라 흔들리는 배의 율동⋯⋯. 밤의 자연이 내 연주에 맞춰 뱃노래를 반주하며 춤을 추고 있는 듯한 느낌이었습니다. 노 젓는 그림자가 달빛을 받아 참으로 유쾌한 무늬를 그려내고 있는 것이 눈에 띄었습니다.

연주자들이 타고 있는 배 옆으로는 청중들을 태운 각종 배들—곤돌라, 나룻배, 돛단배—이 너무 가깝지도 너무 멀지도 않은 거리를 두고 따라오고 있었습니다. 그래도 때로는 우리 배 옆으로 바싹 다가오는 배도 있었는데, 그것은 음악을 좀더 잘 듣기 위해서였습니다. 우리가 연주하는 음악은 하늘과 강물 사이에 꽃처럼 흐드러지게 피어났지요. 우리를 따라오는 배들 가운데 특히 호기심이 왕성한 거룻배 하나가 끈질기게 따라붙는 게 보였습니다. 마침내 우리 배에 거의 닿을 정도로 접근한 순간 달이 구름 속으로 사라지고 거룻배 뱃머리에 횃불이 켜지더니, 서 있는 두 장교 사이에 앉아 있는 젊은 여자의 모습을 대낮처럼 비추었습니다. 나는 연주를 멈추고 그 여인을 바라보기 시작했습니다. 믿기지 않으시겠지만, 어른거리는 불빛에 아주 잠깐 비쳤을 뿐인데도 그녀가 어떤 모습이었는지를 나는 지금도 자세히 묘사할 수 있습니다.

그녀는 베일을 쓰고 있었는데, 베일 속에 보이는 머리카락은 갈색이었다고 말씀드려두지요. 그 머리카락은 한가운데 가르마를 타서 부드럽고 매끄럽게 양옆으로 빗어 올린 다음, 나비 모양의 리본으로 묶고 있었습니다. 그렇게 묶인 머리는 관자놀이를 술처럼 장식하며 두 어깨로 흘러내리고 있더군요. 넓은 이마에는 수심 어린 주름살 몇 개가 새겨져 있었습니다. 그리고 마렝고 금화처럼 동그란 두 눈은 구름 한 점 없이 맑은 하늘, 코앞에 추분이 다가왔음을 예감하면서도 아직 흐릴 기미를 보이지 않는 지중해의 푸른 하늘 같다고나 할까요. 그 두 눈에는 벌써 오래전에 잊어버린 젊음이 빛나고 있었습니다.

끝으로 나는 그녀의 눈동자 속에서 고집스럽고도 변덕스러운 기질을 알아보았는데, 반쯤 열린 입술이 거기에 대응하고 있었습니다. 그녀의 입술은 숨을 쉴 때마다 공기와 입을 맞추고 있는 것 같았지요. 코와 뺨과 턱은 고대의 대리석상처럼 완벽한 형태와 건강미를 과시하고 있었지만, 그 눈길이나 웃음에 비하면 아무래도 존재가 희미해졌습니다. 마치 조심스러운 단역배우들이 주인공의 그늘에 가려 빛이 바래는 것과 같다고나 할까요. 그렇다고 해서 안색이나 분위기가 그녀의 타고난 자부심과 꼿꼿한 기품을 잃고 있는 것은 아니었습니다. 그 기품을 더욱 돋보이게 해준 것은 반짝이는 보석과 풍성한 옷차림이었습니다. 치맛자락은 활짝 펴져서, 빈약한 나무토막 따위는 단번에 휩쓸어버릴 것 같았지요. 반대로 저고리는 몸에 착 달라붙어 있고, 석고처럼 하얗고 매끄러운 젖가슴은 캐시미어 숄에 반쯤 감싸인 채, 달님과 경쟁이라도 하듯 눈부시게 빛나고 있었습니다.

하지만 나는 그녀의 이름을 알지 못했습니다. 그런데 바로 그

때, 가까운 선실에서 "에우니체!" 하고 부르는 소리가 들렸습니다. 그 소리를 듣고 그녀가 고개를 돌렸기 때문에 나도 그녀가 누구인지 알게 되었지요. "왜요?" 하고 물으면서 그녀가 살짝 웃었습니다. 그러자 약간 벌어진 입 안에서 혀가 작은 물고기처럼 튀어 오르는 것이 보였습니다. 그때 나는, 그 작은 물고기를 그물로 잡을 때까지는 죽어도 눈을 감을 수 없을 것 같은 기분이 들었습니다.

그동안 나는 그저 멍하니 서 있었습니다. 너무나 얼이 빠져 있던 나머지, 아차 하는 순간에 악기와 함께 강물 속에 거꾸로 빠져버렸을 정도니까요.

그런데 아무도 그걸 알아차리지 못했습니다. 그만큼 물에 떨어지는 소리가 둔했기 때문이지요. 하지만 미뉴에트 팡파르의 첫 소설에서 높은 호른 소리가 나오지 않으니까 모두 내 쪽을 돌아보았지만, 내 모습이 보이지 않자 그제야 소동이 벌어졌습니다. 하지만 나는 그때 이미 다른 쪽에서 먼저 뻗어온 구원의 손길을 잡고 그녀의 배에 올라가 있었습니다. 내가 작은 소리로 이름을 밝히자, 그녀는 "강에서 구출된 나르치소군요." 하면서 놀랐습니다. 그러는 동안, 흠뻑 젖은 내 몸에서는 물이 뚝뚝 떨어져 그녀의 발을 적시고 있었습니다.

나에게 독한 술을 몇 모금 마시게 하여, 뼛속까지 차가워진 몸을 덥힐 수 있도록 도와준 것은 그녀를 호위하는 두 장교였는데, 이 두 사람은 사실은 무도회에 나가려고 장교 차림으로 가장

했을 뿐이었습니다. 그 직후에 나는 상륙하여 저택 부엌에서 기력을 회복할 수 있었고, 옷장을 뒤져서 마른 옷으로 갈아입을 수도 있었습니다. 왜 그랬는지는 모르지만, 나는 아를레키노[20]의 상에 검은색 복면을 골랐습니다.

이윽고 잔디밭에는 식탁이 치워지고 수많은 모닥불이 피워졌습니다. 나는 손님들 틈에 슬그머니 끼어들어 에우니체를 찾았습니다. 그녀는 벨벳 가면을 쓰고 있었지만, 그녀를 알아보는 것은 어렵지 않았습니다. 팡파르와 함께 무도회가 시작된 다음, 그녀를 내 파트너로 삼기가 오히려 어려웠지요. 파트너 바꾸기가 몇 차례 진행된 뒤에 나는 간신히 그녀를 내 품에 안을 수 있었습니다. 하지만 그녀는 나를 알아보지 못하는 것 같았고, 나도 그게 속편했습니다. 그녀를 품에 안고 함께 왈츠를 출 수 있다는 것만으로 만족했지요. 나는 사랑에 빠졌고, 그것만으로도 행복했습니다.

나중에 나는 이 잠깐 동안의 할렐루야, 에우니체에 대한 내 사랑을 자주 생각하곤 했습니다. 이 사랑이야말로 내가 어릴 적에 배운 고대 현인의 가르침 그대로였다고 자신 있게 말할 수 있습니다. 그 가르침에 따르면, 사람은 누구나 전생의 다른 운명 속에서 만들어진 영상의 원형을 현생의 새로운 운명 속에 들어온 뒤 잃어버리지만, 무의식 속에는 그 원형이 계속 남아 있다는 것

---

20 이탈리아의 근세 가면극에 등장하는 어릿광대.

입니다. 그러다가 언젠가는 그 영상에 육체가 붙은 실물을 만나게 되고, 그 실물 속에서 영상의 원형을 기억해내게 되면, 그 순간 머리에 불이 확 타오르면서, 야수인지 철학자인지 알 수 없는 존재가 되어버린다는 것이죠.

내 경우, 그날 밤 에우니체와의 만남이 바로 그런 거였습니다. 아름다움과 정신이라는 관념, 불꽃과 육체의 승리, 하늘에서 내려와 충족된 관능, 관능을 뛰어넘어 매료된 관능……. 일반적으로 말하자면, 자기적^{磁氣的}인 것과 전기적^{電氣的}인 것이라는 두 마디 말로 설명하는 게 아마 이해하기 쉬울지 모르겠습니다.

그녀를 품에 안자 하늘을 나는 듯한 기분이었습니다. 한 마디 말도 없이, 남들이 다 알아차릴 수 있을 만큼 몸을 오슬오슬 떨면서 춤을 추었지요. 그런데 누군가가 갑자기 파트너를 바꾸자고 요구했습니다. 그 순간 그녀가 나를 놀리더군요. "강물에서는 구출되었지만, 감기는 피하지 못한 모양이군요!"

그녀는 벌써부터 내 정체를 알고 있었던 것입니다! 그 때문에 우리 두 사람 사이에는 일종의 공범 관계가 생겨났지요. 게다가 이제는 남의 품에 안겨 춤을 추면서도, 재빠른 손놀림으로 가면을 벗더니 나한테 환한 미소를 보내는 것이었습니다. 나도 같은 동작으로 답례를 할 수밖에 없었지요. 그래서 가면을 벗었기 때문에 그리말디 씨 저택에 고용된 하인의 얼굴이 드러나고 말았습니다. 하인 주제에 무도회장에 끼어들다니! 이건 절대로 용납할 수 없는 일이야. 모두가 투덜거렸습니다. 결국 그리말디 씨가 개입하지 않을 수 없게 되었고, 그분은 내 팔을 잡고 무도회장 밖으로 끌어냈습니다. 그리말디 씨는 조정 대신들이 쓰는 모자로 얼굴을 감추고 있었는데, 그 모자를 벗고는 아버지처럼 나를 타일렀습니다. 그런 식으로 얼굴을 드러내는 건 분별없는 짓이라고 설교를 하더군요.

하지만 나는 그런 설교는 귓등으로 흘려듣고, 에우니체가 도대체 누구냐고, 그것만 거듭거듭 캐물었습니다. 아아, 유부녀라는 것이었습니다. 이 대답을 들었을 때 나는 온몸이 벼락을 맞은 것처럼 뻣뻣해지는 느낌이었습니다. 그녀의 남편은 베니에로 마닌이라는 귀족인데, 카르보나리[21]에 아지트를 내준 혐의로 체포되어, 지금은 피옴비 감옥[22]에 갇혀 있다는 것이었습니다.

나는 큰 소리로 외쳤습니다. "뭐라고요? 그럼 나는?" 이런 식으로 말할 만큼, 나는 이미 그녀가 내 여자라고 순진하게 믿고 있었던 것입니다. 나는 그녀의 남자라는 자부심이 있었고, 그런 만큼 그녀가 내 여자라는 데 조금도 의심이 없었던 것이지요.

그 후 며칠 동안 내 머리와 가슴이 얼마나 미친 듯이 날뛰고 흥분했는지, 말로는 도저히 표현할 수가 없습니다. 감옥에 있는 그녀의 남편을 생각해서라도, 더구나 그 남편이 나와 같은 대의명분 때문에 고초를 겪고 있다는 점을 생각해서라도, 에우니체

---

21 '숯 굽는 사람들'이라는 뜻. 19세기 초에 나폴리에서 조직된 비밀결사. 이탈리아 독립과 공화제 수립을 목표로 삼았으나, 오스트리아 제국의 탄압을 받았다.
22 베네치아의 통령궁에 딸려 있는 감옥. 지붕이 납(피옴비)로 되어 있어서 이런 이름으로 불렸다. 1755년에 자코모 카사노바가 이곳에 갇혀 있다가 탈옥한 것으로 유명하다.

의 명예를 더럽히는 일은 감히 할 수가 없었지요. 그리말디 씨가 아무리 위로해주어도 소용이 없었습니다. 그 절망감을 견디고 사느니 차라리 죽어버리는 게 낫다고 생각했습니다.

이처럼 막다른 지경에 몰려 있을 때 그녀가 인편에 편지를 보내왔습니다. 그녀는 남편 가까이 있고 싶어서 베네치아로 떠났는데, 편지는 그곳에서 보낸 것이었지요. 고작 몇 줄뿐이었지만, 자기한테 와 달라는 편지를 읽는 순간, 나의 처지와 의무 따위는 될 대로 되라는 기분이 되어버렸습니다. 요컨대 나는 열아홉 살 나이에 이탈리아 남자다운 사랑에 빠져 있었던 것입니다.

나는 보호자에게 작별을 고하고, 권총 두 자루와 짐 보따리를 들고 그녀가 있는 곳으로 떠났습니다. 그다지 먼 여행은 아니었지만 그렇다고 안전한 여행은 아니었습니다. 별장에 머물러 있는 동안은 이웃 사람들과 사이좋게 어울리면서, 법 없이도 살 사람처럼 위장하고 있었습니다. 그런데 막상 여행길에 오르자 위험이 한두 가지가 아니었습니다. 어딜 가든, 내 이름과 인상착의, 현상금 따위가 사람들 입에 오르내리고 있었습니다. 나는 외국인이었지만, 아니 오히려 외국인이기 때문에 취조를 받을 때 심한 모멸과 푸대접을 받을지도 모릅니다. 그리고 왕의 경찰이 실패하더라도 황제의 경찰이 나서면 성과를 올릴 가능성도 많았습니다. 하지만 나는 하느님의 가호로 무사히 그녀가 살고 있는 집에 도착할 수 있었습니다. 계단을 하나 오를 때마다 가슴이 두근거려 걸음을 멈춘 것은 결코 두려움 때문은 아니었습니다.

마침내 문을 두드리자 문이 열렸습니다. 무도회 때 보고 처음 만나는 것인데도 그녀는 사랑의 말은커녕 좋아한다는 말조차 해주지 않았습니다. 그래서 나는 반가움보다도 실망감이 더 컸습니다. 나로서는 그녀를 사랑하는 게 지극히 자연스럽게 여겨졌기 때문입니다. 어쨌든 그녀는 내 정체를 알고 있다고 털어놓은 다음, 나를 부른 까닭을 말했습니다. 남편을 탈옥시키고 싶은데, 그 엄청난 일을 해낼 수 있는 사람은 나밖에 없다는 판단을 내렸다는 것입니다.

'남편을 그토록 사랑하고 있단 말인가? 그러니 나 같은 건 사랑해줄 리가 없지! 어떻게 나를 사랑할 수 있겠어?' 이렇게 생각하자 가슴이 찢어지는 것 같았습니다. 그래도 나는 그녀 앞에 무릎을 꿇고 말했습니다.

"나는 언제나 어차피 질 게 뻔한 게임에 도전하는 버릇이 있지요. 그리고 이번 도전도, 결과야 어떻게 되든 내가 질 게 뻔합니다. 그 이유도 다 알고 있습니다. 하지만 나는 지금 이렇게 당신 앞에 엎드려 있습니다. 내 능력도, 목숨도, 희망도 모두 당신께 바치겠습니다. 당신 마음대로 하십시오."

그녀는 느닷없이 허리를 굽히더니 내 이마에 입을 맞추었습니다. 그러고는 말했습니다.

"목숨까지 바칠 필요는 없어요. 적어도 나는 그렇게 되기를 바라요. 내 계획은 정해진 날짜에 면회 허락을 얻어 감방으로 남편을 찾아가는 거예요. 그이와 체격이며 나이가 비슷한 시누이가 함께 가는데, 감방 안에서 남편과 옷을 바꿔 입는 거예요. 용감한 처녀가 가벼운 죄값을 각오함으로써 제 오빠를 암담한 판결로부터 구해주는 거죠."

과연 성공할 수 있을지, 그 가능성에 대해 내가 의심하는 태도를 보이자, 그녀는 조금도 걱정할 필요가 없다고 장담했습니다. "어둡기 때문에 간수는 잘 볼 수가 없어요. 게다가 주머니도 두둑해져 있고……." 상냥한 손길로 나를 일으켜 세우고는, 말을 이었습니다. "당신은 마차와 말, 무기, 옷가지 따위를 준비해놓고 성벽 밖에서 기다리고 있다가, 우리가 나오거든 아펜니노 산맥 너머까지 데려다주세요. 알고 계시죠? '살아 있는 신'의 은신처 말예요."

나는 무슨 소린지도 모른 채 알았다고 대답했지만, 발갛게 상기된 그녀의 모습이 너무나 황홀해서 그만 넋을 잃고 말았습니다. 그녀의 뺨이 빨갛게 물든 것은 부끄러움 때문이 아니라 피부가 흥분해서 반짝이고 있었기 때문입니다.

그때부터 우리는 날마다 만났습니다. 만나서는 몇 시간이고 머리를 굴리며 탈옥 계획을 검토하곤 했지요. 계산 착오로 그녀의 남편을 파멸시키는 일이 없도록, 우발적인 사고 때문에 엉뚱한 사태가 벌어지는 일이 없도록 말입니다. 그리고 우리의 만남은 언제나 나의 독백이나 망상으로 막을 내리곤 했습니다. 한 마디만이라도 좋으니까 사랑의 말을 속삭여줄 수는 없느냐고 부탁한 적도 한두 번이 아닙니다.

그러나 대답이 돌아온 적은 한 번도 없었습니다. 그런데도 나는 상관하지 않았습니다. 그녀가 대답하든 말든, 두 눈 딱 감고, 거의 일방적으로 속마음을 털어놓았습니다. 성당 고해실의 창살을 향해, 또는 밤하늘의 별을 향해 사랑을 고백하는 사람처럼 말입니다. 그러면 그녀는 내 고백을 묵묵히 듣고만 있었습니다. 그녀가 표정이나 몸짓으로, 내가 그녀를 가질 수 있을 거란 희망의 반응을 보여준 적은 정말이지 한 번도 없었습니다. 그러는 동안 모래시계가 두 번 돌고, 나에 대한 인내심이 한계에 이르면, 그녀는 무심한 태도로 일어나 내 손을 잡고, 자비라도 베풀듯 내 이마에 키스를 하고는 작별을 고하는 것입니다. 우리는 늘 그렇게 헤어지곤 했지요. 그 만남을 생각하면 지금도 웃음이 납니다.

마침내 계획한 날이 왔습니다. 이 탈옥이 얼마나 성공적으로 이루어졌는지는 유럽 전역에서 화제가 되었으니까 구태여 여기서 되풀이하지 않겠습니다. 여러분이 잘 모르는 것은 우리가 제국의 영토를 떠나 교황령에 들어온 뒤, 이곳저곳 전전하며 어떤 일을 겪었나 하는 것입니다. 우리는 여행자 차림으로 산맥 너머 교황령에 도착했습니다. 그런데 공정한 판단인지 질투심 탓인지는 모르지만, 내 눈에는 벌써 베니에로라는 사내가 의지도 약하고 얼굴과 태도도 멍청해 보였습니다. 나는 특히 두 가지 점을 도무지 납득할 수가 없었는데, 하나는 이런 사내가 어떻게 민중의 운명에 정열을 불태울 수 있었을까 하는 점이고, 또 하나는 이런 사내가 어떻게 그녀의 마음에 애정을 싹트게 할 수 있었을까 하는 점이었습니다.

  우리는 경찰의 의표를 찌르기 위해 되도록 어두운 길을 골라 밤중에 마차를 달렸지만, 음식이나 하룻밤 잠자리를 얻기 위해 일부러 호젓한 여관을 찾을 필요는 없었습니다. 며칠 동안 마차를 달려 가장 험한 고개를 넘은 뒤, 어느 여관 아래층에서 식사를 하고 있을 때였습니다. 사냥꾼 행색의 남자 셋이 보따리와 망원경과 카빈총을 어깨에 메고 들어왔습니다. 그들은 우리를 보더니, 누구냐고, 또 어디로 가는 길이냐고 물었습니다. 식탁에서 나누는 단순한 잡담에 불과했는데도, 베니에로는 당황한 나머지 그만 신분증을 보여주고 말았습니다. 사벨리라는 가명으로 되어 있는 신분증이었는데, 저 유명한 바니나―몇 해 전 귀족과 결혼하기 전에는 카르보나리 당원으로 명성을 떨쳤지요―가 로마에서 마련해준 것이었습니다.

  그런데 세 사람 가운데 연장자가 그 증명서를 보고는 흠칫 놀라더니, 조금 떨어진 곳에서 일행 두 사람과 속닥였습니다. 그러고는 돼지우리에 잠깐 갔다 와야겠다면서 우리한테 작별을 고했습니다. 그 속사정은 그들이 경찰대를 데리고 돌아온 뒤에야 겨우 알았습니다. 그들의 말에 따르면 그 신분증에 적혀 있는 사벨리라는 젊은이는 1년 전에 죽었다는 것입니다. 그러자 에우니체가 대담하게 말했습니다.

  "그럴 수밖에 없는 사정이 있어서 그래요. 우리는 지금 도피 중이니까요. 사랑의 도피 말예요. 우리의 결합을 부모님이 반대하시기 때문에, 그 사랑을 이루기 위해서는 도망칠 수밖에 없었거든요. 그래서 본명을 밝히고 싶지 않았던 거예요."

그러고는 경찰대장의 귀에다 대고 추기경의 이름을 속삭이자, 경찰대장은 안색이 싹 달라졌습니다. 그런데도 나를 가리키며 불만스러운 듯이 묻더군요.

"그럼, 이 젊은이는 누구죠?"

"우리 하인이에요." 그녀가 오만하게 대답했습니다.

경찰대장에게는 이 한마디로 충분했을 터인데, 사냥꾼이 참견하고 나섰습니다.

"피옴비 감옥에서 탈옥한 자를 찾고 있다는 얘기를 들었는데, 그놈 목에는 현상금이 걸려 있으니까 난 그걸 받아내고 싶소. 오늘 아침 사냥감으로는 최고지. 멧돼지 따위는 저리 가라 할 정도로 말이야."

나는 권총 자루를 움켜쥐고 가만히 있었습니다. 그런데 베니에로가 느닷없이 이렇게 말하는 것이었습니다.

"가능하면 끝까지 보호해주려고 했는데, 이젠 소용이 없겠군." 하더니, 나를 가리켰습니다. "바로 저놈이오. 여러분이 찾고 있는 마넌이 바로 저 녀석이오."

에우니체는 이루 말할 수 없는 공포의 빛을 띠었고, 나는 아연실색하여 놀란 눈으로 그를 쳐다보았습니다. 하지만 나는 당장 의젓하게 외쳤습니다.

"그래, 바로 나다! 붙잡을 수 있거든 어디 한번 잡아봐라."

그러고는 권총을 꺼내려고 했지만, 경찰이 한꺼번에 달려드는 바람에 역부족이었습니다. 큰 소동이 벌어졌고, 그 와중에 베니에로는 사라져버렸지만 그녀는 남아 있었습니다. 그 순간 나에게 보내는 눈빛을 보고, 그녀가 나를 사랑하고 있다는 것을 알았습니다.

그 후 나는 산탄젤로 성[23]에 갇혔고, 이곳으로 이감될 날을 기다리게 되었습니다. 그 사이에, 그녀로부터 드디어 내 사랑에 못지않게 뜨거운 애정의 감촉을 느꼈습니다. 그녀에게는 가벼운 처벌이 내려졌고, 그나마도 사벨리 집안과 가깝다는 이유로 석방되어 자유의 몸이 되었기 때문에, 그녀는 날마다 나를 만나러 와주었던 것입니다 그리고 그 야속한 쇠창살 때문에 나와 입을 맞추지 못하는 것이 안타까워, 그 창살에 입술을 문지르고, 감시 때문에 일부러 복잡하게 얼버무린 말로 이런저런 이야기를 들려주었습니다. 아, 뜨겁게 타오르는 말, 자유의 환상, 쾌락의 약속…… 나는 그저 아찔해질 뿐이었습니다. 걸상에 앉아 그녀의 이야기를 듣고 있노라면, 내가 과연 어디에 있는지조차 분간하기 힘들 정도였습니다.

만 3년째 되는 날, 마침내 나를 왕궁 감옥으로 압송하라는 명령이 떨어졌습니다. 이 명령은 그야말로 아닌 밤중에 홍두깨였

---

23   로마 시내 테베레 강변에 있는 성채. 원래는 로마 황제의 무덤으로 세워졌으며, 로마제국이 붕괴된 뒤에는 요새가 되었고, 1379년에 교황의 소유가 되었으며, 역사의 굽이굽이에 감옥으로도 사용되었다.

습니다. 하지만 '살아 있는 신'의 밀명을 받은 여러분은 내가 압송되는 시간과 장소를 환히 알고 있었습니다. 정말이지 '살아 있는 신'께서 이때만큼 그 높은 자리에서 먼 곳을 내다보고, 앞일을 예견하고, 모든 일을 도맡아 처리하신 적은 일찍이 한 번도 없었습니다. 지나가는 말입니다만, 그 '살아 있는 신'의 정체를 알아내기 위해서라면 이곳 사령관은 어떤 희생도 마다하지 않겠지요?

나를 왕궁 감옥으로 압송하던 호송대를 습격한 것이 여러분이라는 사실을 처음엔 알지 못했습니다. 나는 수갑이 채워진 채 마차 속에 갇혀 있었고, 말들을 등지고 있어서 어디로 가는지도 몰랐으니까요. 드디어 땅바닥에 발을 내디딘 뒤 여러분이 내 수갑을 풀어주고 끌어안았을 때에야, 나는 비로소 푸른 하늘 속에서 낯익은 여러분의 얼굴을 이 눈으로 보았습니다. 하지만 풀숲 속에서 적의 시체를 무심코 밟았을 때는 가슴이 오그라드는 것 같았지요. 조금 전까지만 해도 나를 압송하는 마차 안에서 시시덕거리던 폰티라는 순진한 하사의 시체였으니 말입니다. 그의 말랑말랑한 시체가 마침 내 발밑에 쓰러져 있었으니, 놀라지 않을 수 없었던 것이지요. 하지만 에우니체 덕분에 괴로운 생각도 곧 잊어버렸습니다. 에우니체는 여러분과 함께 와 있었지만, 나를 보기가 두려웠는지 나무 뒤에서 가만히 기다리고 있었죠.

그날 밤, 드디어 안전한 곳에 도착했을 때, 나는 그녀에게 진정한 사랑을 배웠습니다. 여러분은 은신처인 오두막에서 주무셨지만, 우리는 하늘 밑에서 커다란 나뭇잎을 지붕 삼아 우묵한 구덩이 속에 숨어 있었지요. 부끄러움도 모르는 뻔뻔한 녀석이라고 야단치실지 모르지만, 그때 내 앞에 열린 환희의 세계에 대해서는 아무래도 말로 표현하지 않고는 견딜 수가 없군요. 그리고 내가 있는 곳까지 살금살금 다가와 희미한 빛 속에서 수줍게 옷을 벗던 그녀의 모습도 말입니다. 희미한 빛이라 해도 달빛은 아닙니다. 달빛이 아니라, 달님이 계시라도 내리듯 숨어들어 왔다고나 할까요. 아니면 열은 없이 빛만 나는 현상이나, 반딧불이가 날아가버린 뒤 울타리에 남은 하얀 가루일까요. 그녀는 눈처럼 하얀 몸으로 내 위에서 떨고 있었는데, 그러나 사랑의 행위에 대해서는 전혀 모르는 것 같더군요. 숫총각인 나보다도 더 모를 정도였지요. 우리는 함께 쾌락의 소용돌이 속으로 빠져들었습니다. 발가락에서 올라와 등뼈를 타고 목덜미로 치닫는 환희의 파도는 썰물의 희미한 신음 소리와도 비슷해서, 처음에는 그게 무엇인지 알아차리지 못했습니다. 하지만 그 뒤에 갑자기 불어온 산들바람에 자극을 받은 것일까요, 파도가 갑자기 거세지더니, 이번에는 폭풍우처럼 요란한 소리를 내며 크게 술렁거렸지요. 하지만 파도는 곧 가라앉았고, 한여름 대낮에 어디선가 들려오는 오보에 소리처럼 잔잔하고 고풍스러운 울림이 귓가에 맴돌고 있었습니다.

나는 주위에 들리지 않도록 작은 소리로 에우니체의 이름을 부르며, 지칠 줄 모르는 손가락으로 그녀의 몸을 다시금 어루만지기 시작했습니다. 곱슬곱슬한 터럭이 포도덩굴처럼 휘감겨 있는 곳을 손가락으로 더듬어 찾았지요. 그 어딘가에 숨어 있는 포도송이를 찾아 내 입으로 따먹으려고 말입니다. 나는 반듯이 누운 채, 브렌타 강에서 그녀를 처음 본 날 밤처럼 달빛의 도움을 받아, 그녀의 얼굴이 내 위로 다가오는 것을 바라보고 있었습니다.

주위는 더없이 조용하고 평화로웠습니다……

그 후 나는 사랑을 여러 번 경험했습니다. 충만한 행복감에 나 자신도 놀랄 정도였지요. 하지만 앞으로 네 시간 뒤에 단두대의 칼날 밑에서 가장 행복했던 순간을 생각해내라고 한다면, 바로 그날 밤뿐일 것입니다.

6
천둥과 번개의 간주곡

"참으로 파란만장한 이야기로군." 살림베니가 말했다. "그런데 결말이 재미없어. 너무 어둡고 애처롭게 끝나서 말이야. 그런 결말은 차라리 없느니만 못해."

"정말 천진난만한 젊은이로세!" 치릴로가 말했다. "설마 사형 집행장을 전달하는 역할을 떠맡고 나선 건 아니겠지? 일부러 죽음을 상기시키려 하다니, 마치 우리가 죽음 같은 건 염두에도 없는 것 같잖아."

그러자 이번에는 인가푸 남작이 말을 받았다.

"고맙다, 나르치소. 사랑과 음악과 달빛을 생각나게 해줘서. 그리고 청춘의 감미로운 방울 소리가 귓전에 울리게 해줘서. 하기야 우리들 중에는 마지막 순간에 좀더 심각한 생각을 하고 싶어 하는 사람도 있겠지만 말이다."

"천만에요." 살림베니가 큰 소리로 말했다. "죽음을 앞둔 사람에게 베푸는 이른바 안락사의 효과는 있었어요. 그건 분명합니다. 아아, 마지막 소원을 노래한 시가 생각나는군. 다섯 가지 감각 하나하나에 대해 소원을 하나씩, 그리고 거기에다 육감을 보태서 모두 여섯 가지 소원을 읊은 것인데, 부끄러운 시이지만…… 혹시 내일 새벽에 사령관이 요구하면 이 시를 바치고 싶군요. 하지만 여러분이 듣고 싶다면 지금 읊어드릴 수도 있어요."
"듣고 싶습니다."
"어서 들려주게."
흥분까지는 하지 않았지만 모두 호응했다. 그러자 시인은 나르치소만 바라보면서 입을 열었다. 시가 나르치소의 마음에 들기를 원했달까, 어쨌든 나르치소의 기분을 풀어주고 싶은 게 분명했다.

삶의 마지막 문턱에서 다섯 가지 소원이 있으니
마지막 미각을 위해서는 오래 묵은 포도주를
마지막 촉각을 위해서는 고양이털을
마지막 청각을 위해서는 파도 소리를
마지막 시각을 위해서는 자수정 같은 하늘을
마지막 후각을 위해서는 백합꽃 향기를……
끝으로 바라는 게 있으니
소원 다섯 개로 여섯 번째 소원을 만들어
죽기 전에 침대에서 알몸으로 가슴에 끌어안고 싶네
망나니의 딸을!

"옛날에 쓴 풍자시가 훨씬 좋은 것 같은데요." 병사가 떨떠름한 얼굴로 말했다.

다른 사람들은 여전히 엄숙한 표정을 짓고 있는 가운데, 나르치소만이 시인에게 미소를 보내고 있었다. 그러면서 말했다.

"청각에 관해서라면 아쉬울 것도 없잖습니까. 오늘 밤에 바다는 당신 말대로 요란한 파도 소리를 내고 있으니까요."

사실 섬의 뿌리에 해당하는 곳, 파도가 밀려와 부서지고 있는 섬 기슭에서는 돌풍이라도 일어났는지, 이따금 암초를 세차게 때리는 파도 소리가 울려 퍼지고 있었다. 마치 짐승이 울부짖고 있는 것 같았다.

"이번에는 누가 이야기할 텐가?" 남작이 답답한 분위기를 떨쳐버리려고 말했다.

그러나 아제실라오가 반대했다.

"너무 일러요. 좀 기다립시다. 서두를 필요가 없잖습니까? 두 번째 순찰대가 안마당을 지나갈 때까지 기다리기로 하죠."

그는 창문으로 몸을 내밀고 밖을 내다보았다. 하지만 그가 보는 것은 하늘뿐이었다. 별들은 하나둘 사라지고 있는 것 같지만, 작은 달만은 아직도 하늘에 달라붙어 있었다. 다른 사람들은 말없이 침대에 드러누웠다. 그들 중에는 합의를 어기고 꾸벅꾸벅 조는 사람도 있을지 모르고, 선잠을 자면서 슬픈 생각에 잠긴 사람도 있을지 모른다.

잠시 뒤에 나르치소가 어둠 속의 동지들을 향하여 말했다.

"주무시는 거에요? 하지만 나는 잠이 오지 않아요. 자꾸만 무서운 생각이 떠올라 죽겠어요. 저 문을 마구 두드려 접견을 요구한 다음, 그 이름을 사령관 앞에서 큰 소리로 외치고 싶다구요. 입이 근질거려서 미치겠어요."

"자넨 절대 그럴 사람이 아니야. 정말 그러고 싶다면 그런 말도 털어놓지 않았을 테니까." 남작이 말했다.

"밤에는 무슨 생각이든 할 수 있는 법이지." 수도사가 점잖게 말했다. "어둠 속에 있으면 누구나 다소는 간덩이가 커지는 법이라네. 염탐당할 위험이 줄어드니까 때로는 엄청나게 파괴적인 생각까지도 대담하게 할 수 있지. 내 부하들 가운데 신앙심 깊은 녀석이 하나 있었던 게 기억나는군. 동굴 속에서 둘이 나란히 누워 있었는데, 내가 평생 동안 그래 왔듯이 잠자기 전에 '하느님 아버지' 하고 읊조리자, 녀석이 듣고는 큰 소리로 '이거나 먹어라!' 하고 외치는 거야. 하느님한테 감자 먹이는 시늉까지 하면서 말이지. 그 불손한 태도가 하도 민망해서 나는 고개를 돌렸지만, 밝은 대낮이었다면 녀석도 그런 짓은 하지 않았을 걸세. 어쨌든 내가 '낮말은 새가 듣고 밤말은 쥐가 듣는다'는 동양 속담을 들려주었더니, 그다음부터는 녀석도 그런 짓을 그만뒀지."

"한 마디만 더 해도 될까요? 이것도 역시 나쁜 생각인데요······." 학생이 이렇게 강조하고 나서 남작을 바라보며 말을 이었다. "탈옥하는 겁니다. 요 며칠 동안은 줄곧 그 생각만 했어요. 남작님은 늘 말씀하셨죠? 탈옥은 불가능하다고. 좋습니다. 하지만 그분은, 우리의 '살아 있는 신'께서는 한 번도 지령이나 신호를 보내오지 않았어요. 감방 벽의 회반죽을 흔들어주지도 않았구요. 충성을 다하는 게 의무라든가, 우리 목숨을 묵묵히 제물로 바치라든가……"

수도사가 다시 끼어들었다.

"남의 고통을 두고 이러쿵저러쿵 참견하고 싶지는 않네만, 비슷한 이야기를 하나 하고 싶군. 전에 내가 어딘가를 약탈한 뒤 부하들한테 일장 연설을 했을 때인데, 겟세마네[24]의 마지막 날 밤 이야기가 나왔지. 그리스도마저 하느님 아버지의 증거를 기다리다가 아무런 소식이 없자, 아버지한테 버림을 받은 게 아닐까 하고 의심했다는 이야기 말일세. 이보게 젊은이, 자네는 그리스도보다 낫다고 생각하나? 진정한 아버지이신 하느님도 당신의 아들한테 대답하지 않았는데, '살아 있는 신'이 농담으로라도 자네한테 대답할 거라고 생각하나?"

"종교 이야기로 화제를 바꾸지 마세요." 병사가 나무랐다. "하느님 아버지 따위는 집어치우고 현실을 보라구요. 바다는 거칠고, 경비대는 강력하고, 암초는 난공불락입니다. 그러니 '살아 있는 신'께서 우리를 구해주고 싶어도, 그 계획을 연기할 수밖에 없을 겁니다. 이런 상황에서는 구출을 바라는 것 자체가 부질없는 짓이라구요."

---

24 예루살렘 동쪽 감람산의 서쪽 기슭에 있는 동산. 예수가 처형당하기 전날 밤에 마지막 기도를 드리고 체포된 곳이다.

치릴로 수도사는 꿈틀하고 몸서리를 쳤을 뿐, 한 마디도 하지 않았다. 그 대신 학생이 말을 이었다.

"하지만 이 감옥 안에서 누군가를 매수하면 어떨까요? 에우니체는 사랑하지도 않는 남편을 위해 간수를 매수했는데……."

"남편인가 하는 작자는 여자로 변장했기 때문에 감쪽같이 나갈 수 있었던 거야." 병사가 말했다. 그러고는 업신여기는 투로 덧붙였다 "피옴비 감옥의 경비병들은 군인이 아니라, 혹시 눈이 어두운 두더지였던 모양이지."

이 말에 남작이 끼어들었다.

"자네는 뭘 모르는 모양인데, 탈옥이 그렇게 전혀 불가능한 일도 아니야. 라발레트 백작[25]도 루이 18세의 손에서 벗어나기 위해 바스티유 감옥을 탈출할 때, 그렇게 기상천외한 방법은 쓰지 않았어. 그리고 남자가 여자로, 여자가 남자로 변장하는 문제 말인데, 널리 알려져 있는 에옹의 기사[26] 이야기는 제쳐놓고, 내가 파리에 망명해 있을 때 들은 이야기를 들려주지. 미국에서 건너와 파리 문단에 끼어든 유학생 이야기인데, 그 문단에는 조르주라는 뛰어난 작가가 하나 있었지. 이 작가는 조르주[27]라는 남

---

25 프랑스의 정치인(1769~1830). 나폴레옹의 백일천하 후 사형 언도를 받았다. 집행 전날 아내가 감옥으로 면회를 오자 옷을 바꿔 입고 탈옥했다.
26 프랑스의 외교관·모험가(1728~1810). 1755년 러시아의 엘리자베타 여제의 황실에 여장을 하고 잠입하여 7년 전쟁의 조정 역할을 했으며, 1762년에는 '여장의 기사'로 영국에 대사로서 부임하는 등 생애의 후반부를 거의 여장 차림으로 보냈다.
27 프랑스의 여류작가 조르주 상드(1804~1876)를 암시하고 있다.

자 이름으로 불리고 있었지만 실은 여자였어. 이름만 그런 게 아니라, 행색도 남자처럼 하고 다녔지. 여성에 대한 성가신 속박에서 벗어나려고 그랬다나. 어쨌든 남장에 익숙해져 있었기 때문에, 사정을 모르는 사람들은 다 그녀가 남자인 줄 알았지. 미국에서 온 젊은이가 하루는 조르주와 대화할 기회가 있었는데, 그녀의 책이 미국에서 읽히고 있느냐는 질문을 받았지. '많이 읽히고 있습니다. 평판도 아주 좋고요. 하지만······' 하고 젊은이가 머뭇거리자, 그녀는 무슨 말을 해도 괜찮으니까 솔직하게 말해보라고 다그쳤지. 그러자 젊은이는 부끄러운 듯이 이렇게 말했다는 거야. '비난하는 사람도 있습니다. 조르주라는 작가는 변장을 좋아해서 때로는 여장을 즐긴다고······.'

사람들은 킥킥 소리 내어 웃었지만, 남작은 벌떡 일어나더니 침대 사이의 통로를 오락가락하기 시작했다. 무엇 때문인지는 모르지만 그는 몹시 당황해하는 것 같았다. 뭔가 불쾌한 조짐이 느껴지지만, 그게 무엇인지 아직은 막연할 뿐이었다. 그는 창가로 걸어가서 콧구멍을 벌름거리며 바깥 공기를 냄새 맡고, 달리는 구름장들이 줄무늬를 이룬 하늘을 살피며 몸서리를 쳤다. 잠시 뒤에 그는 침착성을 되찾고 기분을 풀었지만, 그 태도는 마치 미행을 따돌리기 위한 서투른 몸짓 같았다.

"아까 이야기로 돌아가서······." 하고 남작이 이야기를 다시 시작했다. "'살아 있는 신'이라고 해서 뭐든지 뜻대로 할 수 있는 건 아닐세. 그분의 손발이 되어 움직였던 우리는 지금 적에게 잡혀 있고, 그러니 믿을 만한 다른 동지들도 없는 처지에서, 게다가 속수무책으로 고립된 상태에서, 우리를 위해 무엇을 어떻게 해줄 수 있겠나?"

"그럼 계획은 어떻게 됩니까?" 아제실라오가 물었다.

"그 계획은 실현될 거야. 다름 아닌 우리의 죽음 덕분에. 어쨌든 우리는 대의를 지키기 위해 죽음을 택한 것이고, 이 대의명분은 민중의 눈에 거룩한 것으로 비치게 될 테니까. 비밀을 지키려다 죽은 순교자, 아버지의 가르침을 실천한 비극의 사도……. 내일이면 방방곡곡의 시장과 수도의 광장에서 우리를 그렇게 부를 걸세. 아니, 벌써 그렇게 말하고 있는지도 모르지. 그러면 1년도 지나기 전에 '살아 있는 신'을 지도자로 하는 민중봉기가 빈민가에서부터 일어날 거야."

"그런 문제라면…… 내일 밤 이맘때쯤 바다 밑에서 물고기들을 상대로 토론하는 게 좋지 않을까?" 수도사가 말하고는 익살스럽게 손뼉을 쳤다. 그러나 다시 심각한 표정을 지으며 말을 계속했다. "진지한 이야기로군, 인가푸. 하지만 소금이 한 알 모자란 곳에는 정신병자가 한 사람 많다는 말도 있지. 당신도 이미 늙었지만, 나는 당신보다 더 늙었어. 그래서 얼마나 많은 좌절을 보아왔는지 모른다네. 민중을 선동해서 폭도로 몰아갈 수 있다고 착각한 사람들의 좌절 말일세. 부질없는 약속을 깃발처럼 치켜들고 달려가는 무모한 기수들……. 나는 그런 사람들에 대해서 말하곤 했지. 그들을 따라가면 파멸이 있을 뿐이라고."

"그런데 우리는······." 하고 남작이 자랑스럽게 말했다. "수는 비록 한 줌밖에 안 되지만, 목숨을 내던질 각오만 하면 모든 민중을 봉기시킬 수 있다고 생각합니다."

"옳으신 말씀! 도니체티[28]의 아리아도 그런 말을 하고 있지요." 살림베니가 말하고는, 누가 말리기 전에 작은 소리로 노래를 부르기 시작했다.

처형대는 승리의 상징,
우리 모두 웃으면서 올라가리라.
하지만 용사들의 피는 결코 사라지지 않으리.
우리에게는 따르는 자들이 있으니
우리보다 운 좋은 영웅들.
하지만 운명은 여전히 그들에게도 가혹하구나.
어떻게 죽어야 하는지
우리에게서 그 본보기를 얻으리······.

"꿈같은 이야기야." 치릴로가 다시 끼어들었다. "상상력으로 사물을 크게 부풀려서는, 단순한 망령에 불과한 것을 확고한 실체로 받아들이는 거나 마찬가지라구."

---

28 이탈리아의 오페라 작곡가(1797~1848). 《사랑의 묘약》《람메르무어의 루치아》등의 명작을 남겼으며, 로시니·베르디와 함께 19세기 전반의 이탈리아 가극을 대표했다. 본문에 나오는 아리아는 《마리노 팔리에로》 3막 7장에 나오는 노래.

"왜요, 꿈 이야기도 좋잖습니까." 인가푸가 반박했다. "순교자의 피로 몸을 덥히지 않으면 인간은 추위를 면할 수 없는 법. 밭에서 달팽이를 키우고 싶으면 밭을 일궈줘야지요."

"자, 진정들 하세요!" 시인이 나서서 달랬다. "지금은 말다툼이나 하고 있을 때가 아닙니다. 할 말이 있는 사람은 얼마 안 남은 시간을 최대한 활용할 수밖에 없지요. 남작님, 점쟁이나 예언자가 되어 달라는 건 아니지만, 혹시 알고 계시다면, 그리고 말할 수 있다면, 내 사소한 호기심을 만족시켜줄 수는 없겠는지요? 친애해 마지않는 우리 군주께서 앞으로 얼마나 오래 살 것 같습니까?"

"우리보다는 조금 오래 살겠지만, 사령관보다는 일찍 죽겠지." 인가푸의 목소리는 억눌린 기쁨이 넘쳐흐르고 있었다.

"사령관은 자기가 앞으로 몇 달밖에 못 살 거라고 하던데요."

모두 사령관을 비아냥거렸지만, 치릴로는 달랐다. 그는 심각한 표정을 지으며 말했다.

"아하, 이제야 뭔가 알 것 같군. 군주 그 양반, 50년제 날에는 암살을 간신히 모면했지만, 다음번에는 지옥에 떨어지는 운명을 피할 수가 없겠군 그래. 계획이 다 마련되어 있는 모양이니까 말일세. 오페라 극장의 특별석에서 사살되거나, 생일잔치에서 비소로 독살을 당하거나, 군대를 사열하다가 칼에 찔리거나……. 그 날을 볼 수 없다는 게 유감이군."

"그날이 언제일까요?" 아제실라오가 물었다.

그러나 남작은 대답하지 않았다. 그러자 나르치소가 말했다.

"폭군이 없어지면 좀더 좋은 세상이 올까요?"

"바로 그거야. 아주 당연한 질문이 나왔군."

수도사가 말하자, 살림베니가 그 말을 받았다.

"폭군의 뒤를 잇는 것은 대개 못된 아들놈이지. 그런데 우리 군주는 후사가 없으니, 이거야말로 하늘의 축복이 아니고 무엇인가. 그놈만 죽으면······."

"군주가 죽고 나면 세상이 훨씬 나아질 거라고?" 치릴로가 또 빈정거렸다. "왕이 죽으면 그 아우가 왕위를 이을 텐데, 그가 어떤 작자인지는 모두 알고 있잖나. 여자한테 말 한마디 제대로 건네지 못하는 주제에, 예쁜 여자만 보면 사족을 못 쓰는 난봉꾼이라더군. 게다가 노름꾼이라는 소문도 있고······."

희미한 미소가 네 사람의 얼굴을 그림자처럼 스치고 지나갔다.

"자네는 한때 극장에 다녔지?" 남작이 시인을 돌아보며 말했다. "메디치 가문의 폭군과 비열한 사촌이 나오는 뮈세의 연극[29]······. 제목이 뭐였더라?"

살림베니는 턱을 옆으로 흔들어 보였지만, 제목을 모른다는 뜻인지 아니면 그 이야기는 하고 싶지 않다는 뜻인지 확실치 않았다.

병사는 꾐에 넘어간 것처럼 멋대로 화제를 돌렸다.

---

29 프랑스의 시인·소설가·극작가인 알프레드 드 뮈세의 희곡 《로렌자초》를 말한다.

"공화국 따위는 믿지 않아요. 공화국은 너무 거창한 말이라서, 민중에게는 전혀 먹혀들지 않아요. 마찬가지로 평등이라는 말도 싫습니다. 창피하고 꼴사나운 짓이지만, 궁궐 발코니에서 던져준 금화를 진흙탕 속에서 줍는 편이 더 좋다구요. 그건 그렇다 치고, 잔인할 뿐만 아니라 인색하기 짝이 없는 이 나라 군주한테 지금은 모두 넌더리가 나 있어요. 왕에게는 질리고 빵에는 굶주리고……. 이 양극단에서 새로운 민중이 생겨날 겁니다."

"폭동은 언제나 지겨움과 굶주림에서 시작되지." 남작이 인정했다. "양쪽을 모두 갖추고 있다면 더욱 좋은 조건이 될 테고."

"아, 오늘 밤 모든 게 끝나고 내일이라는 날이 없다면 좋겠어요." 젊은이가 신음하듯 내뱉었다.

그러자 살림베니가 말했다.

"부질없는 꿈이야. 밤이 지난 뒤에 아침이 오지 않다니, 어떻게 그런 일이……."

그가 미처 말을 끝내기도 전에 별안간 커다란 소리가 그 말을 삼켰다. 조금 전까지만 해도 그토록 조용했던 하늘에서 폭발이 일어난 것이다. 달은 당장에 먹구름 속으로 사라지고, 수많은 번개가 창백한 백합처럼 흐드러지게 피어나, 다섯 사람의 얼굴에 각각 다른 표정으로 떠오른 느낌을 비웃고 있었다. 그들은 위협적인 파도 소리에 놀라 귀를 곤두세우고, 하나같이 아연실색한 눈을 부릅뜨고 있었다. 암초에 부딪혀 몸부림치는 바다가 바로 창밖에서 울부짖는 것 같았다.

처음 불어온 돌풍에 딱 하나 외로이 켜져 있던 등불이 흐릿해졌을 때, 남작이 있던 자리 언저리의 캄캄한 어둠 속에서 비명이 일어나더니 몸뚱이가 바닥에 쿵 쓰러지는 소리에 뒤이어, 데굴데굴 구르고 몸부림치며 절망에 빠진 사람이 아니고는 도저히 낼 수 없는 소리가 들려왔다. 그들의 뇌리에 떠오른 인물은 하나였다. 폭풍우가 몰아치는 날이면 어린애처럼 겁에 질리는 사내. 그들은 일제히 남작을 불렀다. 그러고는 당장에 달려가, 비명이 들리는 곳 언저리를 이리저리 뛰어다녔다. 그동안 나르치소는 도움을 청하러 문 쪽으로 달려갔다. 그때 밖에서 불빛이 비쳐 들어왔다. 아제실라오가 남작 위에 허리를 굽히고, 두 팔로 남작을 안아 일으킨 다음, 얼굴의 주름과 희끗한 머리를 쓰다듬고 있는 것이 불빛에 비쳤다. 그 모습이 꼭 아이네이아스[30] 같았다.

폭풍우는 여전히 소란을 피우고 있고, 바람에 채찍질당하는 바다는 신음을 멈추지 않았지만, 남작이 의식을 되찾는 데에는 이런 보살핌이 반드시 필요했다. 그러나 인가푸 남작이 정신적으로나 권위에서 평소의 기력을 되찾으려면, 벼락과 천둥이 완전히 그치고 작은 창 너머로 보이는 폭풍우가 다소 잔잔해져 있지 않으면 안 되었다. 남작은 새로운 소동이 벌어지는 것을 작은 창문으로 엿보고는, 횃불을 들고 대기 중인 간수를 손짓으로 물리쳤

---

30 그리스·로마 신화에 나오는 트로이의 영웅. 트로이가 그리스군의 침공을 받아 멸망한 뒤 신들의 가호로 살아남아 로마 건설의 토대를 닦았다고 한다. 베르길리우스의 《아이네이스》는 그의 전설을 집대성한 서사시이다.

다. 그런 뒤에도 여전히 떨리는 목소리를 겨우 가라앉힌 뒤, 남작은 마치 농담이라도 하듯 말했다.

"참 이상도 하지. 아직도 폭풍우의 공포에 시달리다니 말이야. 마치 하늘에서 지상을 내려다보며 이것저것 걱정하는 팔자가 된 것 같잖은가. 그 무언가가 오래전에 내 마음속에 생겨났는데, 그 원인을 아직도 모르겠어. 지금이야말로 그것을 설명할 기회인 것 같군. 누구보다도 나 자신에게. 자 그럼, 우리의 두 번째 기도는 내가 맡기로 할까?"

다들 그의 주위에 얌전히 앉아 주의 깊게 귀를 기울였다. 남작은 연륜과 지혜 덕분에 오래 전부터 그들보다 우위에 있었고, 동지들 가운데 믿을 만한 사람을 골라, 우두머리의 수수께끼에 차츰 다가갈 수 있도록 사다리를 놓아준 사람도 남작이었다. 그리고 남작 덕분에 목숨을 구한 사람도 한두 명이 아니지만, 이번에는 남작을 따라 죽음으로 이끌려가게 된 것이다.

"동지들, 내 이야기에는 제목이 없다." 인가푸는 말하고, 조용히 귀를 기울이고 있는 동지들을 한 차례 둘러보았다.

7
남작의 이야기

성년을 맞이한 뒤부터 일상적으로 깨닫게 된 일이지만, 무슨 짓을 하거나 말을 하기만 하면 '머릿속 예비군' 같은 게 어김없이 나타나, 벌레가 과일 속에 들어가 둥지를 틀듯 내 마음을 좀먹곤 했다네. 여자를 껴안고 있는 동안에도 '이 다음에는 어떻게 될까?' 하는 생각을 하고 있었으니까 말일세. 옷차림이 우아하다느니 말투가 세련되었다느니, 이런 칭찬을 들으면 싱긋 웃으며 얼굴을 붉혔지만, 그때마다 꼭 역겨운 기분이 들어 피부가 근질거렸다네. 신경이 침범 당했다고나 할까. 왠지 모를 불쾌감이 마음을 스치고 지나갔다고나 할까. 어쨌든 그런 정도였고, 그것이 어떤 개념으로 뚜렷하게 형체를 갖춘 단계는 아니었네. 그저 막연한 의혹의 단편에 불과할 뿐이었지.

이런 회의감은 내 청춘을 좀먹는 독 같은 것이었고, 그 독이 사라진 것은 훨씬 뒤였다네. 사실 나는 남들이 부러워할 만한 복을 타고났지. 잘생긴 얼굴, 많은 재산, 건강한 육체……. 그런데도 궁정 연회에서 돌아오거나 하루 종일 사냥을 하고 돌아온 뒤에는, 편히 잠들지 못한 채 몇 시간이고 눈을 부릅뜬 상태로 마치 흑판을 바라보듯 어둠을 응시하면서, 그 어둠 속에 저항하기 어려운 허무가 새겨져 있는 것을 보곤 했다네.

내 고뇌의 뿌리를 이해하는 데 도움이 될지 어쩔지는 모르겠지만, 이것만은 말하고 싶군. 급성 이질이 만연했을 때였지. 주위에서는 많은 사람들이 그토록 넉넉한 힘을 갖고 있으면서도 매일처럼 죽어나가고, 무엇을 하든 불결한 것으로 오해를 받고, 끈에 묶여 배달된 소포조차 사유물인데도 마땅히 격리해야 할 물건으로 간주되고……. 그런데 다만 한 가지, 마르케[31] 출신의 백작이 쓴 단편집만은 예외였네. 발매 금지된 그 책을 서적상 스타리타가 몰래 구해다 주었는데, 처음에는 별로 내키지 않았지만 일단 읽기 시작한 뒤에는 무서울 만큼 빠져들었지. 어느덧 나도 나이를 먹어가면서, 좋은 날이든 싫은 날이든 하루하루가 영원히 지루하고 나태한 휴일 같은 느낌뿐이었다네. 누가 내 이름을 부르면, 대답은커녕 돌아보는 것조차 귀찮아할 정도였지. 나는 아무도 아닌 존재가 되었고, 어떠한 정열도 남과 나누어 갖는 일이 없었다네. 나는 두 가지 의미에서, 즉 남의 눈에는 물론 나 자신이 보기에도 완전히 따돌림 당한 외톨이였지.

나와 쌍둥이로 태어난 세콘디노는 정반대였지. 아우가 세콘디노라는 이름을 갖게 된 것은 나보다 30분 늦게 어머니 뱃속에

---

31 이탈리아의 중앙부, 아펜니노 산맥 동쪽 기슭, 아드리아 해에 접해 있는 지방. 중심 도시는 안코나.

서 나왔기 때문인데, 그런데도 아우는 이런 처지를 흔쾌히 받아들이고 있었지. 뿐만 아니라 아우는 알프스 너머에서 수입한 책, 기분전환을 위한 연애, 체스 게임 등등…… 사소한 것으로도 만족할 줄 알았다네. 그뿐만이 아닐세. 얼굴은 언제나 변함없이 평온했고, 천사처럼 정의와 진리를 사랑했으며, 다수의 빈곤은 소수의 노력으로 시급히 해결하지 않으면 안 된다는 신념을 갖고 있었지.

내가 보기에는 허황한 야심으로 여겨졌지만, 그렇다고 해서 처신에 신중을 기하라고 충고할 생각은 없었네. 내 말 따위는 귓등으로도 듣지 않았으니까. 스페인에서 온 파브리치[32]의 편지가 검열에 걸렸는데, 그 편지에 자기 이름이 나와 있다면서 아우는 아슬아슬한 순간에 프랑스로 달아났지.

그 바람에 나도 처지가 어려워졌지만, 그렇다고 해서 왕국에서 행세깨나 하는 사람들이 나에 대한 우정을 버리지는 않았다네. 아니, 오히려 내 주위에는 나를 염려하고 위로하는 사람들이 들끓었지. 당신 동생이 머리가 좀 이상해진 모양인데, 참 안됐다는 투로 말일세. 하지만 나는 이런 것과는 상관없이, 나도 모르는 사이에 무기력한 우울증에 빠지게 되었고, 차라리 죽는 게 낫다는 생각에 이따금 사로잡히곤 했다네. 아침마다 일어나 조금도 나아진 게 없는 모습을 거울에 비춰보느니 차라리 죽는 게 낫다

---

32   이탈리아의 애국자(1804~1885). 모데나 출신으로, 마치니를 도와 이탈리아 통일운동에 헌신했다.

고……．
　나는 보통 사람과는 다르다는 것을 보여주고 싶었네. 시체처럼 빈껍데기에 불과한 나를 새로운 피로 채우고 싶었지. 단순히 이런 목적만을 가지고 당시 순진한 대중과 접촉하기 시작했는데, 그들은 내가 괴짜이긴 하지만 어차피 한때의 변덕일 뿐이라고 비난하더군. 이런 소리를 들었을 때 나도 아우처럼 여행을 떠나기로 결심했지.
　여행을 떠나기 전날, 나는 관례에 따라 왕에게 하직 인사를 하러 갔다가 돌계단에서 '살아 있는 신'을 만났다네. 지금도 생생하게 기억하고 있지. 말할 것도 없는 일이지만, 그때만 해도 나는 그가 비밀스러운 존재라는 것은 물론, 모든 당파적 음모의 원동력이라는 것도 몰랐다네.
　그분이 말하더군. "여보게, 자네의 그 얼빠진 동생 말인데……." 하고. 한 마디 할 때마다 말문이 막힌 듯 더듬거리면서. 하지만 그 말투는 그가 말더듬이여서 그런 게 아니라, 이제는 자네들도 알고 있다시피 듣는 사람으로 하여금 위압감을 느끼게 하려는 그분 나름의 방식이었다네. 그분의 말을 듣고 있노라면, 더듬거리듯 중간 중간에 멈춘 말이 다음에 어떤 말로 이어질까 하는 불안에 사로잡히게 되고, 그래서 더욱 귀를 곤두세우며 그분의 다음 말을 기다리게 되지. 그는 여전히 나를 나무라는 투로 말을 잇더군.
　"파리에 가서 동생을 만나거든 내가 그러더라고 전해주게. 조국으로 돌아와 군주 앞에 엎드려 용서를 빌라고 말일세. 자네 동생은 레장스 카페 같은 데 처박혀 있기보다는 이곳에 와서 움직이는 게 훨씬 도움이 돼."

체스를 좋아하는 아우의 취미를 빗대어 다소 경멸조로 빈정거린 말이었지. 어쨌든 레장스 카페는 유명한 체스장이었으니까. 나는 알았다고, 그렇게 전하겠다고 대답했다네. 하지만 실제로는 그 말을 전에 다른 사람들한테서 들은 비슷한 말과 혼동해버렸어. 게다가 나는 내 의도와 이름과 얼굴이 끝에 가서 밝혀지는 것을 무엇보다도 고통스럽게 느꼈기 때문에, 이 고통에 휘둘린 날에는 무슨 일에든 의욕을 잃어버리곤 했지.

사실 말해서, 여행 준비를 하는 동안 나는 차츰 그 고통에서 기쁨을 찾아내게 되었다네. 물론 처음에는 내 방 거울에 언제나 변함이 없는 내 모습, 견디기 힘든 내 모습이 비쳐 있는 것을 볼 때마다 왠지 모르게 억압당하는 느낌이었지. 그런데 이따금 내 모습이 보이지를 않는 거야. 내 모습이 있어야 할 자리가 텅 비어 있고, 그 대신 내 뒤에 있는 가구나 벽이 비쳐 있는 것이었어. 내가 혹시 공기나 그림자로 변해버린 것일까. 그림자라면 그래도 낫지만, 육체마저 사라져버린 것은 아닐까.

그거야 물론 우울한 망상에 지나지 않았지만, 이런 말을 구태여 되풀이하는 까닭은 그때 내가 얼마나 벼랑 끝에 몰려 있었는가를 분명히 하기 위해서일세.

나는 마침내 하인을 하나 데리고 여행을 떠났네. 짐도 조금밖에 가져가지 않았어. 파리로 가는 것은 일부러 피했지. 세콘디노한테 내 비참해진 꼴을 보이기가 싫어서 말이야. 그 아우한테 사람을 보내어 '살아 있는 신'의 메시지도 전해야 하는데, 거기까지는 생각이 미치지 않았다네. 사실 말하면 나는 그게 누가 보내는 전갈인지도 알지 못했고, 따라서 거기에 숨겨진 의미도 파악하지 못했지만 말일세. 빈, 런던, 제네바, 리옹 등지에서 한 해 남짓 보낸 뒤 마침내 파리에 도착했는데, 활기찬 도심을 떠나 바티뇰[33]의 수수하고 작은 아파트에 숙소를 정했다네.

탕플 대로에서 열여덟 명이 죽고 피에스키[34]가 체포되었다고 해서 시내는 온통 떠들썩했지. 그런 사정도 있고 해서, 집주인과 이웃들, 그 지역 경찰은 나를 의심쩍은 눈으로 바라보았다네. 내가 외국인 같은 모습을 하고 있었기 때문에 경계한 것이지. 하지만 나는 그들의 의혹이며 반감 따위는 까맣게 모른 채 프록코트를 입고 당당하게 걸어 다녔다네. 그들이 나에게 반감을 품고 있었다는 사실을 안 것은 훨씬 뒤였어. 내 행동거지가 하도 태평스러웠기 때문에 그들이 경계심을 풀었을 때였지.

그러는 동안에도 나는 시내를 이리저리 돌아다녔지만, 파리는 정말이지 마음에 들지 않더군. 어디를 가도 사람이 득실거리

---

33   프랑스 파리 북쪽 17구의 오른편에 자리 잡은 서민 동네.
34   프랑스의 혁명가(1790~1836). 절도죄로 10년 동안 복역한 뒤, 1830년의 7월 혁명으로 왕정이 복고되자 파리로 가서, 왕정을 타도하고 공화국을 수립하기 위한 음모에 가담했다. 1835년 7월 28일, 탕플 대로에서 열린 열병식 도중에 루이 필립 왕을 저격했으나 미수로 끝나고, 그는 이듬해 2월에 단두대의 이슬로 사라졌다.

고, 곳곳에 역사가 함께 숨쉬고……. 솔직히 말해서 이런 곳보다는 물결치는 들녘 언저리에 종탑이 외따로 서 있고 정원이 있는 곳, 과거의 무게 때문에 헐떡거리지 않아도 되는 곳, 그런 시골이 나는 더 좋아.

그래서 파리에서도 되도록이면 소박한 공원을 골라,《토론 저널》을 겨드랑이에 끼고 찾아가곤 했지. 그런 공원에서는 이따금 양산을 든 노부인들과 마주칠 뿐이고, 맑은 공기를 맘껏 마실 수 있었다네.

나는 조용히 책을 읽다가, 이따금 정면에 있는 벤치를 힐끔 바라보곤 했지. 그곳에는 나와 같은 취향의 외로운 아가씨가 아침마다 찾아와 포모나[35] 석상 밑에 앉아 있곤 했거든.

참으로 미인이었다네. 그 아가씨도 서표 대신 손가락을 책갈피에 끼우곤 내 쪽을 바라보곤 했지. 비스듬히 앉은 어깨를 따라 기다란 금발이 흘러내리고, 입가에는 은근히 찌푸린 표정을 짓고 있었다네. 그 아가씨도 나와 이야기를 나누고 싶은 듯했고, 또 내가 말을 걸어주었으면 하는 눈치였지만 나는 끝내 말을 걸지 않았네. 그녀의 밀짚모자가 바람에 날려 사랑의 중매쟁이처럼 내 앞으로 굴러왔을 때 내가 그걸 주워서 갖다 준 적이 딱 한 번 있긴 하지만, 그때도 그저 가볍게 고개만 숙이면서 말없이 건네주었지.

그 때문에 나는 더한층 후회를 느끼고, 나 자신이 불쌍해서

---

35   그리스 신화에 나오는 과일의 여신.

견딜 수 없더군. '나도 이젠 완전히 한물갔구나.' 하는 생각이 들어서 말이야.

그때 문득 세콘디노가 생각났어. 그의 충동적인 생활방식이나 뜨거운 열정을 알고 있었기 때문이지. 세콘디노는 시내에서 한참 떨어진 센 강 가운데에 있는 섬에 살고 있었는데, 나는 아우를 찾아가기는커녕 내가 파리에 왔다는 소식도 알리지 않았다네. 무슨 악의가 있어서 그런 건 아니고, 두려움과 건망증이 뒤섞인 복잡한 심사 탓이었지.

하지만 신문을 무릎 위에 펼쳐놓은 채, 머리가 뒤죽박죽이 된 상태로, 내가 무엇 때문에 아우를 피하고 있는가를 생각하고 있을 때, 어떤 생각이 문득 머리에 번득였다네. 내가 겪고 있는 불행에 책임을 져야 할 사람은 바로 세콘디노가 아닌가. 그리고 내가 30분 먼저 태어나 세콘디노한테서 장남의 권리를 빼앗은 게 죄라면, 그 죄값은 이처럼 남몰래 가책을 느끼면서 좌절감을 곱씹는 것으로 충분하지 않은가. "겨우 30분이야!" 하고 큰 소리로 외치자 앞에 앉아 있던 아가씨가 놀라서 움찔하더군. "고작 30분 이익을 얻었을 뿐이야. 하지만 그 대가는 너무 비참해." 나는 벌떡 일어나, 놀란 표정으로 나를 바라보고 있는 아가씨를 무시하고 떠나버렸네. 원래의 관계로 되돌아가려면 아우와 모든 것을 나누어가져야 한다는 걸 알았지. 내 권리와 재산의 절반을 아우한테 넘겨주고, 그 대신 그의 풍부한 상상력을 절반만 요구하면 돼. 그래야만 우리 두 사람을 하나의 인격체로 재구성하고 새로운 이름을 붙일 수 있게 돼.

나는 그 길로 세콘디노를 찾아갔고, 우리는 얼싸안고 뜨거운 재회의 기쁨을 나누었다네. 아우는 친구들 사이에 나를 넣어주었지. 하지만 내가 권리와 재산을 나누어 갖자고 제의하자 그는 단호하게 거부하더군.

"쓸데없는 소리 하지 마. 무엇 때문에 그런 엉뚱한 이야기를 꺼내는 거지? 그리고 장남의 권리니 뭐니 하는데, 그게 반드시 형한테 간다고 결정된 건 아니야. 쌍둥이 가운데 나중에 태어난 쪽이 형이라는 주장도 있다는 걸 몰라? 그렇게 되면 내가 형이 되는 거라고." 내가 깜짝 놀라 당황하는 기색을 보이자 세콘디노는 내가 걱정하는 줄로 오해하고 얼른 덧붙이더군. "아무것도 바꾸지 말고 그냥 이대로 있어줘. 자유, 그게 내 자랑이고 낙이니까."

그때 우리가 있었던 곳은 프로코프[36]라는 카페였는데, 백발에 실크모자를 쓴 노인 주위에 머리를 길게 기른 젊은이들이 많이 모여 있었지.

세콘디노의 말을 듣고는 그 노인이 큰 소리로 외치는 거였어. "자유보다는 평등이 먼저야!" 이 노인이 바로 그 유명한 부오나로티[37]였다네. 노인은 지팡이로 바닥을 탁탁 두드리면서 덧붙

---

36   1689년 프랑스 파리에 처음으로 문을 연 카페 이름. 주인인 이탈리아계 사람 프로코피오의 프랑스식 이름이다.
37   이탈리아의 혁명가(1761~1837). 프랑스 혁명이 일어나자 파리로 건너가 로베스피에르를 추종했다. 몇 차례의 투옥을 거듭한 뒤 스위스와 벨기에에서 20년 가까운 망명 생활을 했다. 1830년의 7월 혁명 후 파리로 돌아와 1837년에 죽을 때까지 살았다.

이더군. "평등이 없이는 자유도 없어."

"평등도 좋지만, 먼저 자유가 있어야 합니다." 세콘디노가 상냥한 목소리로 반박했지.

이렇게 해서 두 사람 사이에 논쟁이 벌어졌는데, 노인의 목소리가 결말을 지었지.

"걸핏하면 자유와 공화제를 떠벌리고 다니는 광신자가 많지만, 사실은 낡은 귀족제도 위에 새로운 귀족제도, 더한층 악질적인 귀족제도를 세우려고 그런 말을 이용하고 있을 뿐이야!"

이 말에 세콘디노는 얼굴이 새빨개져서 반박했지.

"그 밖에도 있습니다. 계층 간에 단결을 강화하는 대신 분쟁의 씨앗을 뿌리는 사람들 말입니다. 게다가 민중을 해방하기 위해서는 남의 권리를 박탈하는 것이 훨씬 효과적이라고 주장하고 있으니……."

이리하여 두 사람은 생시몽[38], 마치니[39], 로베스피에르[40], 바뵈프[41] 같은 이름들을 마치 새총으로 쏘아대듯 서로 던지면서 잠

---

[38] 프랑스의 사회사상가(1760~1825). 특히 그의 사상은 종교적·도덕적 정조에 바탕을 두고 있었기 때문에 마르크스는 그를 공상적 사회주의자라고 불렀다.

[39] 이탈리아의 혁명가(1805~1872). 오스트리아 제국의 지배로부터 조국의 해방과 통일을 위해 헌신했으며, 프랑스에 망명 중이던 1831년에 결성한 '청년 이탈리아'는 혁명 운동을 일반 대중에게 확산시키는 전기가 되었다.

[40] 프랑스의 혁명가(1758~1794). 자코뱅당의 지도자로 왕정을 폐지하고, 1793년 6월 독재체제를 수립하여 공포정치를 시행하다 정적의 음모로 타도되어 처형당했다.

[41] 프랑스의 혁명가(1760~1797). 1789년에 대혁명이 일어나자 파리로 가서 평등의 실현을 호소하며 정치 운동에 가담한 뒤, 1797년에는 헌법의 부활, 평등과 자유의 실현을 요구하며 민중봉기를 꾀하다 발각되어 처형당했다.

시 입씨름을 계속했다네. 그동안 나는 구석에 혼자 앉아서 그들이 참 어린애 같다고 생각하고 있었지. 놀이에 열중한 나머지 심술궂은 어른이 몰래 살피고 있다는 것도 알아차리지 못하는 어린애들 말일세. 내가 몰래 살펴본 바로는, 백발의 부오나로티가 더 어린애 같더군.

한참 뒤에 세콘디노와 단둘이 남게 되었을 때 나는 그에게서 많은 것을 배웠지. 그가 말하더군. 세계를 해방하기 위해 자신을 바쳤다고. 그리고 행동할 때가 다가오고 있는 지금, 자기한테 전달된 메시지가 요구하는 대로 이제 곧 조국에 돌아갈지도 모른다고. 무엇을 근거로 그렇게 생각하느냐고 물어봤더니, 아우는 내 귀에다 대고 이렇게 속삭이더군.

"나는 지금껏 비밀을 지키느라 목구멍이 탈 정도였지만, 핏줄을 나눈 형한테까지 숨길 건 없겠지. 형이 가져온 메시지 말이야, 그건 충고가 아니라 지령이었어. 저쪽에서 형에게 부탁한 사람은 우리의 지도자야. 그리고 그분은 런던에서 돌아온 그 제노바 사람[42]처럼 겁 없는 망명객의 말투로 말하는 게 아니라, 적의 심장부인 왕궁 한가운데에서 명령을 내리지."

그러고는 곁에 아무도 없는데도 작은 목소리로 어떤 이름을 속삭였다네.

---

42 마치니를 가리킨다. 마치니는 1837년에 영국으로 망명했고, 밀라노 혁명이 성공을 거둔 뒤 수립된 로마 공화국이 백일천하로 끝난 1843년에 다시 런던으로 망명했다. 이 소설에서는 첫 번째 망명에서 돌아온 마치니를 말한다.

이리하여 나는 왕국에서 반역 음모가 진행 중이라는 사실을, 그리고 주모자의 정체와 그 후의 계획을 비로소 알게 된 것일세. 처음에는 도저히 믿을 수 없었지만, 아우의 눈빛을 보고는 믿지 않을 수가 없었지. 그렇다면 아우를 내 후계자로 삼으려던 문제는 어떡해야 하나 생각하자 마음이 굳어지더군. 핏줄의 친밀감은 느끼지만, 감수성이 달라서 거리가 있었으니까.

끝으로 나는 내가 처해 있는 상황을 털어놓기로 결심했지. 내 이야기를 듣더니 아우는 깜짝 놀라더군. 하지만 이윽고 웃으면서 이렇게 말했다네.

"우리 가운데 누가 위인지는 모르지만, 형이 나보다 현명하지 않은 건 확실해. 형은 자신이 살아갈 가치가 없는 존재라느니, 잘못을 저질렀다느니 하고 푸념하지만, 그건 여기서 생겨난 게 아니라……." 하면서 자신의 가슴을 만지고, "여기서 생겨난 거야." 하면서 손가락으로 이마를 두드리더군. "형은 아직도 형이 살고 있는 시대를 이해하지 못해. 세계적으로 유명한 이 도시를 모르고 있듯이 말이야."

그때 우리는 페르라셰즈[43] 언덕에 서 있었는데, 아우가 나를 그곳으로 데려간 이유는 최근에 나온 어느 소설의 마지막 장면을 생생히 보여주기 위해서였네. 파리 시내가 한눈에 내려다보이

---

43 프랑스 파리의 유명한 공동묘지. 본문에 나오는 소설은 1834년에 발표된 발자크의 《고리오 영감》을 가리킨다. 이 소설에서 두 딸의 부도덕한 향락 때문에 파멸한 고리오 영감을 페르라셰즈 묘지에 묻고 난 다음, 주인공 라스티냐은 언덕 위에서 파리 시내를 내려다보며 외친다. "이제부턴 우리의 대결이다!"

는 곳이었지.

"저기를 봐. 용암처럼 부글부글 끓어오르고 있는 곳이야. 끓어오르는 소리를 들어봐. 강변에서, 빈민가에서, 공장에서 끓어오르는 소리를. 물속에 돌멩이를 가득 넣으면 저렇게 될까. 터지기 직전의 냄비라면 저렇게 될까. 센 강변에 거인이 누워 있는 것 같지 않아? 숲으로 덮인 저 아래는 머리 같고, 저쪽은 길게 벌린 두 다리 같고, 여기 한가운데는 가슴 같다고 할 수 있지. 그 속에서 커다란 심장이 고동치고 있는 소리가 들리지 않아? 인간의 영혼과 만물의 내장을 추출하여 이 도시를 새로운 창조물의 이미지로 만들어내는 것은 물론 나도 아니고 우리도 아니고, 바로 우리를 움직이는 정신이야. 이 도시는 하늘의 은총이 풍부하게 펼쳐지는 무대이고, 그 증거이기도 하지. 여기서 나라 전체를 태우는 눈부신 불꽃이 시작될 거야."

이 말을 하면서 아우의 두 눈은 빛났네. 나는 감히 반박할 수가 없었지. 반박하기는커녕, 그 환상적인 예언의 신봉자가 되어버렸다네. 어떤 신조에도 가담하지 않은 채 모든 신조를 객관적으로 증언하는 증인이라고나 할까. 그러다가 나는 메닐몽탕[44]에서 생시몽주의자들의 시위 군중 속에 섞여 들어갔다네. 나도 동지인 체하려고 그들과 같은 차림을 하고 있었지. 가슴을 풀어헤친 파란색 상의와 그 안에 껴입은 하얀색 조끼 그리고 빨간

---

44   프랑스 파리 제20구에 있는 주거 지역.

색 바지[45]. 그 이상야릇한 꼴이라니. 그런데도 군중이 얼마나 필사적이었는지, 나는 그만 웃음이 터져 나오는 바람에 화닥닥 그 자리를 피하고 말았지. 그야말로 몇년 만에 터져 나온 웃음, 너무나도 뜻밖에 다시 만난 웃음이 내 마음속에 희망을 불어넣어 주었다네. 세콘디노와 어울리면서 그의 생활방식을 따르다 보면 나도 내 생활방식에 어느 정도 만족할 수 있지 않을까. 맛없는 요리에 기름을 한 방울 쳐서 맛있게 만드는 사람처럼.

그래서 나는 아무리 하찮은 일에 대해서도 아우한테 참견하게 됐지. 이리하여 나도 체스에 취미를 붙이게 되었고, 아우를 따라서 체스 경기가 벌어지는 카페에도 드나들게 되었다네. 아우 곁에 앉아 체스 게임을 지켜보면서, 그가 즐거우면 나도 즐겁고 그가 걱정하면 나도 걱정하는 식으로 아우와 한마음이 되었으면 좋겠다고 생각한 것이지. 말하자면 나는 손쉽게 흥분을 얻으려는 상태에 빠졌고, 거기에 만족하기도 했어. 바람이 전혀 불지 않아 바다가 하도 잔잔해지면, 그런 위험에서 벗어나고 싶다는 생각에 가벼운 산들바람이라도 불었으면 하고 바라는 선원과 다를 바가 없었지.

내 인생을 뿌리째 뒤엎는 사건이 일어난 것은 바로 그 무렵이었네. 내가 오늘 이런 처지에 놓이게 된 것도 다 그 사건이 강요한 운명 때문일세.

---

45   자유·평등·박애를 뜻하며, 대혁명 후에 프랑스는 이 삼색을 국기로 삼았다.

나는 언제나처럼 세콘디노와 함께 레장스 카페에 나갔네. 카페에서는 체스계의 거물인 부르도네가 눈을 가린 채 도전자들과 체스 시합을 벌일 예정이었지. 아우와 퇴역 기병대장인 피브라크가 현지의 최강자들과 함께 부르도네에게 도전하려고 출전했다네. 피브라크는 열렬한 왕정주의자인데, 오래전에 칼에 베인 상처를 감추려고 정수리에 은판을 뒤집어쓰고 있었지. 그 상처는 워털루 전투[46] 때 입은 건데, 그는 프랑스인이면서도 프랑스를 상대로 싸웠다고 하더군.

피브라크는 부르도네와 막상막하의 시합을 벌인 유일한 상대여서, 시합이 끝난 뒤에도 두고두고 그걸 세콘디노한테 자랑했지만, 세콘디노는 명예로운 패배를 당하고 말았지. 그래서 그 일로 이런저런 농담을 주고받은 끝에, 두 사람 사이에 느닷없이 삼판 승부가 벌어지게 되었다네. 진 사람은 상대가 시키는 대로 자기가 가장 소중히 여기는 신조를 마구 헐뜯고, '만세'나 '타도'를 외친다는 조건이었지.

사실 체스 팬들 사이에서는 체스 시합에서 사상적 열정의 배출구를 구하는 게 일종의 관습이 되어 있었다네. 그 작은 목각 인형들의 싸움은 마치 훨씬 더 피비린내 나는 진짜 싸움의 대리전 같았지. 다시 말하면 체스 시합은 자신의 신념을 구체화하는

---

[46] 1815년 6월 18일 워털루(벨기에 중부 브뤼셀 동남쪽에 있는 마을)에서 영국·프로이센 연합군이 엘바 섬을 탈출하여 왕위에 복귀한 나폴레옹의 프랑스 군대를 격파했다. 이로써 백일천하는 끝나고 나폴레옹은 세인트헬레나 섬으로 유배되어 그곳에서 죽었다.

작업으로 간주되었어. 그래서 대국자가 체스 시합을 하다가 적의 말을 생포하면, 그 말에 티에르[47]나 카베냐크[48]나 군주[49]의 이름을 붙여서 욕설을 퍼붓는 일도 드물지 않았지.

이윽고 저녁이 되었고, 숨소리조차 억누른 정적 속에서 수많은 구경꾼에게 둘러싸인 가운데 시합이 벌어졌다네. 관객들은 중립이 아니라 각자 자기가 응원하는 선수 뒤에 서서 단단히 벼르고 있었지. 관객들 중에는 부르도네는 물론이고, 그의 맞수인 데샤펠과 생타망도 있었는데, 생타망은 런던에서 열린 체스 대회에서 승리를 거두고 돌아온 길이었어. 이 두 사람은 다른 구경꾼들과는 어딘지 모르게 달라서, 시합에 관심을 쏟기보다는 체스 말을 움직이는 방식이 옳으냐 그르냐만 문제 삼았다네.

피브라크와 세콘디노는 체스 실력이 엇비슷했지만, 기질은 정반대였지. 신중하고 내성적인 피브라크는 영국식 정석에 충실한 반면, 상상력이 풍부하고 충동적인 세콘디노는 임기응변에 능한 편이었다고나 할까. 첫 번째 판은 정석에 충실한 피브라크가 이

---

47 프랑스의 정치가·역사가(1797~1877). 1830년의 왕정복고 후 내각에 참여하여 재무·내무·외무 장관 등을 거쳐 총리가 되었으며, 1848년의 2월 혁명으로 제2공화정이 수립된 뒤에는 루이 나폴레옹 대통령과 불화로 유배를 당하기도 했다. 제2제정을 거쳐 1870년에 제3공화정이 수립된 뒤 초대 대통령을 지냈다.

48 프랑스의 군인·정치가(1802~1857). 공화주의자였기 때문에 1830년의 7월 혁명으로 왕정이 복고되자 프랑스령 알제리로 전출되는 시련을 겪었다. 그러나 1848년의 2월 혁명으로 공화정이 수립되자 육군장관으로 임명되었고, 같은 해 6월에 노동자를 중심으로 하는 좌파 봉기가 일어나자 가혹하게 진압했다.

49 1830년의 7월 혁명으로 즉위한 루이 필립. 대혁명 당시 '평등공'으로 유명한 오를레앙 공 필립의 아들이다 처음에는 자유진보적인 노선을 취했으나, 갈수록 보수주의로 흘렀고, 마침내 1848년의 2월 혁명을 맞아 영국으로 망명했다.

졌고, 두 번째 판에서는 임기응변이 적중한 덕분에 세콘디노가 승리를 맛보았지. 이리하여 마지막 승부가 벌어졌는데, 세콘디노는 초반 포석에 실패하는 바람에 패배를 면하기 어려운 지경에 몰린 것처럼 보였어. 그래도 그는 두 주먹을 턱 밑에 괴고 괴로운 듯이 관자놀이를 부풀리며, 뭔지 모르지만 결정적인 수를 읽으려고 애썼다네. 관객들도 말없이 주의를 집중했기 때문에, 주위에는 팽팽한 긴장감이 감돌았지. 급수가 한참 처진 나로서는 어떤 결과가 나올지 짐작도 가지 않았기 때문에, 혹시 내 불안을 씻어주지나 않을까 하고 옆에 있는 사람들의 표정을 유심히 살폈지만, 피브라크를 보고는 낙심하지 않을 수 없었다네. 그는 경멸하듯 입술을 일그러뜨리며 담배에 불을 붙이고 있었는데, 아우의 맑은 눈에다 일부러 담배연기를 토해내는 짓궂은 짓을 하더군. 거기에 대해 뭐라고 한마디 할까 하는데, 아우가 나보다 빨랐어. 세콘디노는 파란 핏줄이 돋아 오른 창백한 손으로 졸을 하나 집어 들더니, 피브라크가 눈앞에 놓아둔 재떨이, 꽁초가 산더미처럼 쌓여 있는 재떨이에 그 졸의 머리를 문질러 담뱃재를 잔뜩 묻혔지. 그러고는 이렇게 말했다네.

"이 졸로, 더럽게 재가 묻은 이 졸로, 일곱 번째 수가 끝났을 때 당신의 왕을 잡고야 말겠소."

나는 피브라크를 보았네. 그가 갑자기 땀을 흘리기 시작하더군. 그 땀이 이마에서 콧등을 거쳐 구레나룻과 입술로 뚝뚝 떨어지는 거야. 그는 연신 땀을 닦았네. 오동통하고 짤막한 손, 불그

레한 털이 바늘처럼 돋아나 있는 손으로. 그리고 또 한 손은 세콘디노의 말이 공격해올 때마다 힘겹게 응수하고 있었지.

말을 이리저리 여섯 번 옮긴 다음, 마침내 일곱 번째 말을 움직였을 때, 피브라크의 왕은 신하들 사이에 갇힌 채 사로잡힐 수밖에 없는 형편이 되었다네. 그런데 이 외통수를 둔 말은 바로 그 재 묻은 졸이었어.

"끝났군!" 기쁨을 억누른 아우의 목소리가 허공에 울려 퍼지고, 관객들 사이에서 박수갈채가 터져 나왔네.

피브라크는 순간 당황한 듯이 보였지만, 이윽고 고개를 뒤로 젖히면서 일어나더니 이렇게 말하는 거였어.

"당신은 아까 이 졸을 집어 들고 머리에다 재를 묻혔소. 그러고 나서 원래의 자리로 돌려놓았지. 규칙에 따르면 일단 건드린 말은 이동을 시켜야 하는데, 당신은 이 말 대신 다른 말을 움직였단 말이오. 그러니 당신이 진 거요."

나도 다른 사람들도 오싹했지만, 바로 그때 부르도녜가 진지한 얼굴로 의젓하게 사람들 사이를 헤치고 앞으로 나왔다네. 피브라크의 왕은 하얀 말이었는데, 부르도녜는 교살범처럼 아름다운 두 손으로 그 하얀 말을 집어 들고는 우스꽝스럽게 꾸민 목소리로 말했지.

"폐하, 실례되는 말씀이오나, 제가 보건대 폐하께서는 이미 숨통이 막혀 땅 속에 파묻혔나이다."

그러고는 피브라크 대령 쪽을 돌아보며 훈계조로 말하더군.

"대령, 실착이 있었다면 그때 즉시 항의를 했어야죠. 그런데 시합이 끝난 뒤에 이의를 제기했기 때문에 패배는 당신의 것입니다. 그러면 이제 슬슬……." 하고는 시계를 꺼내어 보더니 덧붙였네. "밤도 깊었으니, 이제는 집으로 돌아가는 일밖에 남지 않았군요. 분명히 말하건대, 게임은 끝났습니다."

모두 마른침을 삼켰고, 당사자인 두 사람도 격앙된 기분을 삼키며 일어났지. 한 사람은 분노의 감정을, 또 한 사람은 기쁨의 감정을 말이야. 하지만 관객들은 승부의 결과를 기다리며 잠자코 있었네. 이윽고 세콘디노가 피브라크에게 말했지.

"아까 약속한 조건은 없었던 걸로 하겠습니다. 하지만 이건 알아두시기 바랍니다. 당신이 진 대가로 외쳐야 할 말은 '폭군 타도'밖에 없다는 걸 말입니다. 내가 졌다면 당신은 당연히 나한테 '국왕 만세'를 외치라고 했겠지요. '폭군 타도'가 듣기에도 좋고, 맹세를 저버렸다는 양심의 가책을 느끼지 않아도 된다는 점에는 당신도 동의하실 겁니다. 당신 스스로 '배 왕'을 폭군으로 여긴다면 별문제지만 말입니다."

좌중에 웃음이 일었고, 나도 웃었지. 프랑스에 온 지 얼마 되지 않았지만, 신문 만화나 벽보에 국왕을 과일, 그중에서도 특히 배로 묘사하여 비난하는 것을 자주 보았기 때문일세. 그런데 피브라크는 웃기는커녕 오히려 창백해진 얼굴로 주머니에서 은화를 한 닢 꺼내더군. 은화에는 왕의 초상이 새겨져 있었지. 그는 은화에다 재빨리 입을 맞추더니 출구 쪽으로 걸어갔네.

이것으로 모든 게 끝났나 했지. 그런데 그 순간, 출구로 나가려던 대령이 무슨 생각을 했는지, 느닷없이 휙 돌아서서 돌아왔어.

"그런 식으로 머리에 재를 뒤집어쓰는 건 네놈 집안일 거다!" 이렇게 외치더니 대령은 장갑으로 세콘디노의 뺨을 때렸다네.

뒤이은 혼란 속에서 나는 두 사람 사이에 끼어들어 싸움을 말렸지만, 대령이 결투로 결말을 짓자고 강력히 요구했기 때문에, 아우는 결국 결투 신청을 받아들일 수밖에 없었다네.

"좋습니다. 결투를 신청한 건 당신이니까, 나중에 불상사가 일어나도 책임은 당신이 지시오." 세콘디노는 이렇게 말하고는 오만하게 선언했지. "내일 입회인을 보내지요."

나는 그 말투에 깜짝 놀랐다네. 아무리 누가 싸움을 걸어도 세콘디노는 거기에 응한 적이 없었거든. 싸움을 거부하는 게 세콘디노의 생활 방침이었으니까. 게다가 군인을 상대로 한 결투라면 더욱 그랬지. 그때 어떤 의혹이 내 머리를 스쳤어. 아무리 내가 아우의 영혼을 빨아들여 내 영혼으로 옮기려고 애써도, 세콘디노는 자기 나름대로 그런 기미는 추호도 내색하지 않은 채 귀족이라는 내 신분에서 오는 어리석은 의무를 흉내 내고 있는 것은 아닐까 하는 의혹 말일세.

그래서 나는 어떻게든 결투만은 단념시키려고 애썼다네. 너는 무기를 다루는 데에는 풋내기인데, 상대는 노련한 검객이 아니냐……. 그랬더니 아우는 칼로 결투를 하면 다칠지 모르니까 차라리 권총이 낫겠다고, 어차피 상대는 노안이라 잘 보이지 않을 테니까 그 약점을 찌르면 된다고 우기더군.

"걱정하지 마." 아우는 나를 안심시키려고 애썼다네. "솜씨는 물론 비교도 안 되겠지만, 나는 눈이 양쪽 다 좋고, 여차하면 이 눈을 이용하는 방법도 알고 있어."

그러고는 유언장을 쓰기 위해 물러갔다네.

결투 전날은 겨울이 바싹 다가와 있는데도 잊을 수 없을 만큼 화창하게 맑은 날이었지. 시내 중심가를 아우와 둘이서 산책한 게 기억나는군. 나는 극장 간판을 힐끔힐끔 바라보면서, 아우도 나와 같은 생각을 하고 있을 거라고 생각했지. 마담 사키[50]의 줄타기 곡예를 살아서 또 볼 수 있을까. 폴리 극장에서 공연 중인 《로베르 마케르》에서 프레데릭 르메트르[51]의 대사를 또 들을 수 있을까. 내일 밤에는 과연 어디에 있을까…….

이런 생각 저런 생각이 내 마음속에서 미친 듯이 날뛰었지만, 부끄러움을 무릅쓰고 고백하건대 내 마음속에는 불안만이 아니라 지금 당장에라도 모든 게 분명해졌으면 좋겠다는 기분도 있었네. 결투는 무서울지 모르지만 반드시 필요한 파국이라는 생각, 결투가 아우 인생의 응어리보다는 오히려 내 인생의 응어리를 풀어주지 않을까 하는 기대도 있었지.

새벽이 되었네. 계절이 심술이라도 부리듯 하룻밤 사이에 갑자기 추워졌지. 우리는 마차를 타고 뱅센 숲으로 갔다네. 나는

---

50 프랑스의 유명한 여자 곡예사(1786~1866)
51 프랑스의 멜로드라마 배우(1800~1876).

주머니에 손을 찔러 넣고, 봉인된 아우의 유언장을 만지작거리고 있었지.

땅으로 뛰어내리자 내 구두가 이슬에 젖고 안개가 콧구멍을 찌르더군. 문득 이런 생각을 했지. 안개가 짙어서 결투를 할 수 없게 되었으면 좋겠다고. 하지만 안개는 어느새 걷히고, 나는 입회인한테 그런 말을 할 기력도 없었다네. 입회인은 두 사람씩인데, 묘하게도 서로 딴판이었어. 피브라크의 입회인은 엄격하고 우울한 인상을 풍기는 퇴역군인 두 명이었고, 우리 쪽 입회인은 소풍이라도 나온 행락객처럼 두려움과 쾌활함이 뒤섞인 젊은이들이었지. 결투 당사자들을 화해시키려는 노력도 해보았지만 허사로 끝나고 말았다네.

"결투장에서는 화해를 하지 않는 법일세." 피브라크가 엄격하게 말하고 나서 이렇게 덧붙이더군. "나를 비난하는 것은 용서할 수 있지만, 우리 국왕 폐하를 모욕하는 짓은 절대 참을 수 없어."

피브라크는 모자를 벗더니, 허리를 굽혀 풀밭 위에 내려놓았네. 방금 떠오른 햇살이 두꺼운 구름장을 뚫고 정수리의 은판에 닿았지. 내 쪽에서 보면 역광이 되기 때문에, 대령의 모습이 마치 후광에 싸인 것처럼 보이더군. 성인이 제멋대로 지상에 내려오면 어떻게 하느냐고 야단칠 겨를도 없이, 대령은 앞에 서 있는 세콘디노에게 말했다네.

"만약에 내가 죽거든, 이게 자네에 대한 내 생각이라는 걸 알아주기 바라네."

그러고는 감자 먹이는 손짓을 두 번 되풀이했어.

그러고 있는 동안에도 두 사람은 무기를 집어 들고 거리를 잡았네. 두 사람 사이의 거리는 30보였지만, 발포하기 전에 다섯 걸음을 더 움직일 수 있도록 되어 있었지. 하지만 어느 쪽이든 먼저 총을 쏜 뒤에는 다른 한 쪽은 그 자리에 멈춰 서서 응사하는 게 규칙이었네.

아우가 나한테 속삭이더군.

"왠지 나를 총살할 사격대를 내가 직접 지휘하고 있는 듯한 느낌이야."

그때 의사가 뒤늦게 달려왔네. 몸집이 작고 추레한 인상을 주는 사내였는데, 따분해서 견딜 수 없다는 태도를 취하고 있었어. 의사는 수수료 액수를 말하고는 담배를 피우면서 권총 케이스에 걸터앉았다네.

이것으로 준비는 모두 끝났어. 입회인들은 질서정연하게 걸음 수를 세었지만, 가장 젊고 다리가 지나치게 긴 우리 쪽 입회인이 몇 미터를 속여서 거리를 늘렸기 때문에 잠시 옥신각신이 벌어졌지. 마침내 위치를 잡으라는 명령이 떨어졌네. 하지만 이 명령도 다시 반복해야 했지. 세콘디노가 실수로 방아쇠를 당기는 바람에 한 발이 발사되었거든. 어딘지 모르게 우스꽝스러운 이 사고 덕분에, 죽음이 앞에서 기다리고 있다는 분위기도 왠지 사라져버린 것 같았어. 어쨌든 결투는 상당히 작위적인 행동과 의식이기 때문에, 이런 우스꽝스러운 사고가 일어난 이상, 그만 막을 내리고 박수로 결말을 내야 할 것 같은 느낌이었다네. 게다가 초자연적인 집행정지 명령이라도 내린 것처럼 세찬 빗방울이 얼굴을 때리는 것을 느꼈을 때에는 더욱 그런 느낌이었지. 하늘을 쳐다보니, 부풀어 오른 구름들이 함대처럼 태양을 삼키며 상공을 달리는데, 그 모습이 꼭 기괴한 엉덩이나 주둥이가 미친 듯이 춤을 추고 있는 것처럼 보이더군. 이윽고 수많은 번개와 천둥이 어두운 숲 우듬지에 떨어지기 시작했네.

나는 큰 소리로 외쳤지.

"자, 이제는 그만두고 비를 피하러 갑시다!"

나는 아우와 대령도 따라올 줄 알았는데, 그들은 풀밭 언저리에 우뚝 서서 두 뺨을 비에 적시며, 눈에는 고집스러운 열기를 띤 채 꼼짝도 않더군. 우리는 소풍을 나온 학생들처럼 나무 밑에 옹기종기 모여 있었지만 두 사람은 꼼짝도 하지 않았어. 얼마나 움직이지 않고 서 있었는지, 토끼 한 마리가 마치 나무라도 서 있는 양 그 앞을 깡충깡충 지나가기도 했다네.

두 사람이 장대 같은 빗줄기를 맞으며 느릿느릿한 걸음으로 발사선까지 걸어가는 것을 보고 우리는 다시 한 번 소리쳤지. 그 순간 나는 분명히 깨달았네. 세콘디노는 죽으려고 작정했다는 것, 나 자신도 속으로는 같은 생각이었다는 것을 말일세. 너무 흥분해 있어서 그런 생각을 떨쳐내진 못했지만.

그 뒤에 일어난 일에 대해서는 기억이 잘 나지 않지만, 아우의 두 가지 모습만은 지울 수 없는 기억으로 남아 있네. 하나는 구름을 향해 총을 쏘려고 팔을 들어 올린 모습인데, 그 얼굴은 "어때, 내가 결국 해냈지?" 하며 우쭐해하는 개구쟁이처럼 행복한 표정을 짓고 있었지. 또 하나는 반듯이 누워 있는 모습인데, 피가 왈칵 쏟아져 나와 어디가 코고 어디가 입인지도 분간할 수 없는 상태였다네. 사육제 가면처럼 보이기도 하고, 얼굴에다 온통 포도즙을 바른 채 익살을 떨고 있는 포도밭 일꾼처럼 보이기도 하고……. 요컨대 죽었다고 생각할 수 있는 점은 아무것도 없었지.

하지만 아우는 분명 총에 맞고 죽어 있었다네. 나는 아우의 턱을 꿰뚫은 총알을 오랫동안 조끼 주머니에 넣어 가지고 다녔지. 그 뒤로는 천둥소리를 들을 때마다 강철 손이 목을 죄는 듯한 느낌이 들어서 신음 소리를 지르며 바닥에 쓰러지곤 했다네. 하기야 내가 우울증에서 벗어나 거듭날 수 있었던 것은 그날 그 악천후 속에서 아우가 죽은 덕분이지만 말일세. 그래, 그건 바로 기적이었네. 동생을 죽인 그 총탄으로 나는 다시 세례를 받았으니까. 발사된 총알이 세콘디노를 죽인 그 순간, 내 머릿속에서도 똑같은 폭발음이 울려 퍼졌고, 갑자기 혈관 구석구석까지 위로의 손길이 뻗쳤다네. 레토얀니 남작 가문 출신의 나 코라도 인가푸는 좋은 혈통을 물려받았으면서도 기력을 잃었지만, 발아래 누운 그 시체의 살덩어리 속에서 다시 소생한 것일세. 하지만 그 시체에 대해서는 위선과 진정이 뒤섞인 마음으로 눈물을 흘렸지. 그때까지만 해도 나는 아우 몫의 돈으로 기생충처럼 살면서 내 몫의 삶까지 대신 살아달라고 그에게 완전히 떠맡기고 있었던 거나 마찬가지였지만, 아우가 세상을 떠난 지금은 내가 아우의 영혼을 내 영혼 속에 되살려, 그가 끝내 이루지 못한 운명을 내가 대신 떠맡자고 결심했다네. 앞으로는 사람들과 끈끈한 유대를 맺으며 아우가 살려고 했던 삶을 살기로 작정했지. 아우가 해야만 했던 일, 해야만 했던 말을 내가 대신 하고, 마지막에는 아우의 팔자에 나와 있는 것과 똑같은 죽음을 내가 대신 맞이하자고 말이야. 예전에는 아우가 나한테서 생명력을 빼앗아 나를 대신 살고 있었다면, 이제는 내가 아우한테서 생명력을 빼앗아 그를 대신 살아주자고 생각했지.

유서를 보면 세콘디노도 바로 이 점을 예감하고 있었던 모양이야. 나는 그 유서를 다 외고 있는데, 이런 말이 적혀 있다네.

코라도, 만약 형이 이 글을 읽게 된다면, 그건 내가 인간의 굴레에서 벗어나 천상의 세계로 들어갔다는 의미일 테지. 그랬다고 이 유언장에서 재산 따윈 기대하지 마. 형도 알다시피 장남이 아니면 재산 소유가 인정되어 있지 않으니까. 나로서는 형한테 유산을 물려주기는커녕, 오히려 형을 상대로 소송을 제기하여 내 권리를 되찾고 싶어. 하지만 장남의 권리 따위는 쓸데없는 거라고 생각하는 내가 무슨 권리를 요구하겠어? 나로서는 벼락부자를 등쳐먹거나, 아무짝에도 쓸모없고 평판도 좋지 않은 직함을 장식품처럼 주렁주렁 매단 채 궁정에서 무위도식하며 살아가는 것에는 절대로 동의할 수 없어. 하지만 이것만은 말해둘게. 모든 것을 벗어 던지고,

내 일을 상속받아 내가 못 다한 일을 형이 해주면 고맙겠어.

이 유언이 얼마나 내 소망과 일치했는지, 이루 다 말할 수 없을 정도라네. 내 아우의 죽음은 아까도 말했듯이 나의 부활이고, 제2의 세례였지. 내 몸 속에 있는 모든 것이 이미 그 방향으로 움직이고 있었네. 타고난 얼굴 모습이 아우와 똑같고, 목소리까지도 아우의 억양을 띠고 있는 것 같았고, 아우가 아니고는 쓸 수 없는 특유한 말투가 날이 갈수록 자연스럽게 느껴졌지. 내가 구태여 원할 필요는 없었다네.

문득 깨닫고 보니 나는 아우와 똑같은 망토를 걸치고 다녔고, '실어증 환자 모임'이나 '최고 거장 모임'에 은밀히 가입했고, 어느새 갑자기 유창하게 지껄일 수 있게 되었고, 아우의 이름으로 상대를 설득하거나 체념시키면서 뛰어난 활약을 보였지. 아우를 알고 있는 몇몇 사람들도, 아우를 모르는 많은 사람들도 이 변신, 아니 교체에 대해서는 전혀 불평을 말하지 않았고, 나는 부족했던 절반의 신분을 완전히 내 것으로 만들었다네. 내가 아우를 대신하고 있다는 사실조차 잊어버릴 만큼 자연스러운 태도였지. 다만, 천둥이 치는 날은 별문제지만…….

이리하여 나는 유럽 각국의 망명객들 사이에서 일어난 숱한 역모 사건의 주동자가 되었네. 그 후 지난 몇 년 동안은 자네들과 함께 움직여왔지. 치스파나니아와 카피타나타에서…… 언제나 '살아 있는 신'의 명령에 따라…… 세콘디노라면 이렇게 하지 않았을까 하는 방식으로 말이야. 그래서 자네들도 알다시피 나는 그리스어로 쌍둥이를 뜻하는 '디디모'라는 가명을 사용하게 되었는데, 이건 아우를 못 잊어 붙인 이름이라네. 언제나 아우가 나를 이끌고 있지. 아우가 어떤 목소리로 또 어떤 발상으로 나를 이끌고 있는지, 아우가 가 있는 어둠의 세계에서 우리가 살고 있는 이 광명의 세계까지 그 목소리가 어떤 비밀 통로를 통해 전달돼 오는지는 모르겠지만 말이야.

　목숨이 얼마 안 남았다는 걸 생각하면 슬프지 않은 건 아니야. 내 목이 땅에 떨어지는 순간, 동시에 아우의 목도 땅에 떨어지겠지. 하지만 위안이 없는 것도 아니야. 내가 죽으면, 지금까지 둘로 나뉘어 있던 한 몸이 원래대로 결합하여 하나가 될 테니까…….

8
지붕 위를 걷다

폭풍우는 에너지를 다 쏟아내고 끝났다. 머리 위로 높이 치켜든 거대한 칼로 잘게 토막을 내듯 겹겹이 쌓인 구름장 사이에 틈이 생기고, 잘려나간 자투리와 자투리 사이에서 별들이 하나씩 둘씩 되살아나고 있었다. 그리고 찌는 듯한 무더위가 더욱 심해져 대지의 축축한 습기와 뒤섞였다. 개 짖는 소리 비슷한 마지막 천둥소리가 먼 바다로 사라져가는 것이 들렸다. 그곳에서는 바다와 하늘이 하나가 되어 어둠의 방벽을 이루고 있었다.

어디를 보아도 깊은 밤이다. 밤은 여전히 계속되고 있다. 하지만 몇 시인지는 알 수 없다. 보초 교대를 알리는 신호도 듣지 못했다. 폭풍우 때문에 들리지 않았지만, 틀림없이 그 사이에 신호가 울렸을 것이다.

"내 이야기가 남은 시간을 다 잡아먹은 게 아닐까?" 남작이 걱정스러운 투로 물었다.

하지만 아제실라오는 눈을 들어 하늘을 살핀 다음, 나름의 방법으로 밤 한 시가 조금 지났다는 결론을 내렸다 지금은 경비병들이 잠깐 휴식을 취하기 위해 처음부터 정해놓은 시간이라고, 젖은 옷을 불에 말린 뒤에는 처형대에 마지막 못을 박으러 돌아올 것이라고 말했다.

새로운 소리가 안마당에서 올라왔기 때문에 그 말은 곧 확인되었다. 사실 망치 소리는 이제 더 이상 나지 않고, 경비병들이 둥글게 모여 서서 두런거리는 소리가 들렸다. 이어서 큰 소리로 웃음을 터뜨렸지만, 그 웃음소리는 장교 숙소의 문이 성난 듯 쾅 하고 울리는 바람에 뚝 그쳐버렸다.

"남작님 이야기를 들으니……." 하고 병사가 말했다. "비가 억수같이 쏟아질 때는 결투를 중지하는 게 신사의 도리가 아닐까 하는 생각이 드는군요."

"분명히 말하지만 그건 중요한 문제가 아니야." 살림베니가 말했다. "한쪽은 어떻게든 상대를 죽이려 하고 또 한쪽은 어떻게든 죽고 싶어 하는 그런 결투의 경우에는……."

그러고는 모두 남작과 쌍둥이 아우에 대해, 두 사람의 기묘한 동질성에 대해 말하기 시작했다.

수도사가 끼어들었다.

"나는 그 문제를 종교적으로 풀이하고 싶군. 내 생각은 이래. 서로 복잡하게 얽혀 있는 쌍둥이는 둘이 합치면 성(聖) 암보(한 쌍)나 성 두이타(이중체)에 해당하고, 여기에 '살아 있는 신'을 더하면 일종의 삼위일체가 생겨나게 되지. 그리고 인류의 이름으로 성자가 뱅셴 숲에서 수난을 당하면 젊은이들은 황홀해지는 법일세."

남작의 얼굴이 흐려졌다.

"영감님의 말을 들으니 그저 당혹스러울 뿐입니다. 그처럼 모독에서 연민으로 표변하면 어리둥절해질 수밖에요."

치릴로 수도사가 다시 입을 열었다.

"내가 수도사라고 자칭하는 것은 사제복을 업신여겨서가 아니라, 사제복에 실연을 당했기 때문일세. 이래봬도 나는 하느님에게 지극히 충실한 사람이야. 입 밖에 내어 말하진 않지만, 속으로는 계속해서 세상일과 불완전한 이치에 대해 설명해 달라고 하느님께 요구하고 있지. 하기야 오늘 밤에도 모처럼 자네들을 만났으니 가까이에서 말을 걸어볼까 생각했지만, 마음이 좀 괴로워서 그만 말투가 날카로워지고 위화감이 느껴지는 걸 어쩔 수가 없었어. 유리를 손톱으로 긁거나 비단우산의 헝겊이 머리카락에 닿으면 신경이 곤두서게 되지. 바로 그거야."

"그렇군요." 남작이 말했다. "영감님이 내 이야기를 믿지 못하거나 가소롭게 생각한다 해도 난 이해할 수 있습니다. 사실은 그 반대지만."

"가소롭게 생각하는 건 사실일지도 몰라." 치릴로가 말했다. "하지만 믿지 못하는 건 아닐세. 그런데 난 당신이 이번 음모에서 야곱이었는지 아니면 에서[52]였는지, 그걸 잘 모르겠단 말씀이야."

문득 정신을 차리고 보니 학생은 어느새 무릎을 꿇고 있었다.

---

52 창세기 25장에 따르면 야곱과 에서는 이삭의 쌍둥이 아들로, 형 에서는 아우 야곱에게 팥죽 한 그릇으로 장자권을 팔아 넘겼다.

"우리 앞에는 아주 중대한 것이 하나 있는데, 모두 그걸 잊고 계시군요. 우리는 탁자 위에 있는 저 작은 상자에 이제 곧 우리의 생사를 결정하는 한 표를 던져야 합니다. 그 결정을 손에 움켜쥔 채 양초가 다 탈 때까지 미루는 건 악마의 노림수에 넘어가는 것이니까요. 게다가 서로 이야기를 나누면 무언가 도움이 될 거라고 기대하고 있었는데, 오히려 역효과만 나고 있잖아요. 그리고 저는 이제껏 남작님을 심지가 굳은 분으로, 믿고 의지할 만한 분으로 생각했는데, 지금 문득 깨닫고 보니 전혀 딴사람으로, 그것도 유령으로 변해 나타나지 않았습니까. 반쪽 인간인지 온전한 인간인지는 모르겠지만, 덕분에 나는 점점 더 의심스러워졌습니다. 내가 동화 속의 세계에 살고 있는지, 아니면 역사에 남을 만큼 훌륭한 죽음을 맞이하고 있는지 말입니다." 학생은 이렇게 말하고는 울음을 터뜨렸다. "어떡하면 좋은지, 가르쳐주세요. 무엇 때문에 이런 희생을 치러야 하는지, 그 이유를 설명해주세요. 아니면 돌려주세요. 내 청춘을, 등나무 아래의 건배를, 음악을, 키스를 돌려주세요. 나를 살려주세요."

"자네의 두려움은……." 하고 남작이 말했다. "지붕 위를 걸으면서 밑으로 떨어질지 모른다는 생각에 벌벌 떠는 사람의 공포와 똑같아. 아주 높은 곳에 있다고 생각하면, 누구나 위협을 느끼고 두려워지게 마련이지. 높이가 1미터밖에 안 되는 낮은 벽 위를 걷는다면 두려워할 사람이 없는데 말이야. 하기야 언제 떨어질지 모르는 건 양쪽 다 마찬가지지만. 그러니까 뱃사람이나 벽 쌓는 사람이나 몽유병 환자는 훈련을 통해 익숙해지거나, 아니면 모르는 게 약이라는 속담도 있듯이 아예 두려움을 모르기 때문에 위험 속에서도 느긋하고 안전할 수 있는데, 이것저것 의식하는 사람은 똑같은 곳에서도 그만 떨어져버려."

"하지만 저는…… 우리는…….." 젊은이가 말했다. "심연을 바라보고 있을 뿐만 아니라, 이제 곧 그 심연 속으로 떨어져야 합니다. 마음에 가시가 박혀 있어요. 아무래도 이건 피하고 싶습니다."

살림베니가 학생의 어깨에 손을 올려놓으면서 말했다.

"남작님, 실은 마지막까지 잡아당겨야 합니다. 남작님의 고백은 나르치소의 말대로 우리의 결심에 조금도 도움이 되지 않았어요. 뿐만 아니라 우리가 감옥에 들어온 이후 지금까지 계속 맴돌고 있던 가장 중대한 문제를 회피하고 있다구요. 핵심을 피한 채 임기응변으로 얼버무리며 숨겨온 문제, 그러니까 폭파장치가 정작 표적으로 삼은 폭군에게는 찰과상 하나 입히지 못한 채 무고한 사람들만 죽고 다치게 했다는 사실 말입니다. 다음 폭파에서 또 새로운 희생자가 나올지도 모르잖습니까."

"그건 전에도 말했잖은가. 순교자의 피는 반드시 도움이 되는 법이라고." 남작이 나지막한 소리로 말했다.

"스스로 원해서 순교한 사람은 괜찮겠지요. 하지만 그럴 뜻도 전혀 없는데 자기도 모르게 죽은 사람은 다릅니다."

"그럼 저는요?" 나르치소가 끼어들었다. "순교자도 첩자도 되고 싶지 않은 나는요?"

이 말에 응답이라도 하듯 안마당에서 소리가 났다. 발을 질질 끄는 소리, 짧은 구호 소리, 총에 착검하는 소리.

"휴식 시간이 끝난 모양이군." 아제실라오가 바깥 동정에 귀를 기울이며 말했다. "그런데 아무래도 내 이야기가 가장 길어질 것 같군요."

그러고는 다른 사람들의 승낙도 기다리지 않고 말을 이었다.
"내 이야기는 제목이 '뒤죽박죽'입니다."

9
병사의 이야기

뒤죽박죽

나는 30년 전에 어느 주막집 식탁 위에서 태어났습니다. 철이 든 뒤에 들은 이야기가 그렇습니다. 어머니는 유랑극단 배우였는데, 오빠 둘과 여동생 라밀라와 함께 패를 지어 이곳저곳 떠돌아다니며, 광장이나 저잣거리나 시골 마당에서 푼돈을 받고 연극도 공연하고 재주도 팔고 하면서 살아가고 있었지요. 요술상자 같은 손수레를 끌고 다녔는데, 그 손수레에는 자질구레한 세간과 동화 같은 소품들이 가득했답니다. 양철로 만든 칼이 빗자루와 뒤섞여 있고, 강낭콩 봉지가 종이로 만든 성채 위에 놓여 있고……. 어쨌든 이런 식이었지만, 여행은 인생에 인생을 더하는 거나 마찬가지라는 어느 철학자의 말이 옳다면, 어머니와 외삼촌과 이모는 인생 경험을 꽤나 많이 쌓았을 게 분명합니다.

네 오누이는 늘 함께 다녔는데, 어쩌다 점심때 먹을 게 없어서 오빠 둘이 채소나 과일을 얻으러 갈 때를 빼고는 한시도 떨어져 있지를 않았다고 합니다. 하기야 이런 일은 자주 있었겠지만요. 그러던 어느 날, 남자 둘은 식량을 구하러 가고 여자 둘이 기다리고 있을 때였습니다. 손수레의 가로대를 허공에 띄워놓고, 그걸 지붕 삼아 누워서 잠깐 쉬고 있을 때였는데, 어느 틈엔지 기병 하나가 눈 깜짝할 사이에 나타나서는 어머니의 입을 입으로 눌러 막았습니다.

한창 무더울 때였지요. 그 기병은 말을 소나무에 매놓은 뒤, 땀투성이에다 먼지투성이가 다 된 몸으로 살금살금 다가온 것입니다. 어머니는 산전수전 다 겪은 여자인지라, 그만한 일로 질겁해서 쩔쩔맬 정도는 아니었나 봅니다. 그래서 사내한테 동생만은 건드리지 말아달라고 부탁했지요. 그런데도 상대는 어머니를 마구 때리고 칼로 금방이라도 찌를 것처럼 협박하면서 어머니의 말을 들어주지 않았답니다. 그래서 어머니는 이모한테 달아나라고 외치고는 사내의 귀를 마구 물어뜯었지요. 이모는 간신히 달아났고, 어머니는 결국 사내한테 겁탈을 당하고 말았습니다. 나는 달도 다 채우지 못한 칠삭둥이로 태어났는데, 두 가지 의미에서 뜻밖의 출생이었다는군요. 어머니는 풍성한 배우 옷을 잔뜩 껴입어 점점 불러오는 배를 감추고 있었기 때문에 어머니가 임신한 것을 아무도 눈치채지 못했던 것입니다.

그러던 어느 일요일 밤, 연극을 공연하고 있을 때였답니다. 메리 스튜어트[53] 역을 맡고 있던 어머니가 살해당한 애인의 시신을 붙들고 슬피 우는 장면에서 산기를 느꼈지요. 어머니가 거짓 비

---

[53] 영국의 엘리자베스 여왕의 명령으로 참수당한 스코틀랜드의 메리 여왕을 말한다.

명을 지르려는 찰나, 진짜 진통이 덮쳐온 것입니다 그래서 어머니는 마부와 목동들이 묵고 있는 근처 마구간으로 끌려가, 그곳 짚단 위에서 몸을 풀어야 했답니다. 내가 이 세상에 나온 곳과 때가 바로 그런 장소, 그런 순간이었지요. 여러 해 전에 목격자한테서 이 이야기를 들었는데, 그 뒤로는 자나 깨나 그 생각만 했습니다.

그 뒤로는 눈만 감으면 갓난아기의 머리 위에 검댕으로 더러워진 천장이 떠오르는 게 보이고, 썩은 지푸라기와 포도주의 악취가 풍기는 듯하고, 더러운 담요 조각 위에 누워서 다리를 벌리고 있는 여자의 모습이 머리에 떠오르고, 그 옆에 핏물 가득한 대야가 보이고, 지나가던 사람들이 새 생명의 탄생을 축복해주는 박수 소리가 들리는 것입니다. 그리고 그보다 훨씬 안쪽, 어둠이 기둥처럼 서 있는 곳에는, 외삼촌 둘이 벽을 등지고 서 있는 게 보입니다. 그들은 이 모든 게 도무지 믿기지 않는다는 듯, 핏덩어리인 나를 보기도 싫다는 듯, 내가 밉살스러워 못 견디겠다는 듯, 잔뜩 일그러진 얼굴로 침묵을 지키고 있습니다. 이튿날, 날이 밝자마자 외삼촌들은 길을 떠나자고 억지를 부리면서, 어머니한테는 카라촐리니 수도원에 가서 아기를 맡기고 오라고 요구했습니다. 몇 주 뒤에 외삼촌들은 밀수업자들의 싸움에 말려들어 한바탕 소동을 벌인 끝에 둘 다 목에 추가 매달린 채 강물 속에 가라앉았다고 하더군요.

나중에 간접적으로 확인한 일이지만 나한테는 마치 꿈같은 이야기입니다. 평소에도 나는 이런 일들이 정말로 일어났는지 의심하고, 나 자신의 존재마저 스스로 허물곤 합니다. 내 육신은 한낱 꿈에 불과하다는 생각을 그만둘 수가 없어요. 나 자신의 탄생인데도, 내 추억은 거부당한 채 남의 추억을 통해서만 밝혀진 그런 행위, 모습, 냄새 같은 자질구레한 것들……. 요컨대 내 것이면서도 내 것이 아닌 그런 기억은 벽에 어른거리는 그림자처럼 덧없고 부질없는 것이 아닐까 생각합니다. 지나가던 두 사람이 우연히 엇갈렸을 때, 그때 마침 햇살에 붙잡혀 벽에 생기는 그런 그림자 말입니다. 이따금 나는 나 자신에게 물어보곤 합니다. 내가 잊어버린 것들도 과연 존재하게 될까. 내일로 다가온 죽음도 그렇습니다. 내 죽음을 목격하게 될 병사들, 사령관, 망나니의 눈이 이 세상에서 사라진 뒤에도 내 죽음은 계속 존재할 수 있을까…….

"망나니의 딸년은 자네를 잊지 않을지도……." 하고 시인이 건방지게 끼어들자, 병사는 "계속하겠습니다." 하면서 손바닥으로 이마를 닦았다. 갑자기 땀이 흐르기 시작했기 때문이다.

나는 수도원에서 자랐기 때문에, 수도사가 되는 게 내 운명이라고 생각지 않은 날은 단 하루도 없었습니다. 수도사가 되는 것 자체가 싫지는 않았어요. 아니, 내가 세상과 관련하여 알고 있는 것이라고는 고아와 수도사에 대한 것뿐이었지요. 나와 함께 배우고 놀았던 아이들은 자기가 고아라고 믿었거나 아니면 정말로 고

아였던 아이들뿐이고, 또 우리를 가르쳐준 어른은 수도사들뿐이었으니까요. 몇 년 동안 나를 둘러싸고 있던 우주는 고아적이고 남성적이고 어두웠지요. 수도원은 푸른 산에 둘러싸인 깊은 골짜기에 있었고, 그곳에는 음울하고 엄격한 사람들이 살고 있었습니다. 마을은 가까웠지만, 우리가 마을에 나가는 것은 허락되지 않았습니다. 내가 여자의 모습을 처음으로 안 것도 수도원의 어느 골방에 버려져 있던 채색된 밀랍 성모상을 통해서였습니다. 나는 자주 그 방에 가서 성모상을 바라보고 말을 걸곤 했지요. 그러면서 여성은 천사와 같은 체질일 거라고 차츰 믿게 되었습니다. 새 털같이 부드러운 존재일 거라고……. 나는 마치 구름을 쓰다듬으려는 사람처럼 허공을 손으로 더듬곤 했습니다.

나는 곧 그리스도의 생애를 통해 부모라는 존재가 있고, 사내를 모르고도 아기를 낳은 어머니가 있다는 것을 배웠습니다. 나한테도 어쩌면 어머니가 있고, 그 어머니는 바로 그런 종류의 어머니가 아닐까 생각하게 되었지요. 하지만 어른들한테 물어봐도 돌아오는 것은 침묵밖에 없었기 때문에, 얼마 동안은 침묵을 꼽추처럼 등에 짊어지고 있었습니다.

그러는 동안에도 나는 점점 체격이 건장해지고 몸에는 털이 많아졌습니다. 어느 날 아침 성가대에서 노래를 부르고 있는데, 목이 잠긴 듯한 느낌이 들더니 갑자기 어른처럼 탁한 목소리가 나오는 것이었습니다. 친구들이 놀라서 나를 둘러쌌지만, 혐오감을 느낀 아이와 매력을 느낀 아이로 나뉘었지요. 마치 늑대의 울음소리를 들은 새끼 양들처럼 말입니다.

그 후 나는 서글픈 행위에 빠져들게 되었는데, 여기에 대해서는 굳이 이야기하지 않겠습니다. 어쨌거나 나에게는 지극히 자연스러운 일이어서, 내 말을 잘 따르는 몇몇 친구에게는 가르쳐주었지요. 그런 짓을 하고 나면 우리는 모두 말을 잃고 서글픈 허탈감에 빠져들지 않을 수 없었습니다. 한두 해 동안은 이 비밀이 우리를 마치 공모자처럼 한데 묶어주는 소중한 경험이었지만, 우울한 면도 있어서 우리는 모두 심한 죄책감에 시달리고 있었습니다.

사실 그때 체험한 일은 모두 양면적이었어요. 한편에는 양심의 가책과 죽음에 대한 갈망이 있었고, 다른 한편에는 비인간적이고 영웅적인 에너지의 폭발이 있었습니다. 한편에는 피할 수 없는 고독에 대한 공포가 있었고, 다른 한편에는 우리 몇몇이 각자 자기 입장에 서서 나머지 인류 전체를 상대로 싸운다는 도취감이 있었지요. 그것은 우리가 열다섯 살 때였습니다. 하지만 내 경우에는, 내가 어떤 사건과도 거리를 두고 있는 게 아닐까 하는 상상이 거기에 보태져 있었지요. 마치 아침마다 가짜 인생의 흔적인 꼭두각시 인형극의 무대 속에서 핏기 없는 가면들이 벌이는 퍼레이드를 구경하고 있는 거나 마찬가지가 아닐까 하는 상상 말입니다.

괜히 골치 아픈 이야기를 하고 있는 것 같군요. 나를 이해해주십시오. 그보다 더 적당한 말을 찾을 수가 없으니 말입니다. 내

몸 속 깊은 곳에서 분출한 그 하얗고 끈끈한 액체가 땅바닥에 흩어지는 것을 보면서, 그 행위만이 위대한 긍정으로 나에게 활기를 준다고, 내가 신이 아니라는 고뇌를 잠시나마 위로해준다고 느꼈습니다. 이건 세상에서 얼마든지 볼 수 있는 흔해빠진 죄지요. 게다가 내가 그런 죄에 빠져 있었던 건 아주 잠깐이었습니다. 나는 바보 같고 비슷비슷한 꼭두각시 인형들을 신하로 거느리는 데 싫증이 나서, 웅장한 교황청 같은 내 쾌락의 왕국에 틀어박혔던 것입니다.

다시 시간이 흘렀습니다. 세상과의 통로를 이번에는 책 속에서 찾고 있었지요. 지금도 기억나는 책이라면 갓 배운 라틴어로 읽은《도덕 신학》, 책 전체가 요정과 신들의 결혼 이야기로 되어 있는《속세》, 막달라 마리아와 사마리아인들 그리고 술라미 여인의 노래가 나오는 신약과 구약성서……. 술라미 여자의 노래 중에서는 이런 구절을 지금도 기억하고 있습니다.

"너의 머리털은 길르앗 산기슭에 누운 염소 떼 같고…… 너의 입술은 빨갛게 물들인 실 같고, 너의 뺨은 석류 한쪽 같구나……. 너의 두 젖가슴은 백합꽃 사이에서 풀을 뜯는 쌍둥이 노루새끼 같구나."[54]

내 몸은 점점 말라갔고, 움푹 꺼져든 눈 둘레에는 검은 그늘이 생기고, 그 혼란스러운 눈빛에는 굶주림이 담겨 있었습니다.

---

54   구약성서 아가 제4장.

그러던 어느 날, 돈 카라파 신부가 아라비토 주임신부의 분부를 받고 나를 찾으러 왔습니다. 돈 카라파 신부는 위선적이긴 해도 쾌활하고 유쾌한 분이었죠. 걸핏하면 살금살금 다가와, 깜짝 놀랄 만큼 아프게 목덜미를 꼬집곤 했지요. 아라비토 신부는 오래전에 중풍에 걸렸는데, 그 후로는 의자에 앉은 채 방에서 지내는 신세였습니다.

돈 카라파 신부가 말하더군요.

"아라비토 신부님이 너를 만나고 싶으시단다. 무엇 때문인지는 모르지만, 몸짓과 손짓, 우물거리는 말로 몇 번이나 너를 만나게 해달라고 하셨어." 돈 카라파 신부는 뜻밖에도 알랑거리는 듯한 태도로 턱을 아래쪽으로 쑥 내밀어 보였습니다. "아라비토 신부님이 무슨 말씀을 하시든 얌전히 분부대로 하는 게 좋아. 아라비토 신부님은 벌써 오래전부터 성자시지만, 병환 때문에 훨씬 더 성자가 되셨어."

나는 잠자코 있었지만, 그늘에 숨은 채 반항적인 태도로 이야기를 듣고 있었습니다. 나는 아라비토 신부도 돈 카라파 신부도 좋아하지 않았습니다. 그러면 안 되는 줄 알면서도 특히 노인을 더 싫어했지요. 그건 아침마다 아라비토 신부가 그 일그러진 입으로 영성체하는 장소에 데려가 달라고 부탁하게 된 뒤부터였습니다. 신부님은 우리들 가운데 건장한 아이 두 명을 골라, 양옆에서 부축을 받으며 영성체를 하러 가곤 했는데, 내가 특히 자주 뽑혔답니다. 덕분에 나는 아라비토 신부가 마비된 잇몸 사이로 거룩한 성체를 마치 사탕처럼 질질 흘리는 꼴을 자주 보아야 했지요.

돈 카라파 신부를 따라 아라비토 신부의 방으로 들어가자, 신부님은 돈 카라파 신부에게 물러가라고 손짓을 했습니다. 나는 공손하면서도 오만하게, 무슨 일이 시작될지를 기다리고 있었지요. 신부님은 얼굴 한쪽이 마비되었기 때문에 말을 할 때는 몹시 더듬거렸지만 의식은 말짱했습니다. 그런데 이상하게도 이때만은 정말이지 또렷한 음성으로 말씀하시더군요.

"아제실라오야, 너는 사제들과 별로 친하지 못한데, 내가 죽기라도 하면 너를 편들어줄 사람이 더욱 줄어들지나 않을까 걱정이구나. 그리고 지금은 네가 너무 빨리 자라고 있어서 성가대나 다른 아이들의 순결에도 방해가 되고 있어. 이곳에는 네가 오게 된 사정을 기억하는 사람들도 꽤 많아. 네 목구멍에서 나오는 우렁우렁한 목소리를 들으면, 변성기의 성숙한 음악이 아니라 악마의 거슬리는 목소리를 듣는 것 같다고 말하는 사람도 있더라. 집시 여자의 자식은 역시 다르다느니, 불량한 결합에서 태어난 아이는 어쩔 수 없다느니……. 말들이 많아. 그래서 남들이 사실을 왜곡하거나 침묵으로 사실을 감추기 전에 너한테 사실을 알려줄 때가 온 것 같다."

그러고 나서 신부님은 내 출생의 비밀과 그 일로 이웃 마을과 수도원에 떠돌던 소문에 대해 이야기해주었습니다. 잠시 말을 멈추더니, 다시 입을 연 신부님은 작은 상자를 내보이면서 말했습니다.

"이 상자를 열어보렴. 그 속에는 15년 전에 네가 몸에 지니고 있던 헝겊과 잡동사니들이 들어 있을 거다. 로켓[55] 하나, 가짜 에메랄드 목걸이 하나, 청금석 자루가 달린 단검 하나……. 그 칼에는 종이 한 장이 꽂혀 있고, 그 쪽지에는 네 이름과 생일이 적혀 있을 것이다."

아까도 말했지만, 신부님의 입에서는 이런 이야기가 줄줄 흘러나왔습니다. 중풍에 걸려 반쯤 마비된 그 입에서 말입니다. 나는 놀라서 소리를 지르려고 했지만, 외침 소리는 갑자기 더듬거리는 중얼거림이 되었고, 그 뒤로는 내 입에서 더 이상 아무 소리도 나오지 않았습니다.

복도로 나오자, 돈 카라파 신부가 나를 기다리고 있다가, 내 비위를 맞추며 알랑거리기 시작하더군요.

"무슨 일이지? 아라비토 신부님이 뭐라고 하시더냐?"

나는 돈 카라파 신부를 뿌리치고 내 방으로 달려갔습니다. 그러고는 상자 속에 어지럽게 흩어져 있던 물건들을 하나씩 정리했습니다. 그러고 나자 곰곰 생각할 자료가 많이 생겼습니다. 나는 우선 목걸이부터 살펴보았는데, 그 목걸이는 무대에서 쓰는 것으로, 겉모양만 현란할 뿐 아무 가치도 없는 것이었습니다. 반면에 단검은 귀한 보석으로 장식된 것이었지만, 살인을 일삼았

---

55 사진 따위를 넣어 목걸이에 다는 여성용 장신구.

던 칼처럼 보였습니다. 칼날에 묻어 있는 얼룩이 녹이 아니라 핏자국이라면 말입니다. 하지만 목걸이와 단검은 어떤 식으로든 나를 이 세상에 낳아준 두 사람, 수수께끼 같은 마리아와 요셉의 물건이라는 것, 목걸이는 그 마리아의 목에 걸려 있었고 단검은 요셉의 손에 쥐어져 있었다는 것 말고는 아무런 단서도 주지 않았습니다. 하지만 다른 물건들은 나에게 좀 더 많은 것을 가르쳐주었지요. 로켓에는 한없이 불행한 느낌의 하늘빛 눈을 가진 여자 얼굴이 그려져 있었고, 유리 밑에는 금발 두 올이 들어 있었습니다. 그리고 단검에서 빼낸 쪽지에는 '내 아들 아제실리오에게'라는 빛바랜 글씨가 적혀 있었고, 그 밑에 두 줄의 문장이 적혀 있었는데, 첫 번째 줄은 '이 칼의 주인을 찾아라. 그러면 네 아버지를 만날 수 있을 것이다.'였고, 두 번째 줄은 훨씬 단호하고 섬뜩한 투로 '그의 가슴을 이 칼로!'였습니다.

 이 글을 읽고 있는 동안 나는 온몸이 부들부들 떨렸습니다. 무엇 때문에 신부님이 느닷없이 비밀을 알려주었는지 좀처럼 납득이 가지 않았습니다. 그때까지만 해도 내 출생에 대해서는 분명치 않은 소문밖에 듣지 못했습니다. 수상한 관계에서 태어난 사생아라는 소문 말입니다. 수도사들은 나한테 말했습니다. 너한테는 사람의 자식에게 없어서는 안 될 두 개의 힘, 즉 아버지의 힘과 어머니의 힘이 없기 때문에 너는 두 다리가 불구인 거나 마찬가지다. 하지만 그 무서운 병에도 치료약이 있으니, 그것이 바로 카라촐리니 수도회다. 한 명의 신부가 아니라 백 명의 신부가 함께 일하는 우리 수도회다. 교회는 어머니처럼 따뜻한 가슴으로 너를 안아주고, 젖을 먹여준다. 교회는 고아라는 네 신세를 고쳐주려고 애쓴다……. 이리하여 나는 머릿속에 어둠과 빛을 함께 담고 자라났습니다. 어느 누구의 아들도 아닌, 오로지 하느님을 섬기기 위해 태어난 하느님의 아들로서 자라난 것이지요.

그런데 나는 이제 그동안 나를 키워준 가족을 잃게 된 것입니다. 그렇다고 해서 원래의 가족을 되찾은 것도 아니었습니다. 원래의 가족에 대해서는 조심스럽게 한입 맛만 보았을 뿐이지요. 하늘빛 눈을 가진 그 초상화, 유리 때문에 손가락으로 만져보지도 못한 그 머리카락, 그 날카로운 단검, 그 살인 명령……. 나는 유품을 꽁꽁 싸서 베개 밑에 감추었습니다.

방에서 나와 보니 돈 카라파 신부가 호기심 어린 눈으로 나를 기다리고 있더군요.

"이걸 짜줘야겠구나." 하며 알랑거리는 듯한 손놀림으로 내 턱에 난 여드름을 건드렸습니다. 그러고는 강한 목소리로 물었습니다. "주임신부님이 뭐라고 하시더냐? 뭘 원하셨지?"

나는 무뚝뚝하게 대꾸했습니다.

"저는 비밀을 지켜야 합니다. 신성한 복종의 의무가 그렇게 규정하고 있어요."

이렇게 말하고 나는 신부의 팔을 살짝 피해 달아났습니다.

며칠 뒤 아라비토 신부가 돌아가셨습니다. 몸이 불편하고 말도 제대로 못하면서도 애써 내게 보호의 손길을 뻗어주신 아라비토 신부마저 돌아가시자 나는 의지할 곳을 잃어버렸습니다. 그래서 당장 모함과 비난의 표적이 되었지요. 그 비난은 요컨대 내가 불결한 짓을 했고, 게다가 친구들한테도 그 짓을 가르쳐주었다는 것입니다. 누가 나를 고발했는지는 알 수 없었습니다. 동무들 가운데 누군가가 그랬을지도 모르고, 속옷이나 변기 바닥에서 흔적이 발견되었는지도 모르지요. 그 뒤로 나는 하루에 두 번씩 찬물을 뒤집어쓰고, 변소에 들어갈 때는 문을 반쯤 열어놔야 하고, 방문은 활짝 열어둬야 한다는 명령을 받았습니다. 돈 카라파 신부는 걸핏하면 내 방에 불쑥 들어와서는, 재빨리 이불을 들추곤 했습니다. 낮에도 이따금 그랬지만, 특히 밤에 기습할 때가 많았지요. 그러던 어느 날 밤, 나는 인기척을 느끼고 어떻게든 자는 척하고 있었습니다. 누군가의 발소리가 침대 발치에서 멈추더니, 이윽고 통통하고 부드러운 살덩어리가 내 옆으로 미끄러지듯 들어왔습니다.

"사람 살려!"

내가 외치며 발로 걷어차자, 하얀 셔츠 차림의 남자는 재빨리 달아났습니다. 외침 소리를 듣고 달려온 친구들에겐 악몽을 꾸다가 비명을 지른 거라고 변명했고, 친구들도 순순히 납득해주더군요.

하지만 이제는 수도원 안에 있는 것만으로도 벌을 받고 있는 듯한 기분이 들었습니다. 나는 창문으로 철새들이 이동하는 모습이나 구름이 지평선 저쪽으로 흘러가는 모습을 자주 바라보았는데, 그때마다 샌들 안의 맨 발가락이 근질거렸지요. 수염이 나자, 깎으라는 명령이 떨어졌습니다. 나는 마지못해 명령에 따랐지요. 어쨌든 얼굴에 돋아난 여드름이 면도날 때문에 더 심해졌으니까요. 여드름을 짜면 희뿌옇고 끈적끈적한 것이 나왔는데, 그것은 또 다른 끈적끈적한 것을 연상시켰습니다. 몸속에서 나오는 정액 말입니다. 마치 내 몸속의 무덤에는 썩은 것이 가득 차 있어서, 그것이 배출되도록 도와주지 않으면 안 될 것만 같았지요.

그러던 어느 날이었습니다 이제 나는 내 인생에서 가장 장엄한 사건에 대해 이야기하려고 합니다. 다른 사람들도 모두 이 사건에 좌우되었고, 내가 지금 이곳에 와 있게 된 것도 바로 그 사건 때문입니다. 나에게 주어진 '과제'에 따라 돌아가신 아라비토 신부의 유품을 정리하고 있을 때 책갈피에서 쪽지 하나가 떨어졌습니다. 그 쪽지에는 예스러운 필적으로 '바이우스[56]의 일흔아홉 가지 오류'가 정리되어 있더군요. 생소한 이름이었지만, 그 인물이 수세기 전에 뢰벤[57]에 살았던 학자이자 장세니슴[58]의 거물급 선동자였다는 것을 곧 알게 되었습니다. 잉크는 오래되어 색이 바랬고, 아무래도 그 글을 쓴 것이 어린아이(그걸 쓴 사람이 어린 시절의 아라비토 신부가 아니라면 누구겠습니까?)인 탓인지 글씨

56　벨기에의 가톨릭 신학자(1513~1589).
57　벨기에 중부에 있는 도시. 15세기 초에 세워진 신학대학을 중심으로 발달했으며, 지금도 가톨릭 신학의 중심지이며, 종교와 관련한 중세 유적이 많다.
58　네덜란드의 신학자 얀센(프랑스 이름 장세니우스)이 창시한 교리. 17~18세기 프랑스의 종교·정치·사회에 큰 영향을 미쳤으나, 1713년 로마 교황에 의해 이단 선고를 받고 소멸했다.

를 알아보기가 어렵기는 했지만, 끝까지 읽어본 나는 그만 아연실색하고 말았습니다. 어쨌든 낱낱의 항목은 명쾌하기 짝이 없었습니다. 그 글에서 나는 그동안 은밀하게 마음속에 품어왔던 생각을 발견하고 자랑스러운 놀라움을 느꼈습니다. 그것은 거울을 들여다보다가 문득 가슴에 생긴 얼룩을 발견하고, 그게 단순한 반점인지 아니면 문둥병의 버짐인지, 그것도 아니면 부르봉 왕가의 백합 문장 낙인인지를 분간하지 못해 놀라는 사람과도 같은 놀라움이었지요.

그런데 바이우스라는 이 이단자는 에덴동산에서 평화롭고 행복하게 살고 있는 아담에 대해 이야기했는데, 거대한 발광체와도 비슷한 이 아담은 물론 하느님을 사랑하고 하느님을 잘 아는 인물입니다. 그런데 바이우스는 그 발광체에 균열이 생겨 지상으로 추락하는 대목까지 이야기하고 있었습니다. 인류가 저항하기 어려운 욕망에 사로잡혀 죄를 범하지 않을 수 없게 되었을 때 인류는 이미 죄밖에 알지 못했고, 따라서 죄를 짓는 것 말고는 달리 선택의 여지가 없었다는 것입니다. 설령 본의가 아니더라도 죄를 짓지 않을 수 없었던 만큼, 벌을 받는 것은 당연하다는 것이지요.

그런데 그것은 무엇일까요. 그 아담은 바로 내가 아닙니까. 죄인이 될 수밖에 없으며 구원받을 수도 없는 나는, 모든 동산에서 쫓겨나 이 감옥에 갇히는 몸이 된 뒤에도 계속 헤맬 수밖에 없는 신세니 말입니다.

지금은 여러분 가운데 누가 믿음이 깊고 누가 믿음이 없는지, 나는 모릅니다. 이렇게 속세의 일이 여러 가지로 일어나고 있는 와중에서는 하느님과 관련된 화제를 꺼낼 겨를도 없었지요. 여러분 가운데 나를 이해할 수 있는 사람은 아마 치릴로 수도사뿐일 것입니다. 치릴로 영감님은 어쨌든 몸소 종교 생활도 체험했고 종교적 열정도 있으니까요. 하지만 이 문제에서 치릴로 영감님이 여러분보다 내 말을 잘 이해해주실지는 모르겠습니다. 내가 확고한 신앙을 가지고, 시체처럼 맹목적으로 하느님을 믿고 있는 것은 사실입니다. 하지만 내가 하느님께 의지한 까닭은 살아남고 싶었기 때문입니다. 구제불능일 만큼 서투른 내 방식은 이제 도저히 믿을 수 없게 되었으니까요. 나는 내가 저지르고 있는 죄악이 에테르처럼 주위로 퍼져나가, 눈에 보이지 않는 물방울이 되어 내 피부에 뚝뚝 떨어지고, 손톱에 낀 때, 콧물, 나아가서는 하늘빛 눈동자의 눈물 속에서까지 자라나고 있는 것을 상상합니다. 죄악은 도처에 있습니다. 말하자면 '돼지의 눈에는 모든 게 돼지로만 보인다.'는 것이지요. 하지만 죄악은 특히 내 마음속에서 의기양양합니다. 이리하여 나는 바이우스에게 설복당하고 말았는데, 그의 주장이 내 생각으로 구체화되는 것을 보면서 생각했습니다. 바이우스의 말을 곧이곧대로 믿을 수 있을까? 세상에 나가서 시험해봐야만 그의 생각이 그림자에 불과한 것인지 아니면 실체인지를 알 수 있지 않을까 하고 말입니다.

그래서 나는 수도원을 떠나기로 작정한 것입니다. 이제는 한 순간도 이것저것 생각하며 망설이고 있을 수는 없었습니다. 말할 나위도 없는 일이지만, 수도원을 탈출하는 데에는 결혼식보다 훨씬 세밀한 준비가 필요합니다. 그런데 나는 다리에서 강물로 뛰어내리듯 무턱대고 실행에 옮겼습니다. 나는 한밤중에 보따리를 짊어지고, 단검을 주머니에 넣고, 어머니의 유품은 두건 속에 감춘 채, 울타리를 뛰어넘어 골짜기를 향해 걸어갔지요.

때는 8월. 밤인데도 밝았습니다. 나는 외줄기 오솔길을 따라 힘차게 걸어갔습니다. 아침마다 수도원에 물품을 대는 상인들이 그 길을 따라 오는 것을 보곤 했었는데, 이제는 그 길이 나를 마을로 곧장 인도해주게 된 것입니다. 땅바닥이 단단했기 때문에 나는 샌들을 벗고 맨발로 뛰듯이 걸었습니다. 추적을 당하지나 않을까 하는 두려움은 별로 없었습니다. 오히려 나는 자유롭고 원기왕성하다는 쾌활한 자신감으로 가득 차 있었지요. 지금에 와서는 그 환속의 한 걸음 한 걸음이 나를 이 슬픈 결말로 이끌었다는 걸 알고 있지만, 그렇다고 해서 후회하지는 않습니다. 그날 이후 지나온 세월은 그리 길지 않지만, 그래도 그 짧은 세월은 수도원에서 성가나 부르면서 보냈을지 모르는 수십 년과도 충분히 맞먹는 시간이었으니까요.

개미 새끼 한 마리 없는 벌판을 두세 시간쯤 걸었을까요. 첫 번째 집에 도착하자 나는 그대로 꿈속인지 현실인지 분간할 수 없는 세계로 들어갔습니다. 초라한 오두막 입구로 들어가 맨 처음 눈에 뜨인 문지방에 걸터앉자, 서늘한 토방에 두 다리를 쭉

뻔고는 반쯤 감긴 눈꺼풀 틈으로 환상을 보았지요. 전에도 피곤하거나 현기증이 났을 때 몇 차례 경험한 적이 있었기 때문에 처음 겪는 일은 아니었지만, 달빛의 작용도 있어서 눈에 보이는 것이 모두 환상 같았습니다. 그래서 눈앞에 나타나는 불가사의한 광경을 보고도 별로 강한 인상을 받지 않았고, 놀라움도 전혀 느끼지 않았습니다. 놀라기는커녕, 행렬이 지나갈 때마다 그만 나도 모르게 박수를 칠 뻔했을 정도였지요. 초승달 모양의 칼을 들고 아슬아슬하게 균형을 잡으며 처마 위를 걷고 있는 천사들이 보였습니다. 노인들이 행진하면서 저마다 몽롱한 얼굴로 나를 맞아주었습니다. 개중에는 즐거운 일이 있어도 쾌활해지기는커녕 오히려 불쾌한 표정을 짓는 얼굴도 있었습니다. 그리고 바다 쪽을 보니 물에 흠뻑 젖어 있는 더부룩한 머리카락이 보였습니다. 그 머리카락이 흐트러져 활짝 펴지고, 마치 수직으로 꽂히는 번개처럼 보이는가 싶더니, 이번에는 번개 자체가 흔들리는 커튼을 통해 밝은 빛을 벽에 흩뿌리고 있었습니다.

바로 그때 머리를 기대고 있던 문 안쪽에서 중얼거리는 소리가 들렸습니다. 나는 깜짝 놀랐지요. 누군지는 모르지만, 여자가 주문을 외고 있었습니다. 널문 너머로 들렸다 안 들렸다 하는 그 목소리로 미루어보아, 여자는 그 주문으로 죽음을 물리치진 못해도, 적어도 바퀴벌레나 모기 정도는 잠자리에서 물리칠 수 있을 거라고 기대하는 모양이었습니다.

나는 일어나서 주먹으로 문을 두드렸지요. 문 안쪽이 조용해졌지만, 아무래도 여자는 의혹과 두려움과 호기심에 가득 차 있는 것 같았습니다. 1분쯤 지나자 "거기 누구요?" 하는 목소리가 들리고, 다시 5분 뒤에는 머리를 풀어헤친 여자가 험상궂은 얼굴을 문틈으로 내밀고 나를 살폈습니다. 저 젊은이가 정말로 물이나 한 잔 얻어 마시려고 찾아온 목마른 나그네인지, 아니면 강도질을 하러 찾아온 불한당인지를 확인하려는 듯이 말입니다.

나는 면접에 합격한 모양이었습니다. 곧 문이 열리고, 탐욕스러운 팔이 뻗쳐와 나를 붙잡고는 어둠 속으로 끌어들였으니까요. 키만 한 문이 활짝 열린 채 달빛을 받아들이고 있었기 때문에, 눈이 어둠에 익숙해지는 것은 그리 어려운 일이 아니었습니다. 나는 단칸방에 놓여 있는 세간들을 알아볼 수 있었지요. 물주전자, 의자, 벽과 벽 사이에 걸린 줄에 널어놓은 넝마 같은 빨래 몇 개……. 바닥에는 말총을 넣은 매트리스가 깔려 있더군요. 그리고 거기에는 얼굴도 손발도 작지만 젖가슴만은 유난히 큰 노파가 벌거벗은 채 누워 있었습니다.

문득 내 마음속에 의혹이 싹텄습니다. 어쩌면 이 노파는 조금 전에 보았던 환상의 연속물이 아닐까. 하지만 나는 지금껏 여자라고는 초상화로만 보았을 뿐 살아 있는 여자는 한 번도 본 적이 없는데, 그렇다면 이 환상의 모델은 도대체 어디서 보았을까. 그런데 노파는 나를 유심히 살펴보고, 이미 판단까지 내리고 있었습니다. 내가 몸에 걸치고 있는 옷, 나쁜 안색, 내 몸에서 풍기는 밀랍과 향냄새 따위로 내가 견습 수도사라는 것을 금방 간파

했던 것입니다.

"너, 도망쳐 나왔구나!"

이렇게 말하고는, 노파는 웃으면서 문을 쾅 닫았습니다. 그래서 내 눈에는 이제 아무것도 보이지 않게 되었지요. 다만 노파의 떨리는 손이 내 몸을 어루만지고, 노파의 고양이 같은 눈이 내 알몸을 바라보고 있는 것을 느낄 뿐이었습니다. 입고 있던 것을 죄다 벗어 던졌기 때문에 주머니에 들어 있던 돈이 쇳소리를 내며 땅바닥에 구르는 소리가 들렸지만, 나는 후회하지 않았습니다.

"나의 산들바람! 산들바람도 참 짓궂기는. 도대체 누구한테 듣고 오늘 밤 나를 찾아왔지?"

노파는 이렇게 말하면서 기다란 혀로 내 입술을 밀어 열고, 나를 몸속으로 끌어들였습니다. 신바람을 내면서 나를 뜨거운 동굴 속으로 빨아들였지요.

그 후 우리는 나란히 누웠습니다. 노파가 나보고 이름이 뭐냐고 물었습니다. 내가 대답하자마자 이마를 탁 때리더니, 뽐내는 투로 말했습니다.

"네가 바로 그 녀석이구나! 네놈이 태어나는 걸 이 눈으로 보았지. 보기만 한 줄 알아. 그때 나는 안토니오 주막에서 찬모로 일하고 있었는데, 하루는 젊은 여자가 두 사내의 부축을 받으며 업혀 왔더라. 연극을 공연하는 중에 갑자기 진통이 왔다나. 그래서 내가 그 계집을 탁자에 눕혀놓고 꼼짝 못하게 누른 다음, 뱃속에 든 아이를 끄집어냈지. 그 아기가 바로 네놈이고, 네놈이 이 세상으로 나올 때 그 주먹만 한 핏덩이를 받은 게 바로 나야!"

노파가 덧붙이기를, 공연은 당장 중단되었고, 아이의 처리 문제를 놓고 오누이가 옥신각신한 끝에, 아기를 바구니에 넣어 수도원 앞에 갖다 버리기로 결론이 났다는 것입니다. 일행은 이튿날 아침에 날이 밝자마자 떠났고, 어머니가 아제실라오라는 세례명이 좋겠다면서 갓난아기에게 그 이름을 붙여주었다는 이야기도 해주었습니다.

그러고는 입을 닫더니, 쥐어짜서 꾸깃꾸깃해진 헝겊 쪼가리처럼 몸을 조그맣게 웅크린 채 깊이 잠들어버렸지요. 내가 눈을 떴을 때에도 노파는 자고 있었기 때문에 나는 떠나기로 결심했습니다. 짐을 챙겨들고 살짝 빠져나오다가 문득 노파를 다시 한 번 바라보았습니다. 솔직히 말하면 나는 무릎을 꿇고, 반쯤 열린 문틈으로 새어드는 달빛에 의지하여, 마치 의사가 환자의 상처를 바라보듯 탐욕스러운 눈으로, 불두덩에 무성하게 돋아난 수풀 사이의 무서운 분화구를 새삼스럽게 엿보고 있었습니다······.

이리하여 나는 험난한 세파 속으로 뛰어들게 된 것입니다. 여러분도 기억하시겠지만, 그건 헤르체고비나[59]에서 전쟁이 일어나는 바람에 지원병을 모집한 해였지요. 도시에 도착했을 때는 더위와 피로로 발바닥이 부르트고, 수면 부족과 허술한 식사 때문에 기력이 떨어져 있어서 나는 실제보다 나이가 많아 보였습니

---

59   유고슬라비아 남쪽에 있는 지방. 1878년에 오스트리아-헝가리 제국의 영토로 편입될 때까지 오랫동안 터키의 지배를 받았다.

다. 그래서 나이를 속여 군대에 들어갔지요. 무장을 하고, 잘 먹어서 혈색도 좋아지고, 제대로 옷을 입고 보니, 이게 나라고는 도저히 생각되지 않더군요. 그런데 여기서 잠깐 한숨 돌리고, 그 난국에서 내가 어떤 처지에 놓여 있었는지를 설명 드려야겠습니다. 나를 위해서도 그건 설명해야 합니다.

나는 영원한 힘, 영원한 영혼에 대한 믿음 속에서 자랐지만, 태어나자마자 속세와는 격리된 상태에 놓여 있었기 때문에 항상 나 자신의 내부에 밑바닥이 없는 텅 빈 구멍을 안고 있어서, 그 구멍을 고의적인 실수와 반항과 복수 같은 것으로 메워야 한다고 느껴왔습니다. 누구에게 반항하고 복수해야 할지는 몰랐지만, 욕정으로 피가 끓어오르는 나는 쾌락이 모두 죄악이라 해도 모든 죄가 반드시 유죄가 되지는 않는다고 믿게 되었지요. 나는 기꺼이 쾌락의 충동에 굴복하고, 처벌을 걱정하기는커녕 거기에서 도전의 기회를 찾고 있었습니다. 하지만 처벌도 도전도 내 마음속에서는 타동사가 아닌 자동사로 처리되고 있다는 것을 깨달았지요. 말하자면 그 모든 게 결국은 나 자신에게 귀착되곤 했던 것입니다. 그래서 보다 구체적인 목적을 찾으려고 애써보았습니다. 하지만 밤중에 입을 베개로 막고 중얼중얼 기도를 올려 봐도, 남을 마구 헐뜯고 욕해 봐도, 컵을 뒤집어 그 속에 파리를 가둬 놓고 죽여 봐도, 내 목적을 충족시키기에는 턱없이 모자란 느낌이었습니다. 그런 것들은 진정한 반항이나 복수가 아니라, 어중간한 위반에 불과한 것 같았지요.

바로 그 무렵, 때마침 앞에서 말한 두 가지 사실을 새삼 깨닫게 된 것입니다. 나의 출생에는 벌을 받아 마땅한 책임자, 얼굴도 이름도 모르는 책임자가 있다는 사실, 그리고 불가피한 죄, 즉 사전에 용서받은 죄 따위는 존재하지 않는다는 사실이었습니다. 흥미로운 모순이지만, 나는 나 자신에게는 관용을 베풀면서도 누군지도 모르는 아버지한테는 똑같은 관용을 베풀기를 주저하고 있었지요. 내 머릿속에서는 먼 옛날 그가 행사한 폭력에 대한 혐오와 미래에 내가 행사할 폭력에 대한 타협이 뒤섞여 있었습니다. 이 미래의 폭력에 관해서는 좀 더 그럴듯한 변명을 찾고 있었지만, 그렇다고 어머니의 명령을 중시하는 것과는 달랐습니다. 어머니라 해도 한 번도 만난 적이 없고, 아직 살아 있는지 죽었는지도 모르고, 그 애정도 실감할 수가 없었으니까요. 그 작은 로켓 말고는 어머니와 이렇다 할 관계로 맺어져 있다고는 느끼지 않았습니다. 하지만 내 세속 여행에는 비극과 맞서는 비장함이 결여되어 있었기 때문에, 나는 그것을 보완하려는 생각에 사로잡혀 있었습니다. 그게 어쩌면 아버지 살해가 될지도 모르지만 말입니다.

그런 마음을 품고 나는 아침마다 로켓에 담긴 작은 얼굴을 바라보며 짤막한 경고를 되풀이하고, 주머니에 든 단검의 손잡이를 어루만졌습니다. 아버지를 죽일 것이다……. 이렇게 생각하면 가슴이 두근거렸지요. 요컨대 내가 군인이 된 것도 살인 기술을 배우기 위해서였고, 부대를 따라 여기저기 돌아다니다 보면 사냥감을 잡을 수 있는 기회를 좀 더 쉽게 만나지 않을까 생각했기 때문입니다.

아라비토 신부는 내가 버려진 게 3월이라고 했습니다. 그리고 노파가 들려준 이야기에 따르면 겁탈은 포도 수확 철에 일어났습니다. 이제는 벌써 오랜 세월이 흘렀지만, 노병들한테 물어본 결과, 내가 찾고 있는 인물이 현재 쉰 살 정도인 제2연대의 고위 장교가 아닐까 짐작하기에 이르렀습니다. 테살로니키[60] 공방전에서 명성을 떨친 바 있는 그 연대 말입니다.

그 무렵 나는 이 목적과는 다소 동떨어진 형태로 자유에 대한 열망에 사로잡혔는데, 이 열망은 이미 병사들 사이에 널리 퍼져 있었습니다. 나는 물론 어떤 형태의 압제에도 반대했지만, 인류 공통의 운명에 대해서는 별로 생각해본 적이 없었습니다. 오로지 나 자신의 운명밖에는 생각하지 않았지요. 성직자나 장교들 중에도 때로는 포악하고 심술궂은 사람이 있었지만, 나와 개인적으로 원한관계가 없는 한은 그들에 대해서도 깊이 생각한 게 아니었습니다. 그런데 이제는 알게 된 것입니다. 폭군이 탐욕스러울수록 세상은 고통스러워지는 법이고, 폭군은 설령 멀리 떨어져 있어도 눈에 보이지 않는 환상이 아니라 피와 살로 이루어진 인간이며, 칼로 목을 찌르면 피가 나온다는 것을 말입니다. 그리고 나는 남에게 뒤지지 않는다고 자부하는 내 실행력을 세

---

60 그리스 북부 마케도니아 지방의 중심 도시.

상 사람들에게 보여주고 싶다는 충동에 사로잡혔지요. 그래서 나는 카르보나리 당원이 되기로, 아버지를 죽인 뒤에는 왕까지도 죽여 버리기로 결심한 것입니다.

내가 역모에 가담한 것은 자만심 때문이었다고 말씀드렸는데, 그게 과연 부끄러운 것인지 아닌지는 여러분이 판단해주십시오. 지금 내 생각으로는, 오기를 부렸다는 것만으로도 경멸받아 마땅한 어리석은 짓으로밖에 여겨지지 않습니다만……. 그야 어쨌든, 나는 새로운 목적과 계획에 몰두하여, 폭탄 및 폭파의 전문가가 되려고 애썼습니다. 언젠가는 이런 분야의 지식이 어떤 형태로든 도움이 되지 않을까 하는 희망을 품고 있었던 것이지요.

몇 년이 지났습니다. 그 전쟁이 끝났나 했더니 다음 전쟁, 이른바 '콰드릴라테로'[61] 전쟁이 시작되었지요. 제2기병대의 생존자들은 다른 부대로 흩어졌고, 나도 아버지를 찾는 일에만 전념할 수는 없었지요. 나는 인원을 보충하여 새로운 적들에게 열심히 맞섰고, 공화정과 민중과 자유의 삼색기를 앞세우고 전진하는 게 더없이 즐거웠습니다.

남작님을 알게 된 것은 바로 그 무렵이었습니다. 물론 기억하시겠지만, 항구 근처의 지하 묘지에서 처음 만났지요. 밖에는 성인을 축하하는 횃불이 북적거리고 있었는데, 우리는 지하에서 커다란 망토를 입고 둥글게 모여 앉아 미래의 계획을 세우고 있

---

61 '사각형'이라는 뜻. 1815년 이후 오스트리아가 페스키에라·만토바·레냐고·베로나의 요새를 가지고 롬바르디아-베네토에 대비한 사각형 방어 체제.

었습니다.

'살아 있는 신'께서도 몸소 오셨지만, 가면을 쓰고 계셨고, 남작님에게만 이따금 귀엣말을 할 뿐, 한 마디도 하지 않으셨지요. 목소리를 알리지 않는 게 그분에게는 더없이 중요한 일이라는 건 훨씬 나중에야 알았습니다. 목소리야말로 그분의 가장 큰 특징이었지요. 똑같은 밤이 며칠 계속되었지만, 나는 첫날밤을 잘 기억하고 있습니다. 그 이튿날 병영 정문 앞에서 보초를 서고 있는데, 대령 계급장을 단 낯선 기병 장교가 내 앞에서 말을 내리더니, 나한테 손짓을 하고는 말고삐를 넘겨주었기 때문입니다. 그 장교는 머리끝에서 발끝까지 온통 먼지투성이여서, 더러운 모자 밑의 얼굴을 쉽게 알아볼 수 없을 정도였습니다. 그래도 떠나기 직전에 내 쪽으로 얼굴을 돌린 순간, 나는 그 사람의 정체를 알아보았습니다. 귀신의 목이라도 벤 듯한 기분이 들더군요. 그 사람은 오른쪽 귓불이 떨어져 나가 있었습니다.

가벼운 현기증이 나고, 눈알이 흔들리는 기분이었습니다. 틀림없다. 드디어 찾았다. 사냥감의 소굴은 가까이에 있다. 나는 피가 거꾸로 치솟는 것을 느꼈습니다. 강물이 하구에 가까워지면 더 요란하게 노래하는 것처럼 말입니다. 저기에, 나와 피를 나누었지만 내가 전혀 알지 못하는 낯선 존재가 있다. 나를 정액 속에 섞어 밖으로 내보낸 배가 저기에 있다. 나와 똑같은 잔혹한 입이 저기에 있다. 저 살을 물어뜯은 여자의 이빨 자국이 저기에 있다······.

증오가 목구멍까지 치밀어 올라왔습니다. 그거야말로 완전무결한 증오심이어서, 사랑이라고 착각할 정도였지요. 하지만 나는 곧 이성을 되찾고 냉정해졌습니다. 전투 전날 밤에 기름과 심지로 총을 손질하는 병사로 다시 돌아가 있었지요.

그날 그 사람은 자신의 부대를 재정비하기 위해, 산 너머로 데려갈 지원병을 선발하기 위해 병영을 찾아왔던 것입니다. 나는 당장에 지원했지요. 전선에 나가서 그 사람의 당번병으로 승진하고 연대의 기수가 되는 데에는 그리 오랜 시간이 걸리지 않았습니다. 이리하여 내가 찾고 있던 옛날의 진실을 서서히 발굴하고 확인해 갔지요. 실은 구태여 확인할 필요도 없었지만요. 마침내 어느 날 아침, 나는 그 사람이 침대에 걸터앉아 있는 것을 보았습니다. 그 사람은 몸차림을 하고 있는 중이었는데, 다리가 통풍에 걸려 통통 부어올랐기 때문에 장화를 신기가 어려웠고, 바지가 느슨하게 풀어져 있더군요. 그 바람에 가랑이 틈새로 내 고난과 고뇌의 근원이 엿보이고 있었습니다. 검은색을 띤 그 물건은 힘없이 축 늘어져 있었지요.

나는 청금석 자루가 달린 단검을 꺼내 보이면서 그에게 물었습니다. 지금껏 살아오는 동안 혹시 이 칼을 본 적이 없느냐고……. 나는 백정처럼 온몸에 피를 묻힌 채 시체 옆에 한동안 앉아 있다가 체포되었습니다.

이것은 벌써 10년 전의 일입니다. 내가 탈옥한 이야기는 하지 않겠지만, 탈옥에 성공한 일은 널리 알려져 있습니다. 그 후로는 상선이나 조선소에서 일하면서 이 바다 저 바다를 떠돌아다녔기 때문에, 가는 곳마다 애국적 혼란의 불씨를 일으켰지요. 마르세유에서는 망명자들과 함께 있었고, 코르푸 섬에서는 리치를 고문하는 현장에 있었습니다. 이런 식으로 광기에 차서 험한 짓을 저지르고, 목숨을 걸 필요도 없는데 죽음과 맞서 싸우고 있었지요. 차라리 여자에 대한 환멸을 버리고, 그네들의 사랑을 받아들여, 어느 한곳에 정착할 수도 있었을 텐데 말입니다.

무슨 말을 더 할 수 있겠습니까? 남작님은 그런 고독한 생활로부터 나를 끌어내주셨습니다. 나는 조국으로 돌아와 여러분과 함께 있었고, 마침내 이 숭고한 상황에 놓이게 되었습니다. 하지만 지금 이 순간에 이르러 혼란스럽기만 합니다. 내가 내 인생을 지배했는지, 아니면 내가 인생의 지배를 당했는지 알 수가 없기 때문입니다. 또 나는 순교자를 자처하고 있지만, 어쩌면 내 안에는 방탕하고 미친 야만인이 살고 있는지도 모릅니다.

10
망나니의 방문

아제실라오는 마치 시계라도 갖고 있어 이야기를 끝낼 시간을 정확히 알고 있다는 듯이 갑자기 입을 다물었다. 때마침 그 순간, 안마당에서 여느 때처럼 시끌벅적한 소리가 들려왔다. 위병 교대를 알리는 신호였다.

"세 시군." 병사가 조용히 말했다.

작은 감시창으로 감방 안을 들여다보는 간수의 엄격한 얼굴이 보였다. 간수는 감방 안이 어두컴컴한 것에 깜짝 놀란 모양이었다.

"이대로가 좋소. 서로 보이지도 않고……." 남작이 선수를 쳐서 말했다. "기도를 드리고 있는 중이오."

간수는 이 거짓말을 곧이듣고 물러갔다. 이어서 남작은 아제실라오에게 말했다.

"그렇다면 자네가 죽인 장교는 정말로 자네 부친이었나? 아니면 아버지라고 생각하는 인물이었나? 자네의 그 난폭한 행위는, 그러니까 우리가 지금까지 믿었듯이 공적인 분노에서 나온 게 아니라 그저 사적인 원한을 풀기 위한 것이었단 말인가?"

그러자 병사가 대답했다.

"하나의 행위에는 대개 몇 가지 이유가 있는 법이니까, 그것들 가운데 하나만 취하고 다른 이유는 전부 배제할 필요는 없지요."

"그건 좋아" 남작이 반박했다. "하지만 자네 말은 우리가 요구한 대답이 아니야. 아니, 지나친 대답이라고 해야 할까. 자네가 행복했던 건 수도원에서 탈출하려고 했을 때였나? 아니면 아버지 속에 있는 자네 자신을 죽여 없앴을 때였나? 그것도 아니면, 자유의 숙명적인 결함을 발견했을 때였나? 아니면 어느 경우에도 행복하지 않았다는 건가? 그리고 자네의 그 자기혐오 말인데, 미안하지만 내가 보기에는 정말 고약하고 잔인해. 그리고 신과의 고집스러운 사랑싸움……. 이보게, 난 자네의 인생을 인정할 수 없어. 아니, 이해할 수가 없어."

나르치소가 끼어들었다.

"아제실라오 씨는 스스로 말한 것보다 훨씬 나은 사람이 아닐까요? 전 아무래도 그렇게 믿고 싶은데요. 수도원에서 자랐다니까, 세련된 맛은 없겠지만 품위가 있어요. 맹세해도 좋지만, 당신은 뒤쫓고 있던 상대를 발견했을 때 어차피 임무를 잊어버린 상태에 있었으니까, 기쁘기보다는 오히려 맥이 풀리지 않았을까요? 어쩌면 아버지를 죽여야 하는 임무를 내던져버리고 싶지 않았을까요? 어쨌든……."

여기에서 말문이 막힌 젊은이는 얼굴을 붉히고는 더 이상 아무 말도 하지 않고, 구원을 청하듯 시인 쪽을 돌아보았다. 시인은 다정한 태도로 다시 그의 머리를 쓰다듬어주었다.

"너의 부드러운 머리는 어떻게 될까?"

시인은 이렇게 읊조렸지만, 그게 과연 감동에서 나온 말인지 농담인지는 알 수가 없었다. 이윽고 시인은 다시금 평소의 어조로 돌아가서 이렇게 말했다.

"나는 다르게 생각하네, 아제실라오. 자네는 쌍방의 합의가 아니라 강제적인 관계에서 태어났어. 그 때문에 자네한테 억지로 생명을 밀어 넣은 정자는 잔인하기 짝이 없는 그 태도에 오염되었고, 그래서 자네는 그런 행위로 치닫게 된 거라구. 나는 이렇게 말하고 싶어. 자네 부친은 자네를 자신의 닮은꼴로 만들었고, 그 때문에 죽게 된 거라고. 자네는 존속 살해죄를 저지른 게 아니야. 자네 부친이 자네 손을 빌려서 자살한 거지."

이때 치릴로가 반박하고 나섰다.

"그렇지 않아!"

노인네가 기운을 되찾은 모양이다. 치릴로는 재빠르게 움직이는 날카로운 눈, 꾸민 목소리, 그리고 린트천으로 만든 터번을 머리에 두르고 있어서, 꼭 연극에 나오는 이슬람 군주 칼리프와 비슷해 보였다. 그동안 치릴로가 부린 위세는 남자의 권위를 한 조각 물려받은 데서 나온 것임이 분명했다. 일반적으로 퍼져 있는 산적이라는 평판과는 전혀 다르게 보였다. 하지만 이제 와서 그가 사람들을 위압하지는 못한다 해도, 여전히 그들의 관심을 계속 붙잡고 있는 것은 확실했다. 그 자신은 별로 내키지 않는 모양이지만······.

"그렇지 않아!" 치릴로가 같은 말을 되풀이했다. 그러고는 아제실라오를 돌아보며 말했다. "나는 자네의 죄업을 씻어주고 싶네. 내 경험으로 보아, 자네가 한 짓은 나무랄 데가 없어. 자네는 자신의 의지와는 상관없이 난폭한 사타구니에 의해 잉태되어, 바라지도 않았는데 이 세상에 나왔기 때문에, 출생이라는 불쾌한 경험을 두 번씩이나 맛본 거라구. 첫 번째는 하느님이 자네한테 동의를 구하지 않았기 때문이지. 하기야 하느님은 원래 누구한테도 그런 동의를 구하지 않지만 말이야. 두 번째는 자네 부친도 자네 모친에게 그런 동의를 구하지 않았기 때문이네. 자네가 살아 있는 부친에게 앙갚음한 것은, 그러니까 실은 하느님한테 앙갚음하고 싶었는데 그분한테는 할 수가 없기 때문에 부친한테 했던 거야."

수도사의 말은 어느새 모두를 향하고 있었다.

"그러니 아무도 이 친구를 나쁘다고 말할 수 없어. 부당한 짓을 당하고, 그것을 또 다른 부당한 짓으로 갚으려 했다고 해서 이 친구를 나무랄 수는 없지. 결국 모습을 보이지 않는 '살아 있는 신'이나 전도사라는 자네들한테서 혈연을 대신할 만한 것을 구했다고 해서 이 친구를 나무랄 수 있나? 이 친구나 자네들 모두가 내일 제물로 바쳐지는 건 결코 민중의 대의명분을 위해서가 아니야. 옆에서 보는 사람들이 어떻게 생각하든. 그런 건 당사자들에게는 조금도 중요하지 않으니까."

"영감님 말씀대로 정말 그런 걸까요? 내 마음이 그렇게 복잡한가요?" 병사가 의심스러운 듯이 물었다. "영감님의 주장이 사실이라 해도, 내가 아는 것은 벽 앞에 세워진 느낌이 든다는 것뿐입니다. 사는 게 좋은 건 아니지만, 죽는 것도 역시 좋지는 않아요. 게다가 두 토막으로 댕강 잘리다니……."

병사는 한숨을 내쉬며 입을 다물었다. 그러나 그는 어느새 또 다시 전망대에 해당하는 창문으로 다가가 있었다. 창문을 통해 달빛 속에 우뚝 세워진 처형대가 보였다. 달이 구름장을 뚫고 나오거나 그 속으로 먹혀 들어갈 때마다, 처형대는 보였다 안 보였다 하고 있었다. 나무와 쇠로 만들어진 처형대는 꼭 아이들 놀이기구의 축소 모형 같았다. 마침 그곳에는 아무도 없었다. 망나니들은 아마 휴식을 취하고 있는 모양이었다.

"자꾸 이런 말을 해서 죄송하지만, 나는 아무래도 교수형이 더 좋아요." 아제실라오가 말했다. 그러자 이야기는 당장 옆길로 빗나가고 말았다. 이야기를 꺼낸 아제실라오를 비롯하여 그들 모두가 버림받은 아이에 대해서는 관심을 싹 잃어버린 것처럼 사형에 대해 이러쿵저러쿵 떠들어대기 시작했다. 마치 여성의 아름다움에 관한 이야기가 나오면 누구든 일가견을 갖고 있다는 듯이 자기 생각을 주장하고 거기에 반박하는 사람에게는 큰소리로 반론을 제기하는 사람들과 똑같았다.

결론을 내리듯 마지막을 장식한 것은 수도사였다.

"단두대를 부활시킨 건 분명 이곳 사령관의 착상인 것 같아. 사령관은 열렬한 군주주의자니까, 참수형을 통해 어린 시절의 우상인 루이 16세와 마리 앙투아네트[62]의 원수를 갚는다고 기뻐하겠지. 사령관은 그런 상징적인 보복을 하면서 기쁨에 잠기는 타입이야. 아니면 총잡이라는 별명에 싫증이 났거나."

천장이 낮아서 목소리가 울리기 쉬운 탓도 있지만, 치릴로의 목소리는 이상하게도 크게 들렸다. 원래 큰 목소리인데도 여전히 휴휴 하는 가성이 섞여 있었다. 마치 목이 쉬었거나 울혈에 시달리는 콘트랄토 가수가 말하는 것 같았다. 그리고 얼핏 보기에 그는 무대에 서 있는 것처럼 보이기도 했다. 무대 한구석에서 눈살을 찌푸리고 있는 솔로 가수 같다. 이탈리아에 사는 터키인이라고 할까, 또는 스미르나[63]의 극장주라고나 할까. 다른 사람들은 모두 그 앞에 모여 합창을 하고 있었다.

"새벽이 되면……." 하고 수도사가 다시 말을 시작했는데, 마치 독창곡을 부르기 위해 목청을 가다듬는 것 같았다. "우리는 모두 저세상 사람이 되어 있을 테지. 그러면 누가 옳고 누가 그르고 하는 따위는 아무 의미도 없어져. 그런 건 슬프지도 않아. 나는 삶에 흥미가 있듯이, 죽음에도 흥미가 있다네. 그러니까 자네와는 반대야." 수도사는 병사를 돌아보며 말했다. "나는 삶을 좋

---

62 프랑스의 국왕 루이 16세와 왕비 마리 앙투아네트는 혁명이 일어나자 국외로 탈출하려 했으나 실패하여 탕플 감옥에 유폐되었다가, 1793년 1월 단두대의 이슬로 사라졌다.
63 터키 서부, 에게 해에 면해 있는 항구 도시 이즈미르의 옛 이름.

아하지만, 죽음도 싫지는 않아. 나는 감각으로 느낀 모든 것에 자극을 받지. 즐거움이든 괴로움이든 불문하고. 어제 저녁에도 못 박은 가시관을 이마에 박아 넣는 고문을 받았는데, 온몸이 찢어질 듯 아픔이 심한데도 그런 고문조차 특별한 감동이 될 정도니까 말이야. 나는 가늘고 뒤틀린 실로 짠 그물을 몸속에 지니고 있는데, 이걸 신경이라고 부르고 싶군. 이 신경의 바이올린은 제각각 내는 소리가 다르지만, 소리가 나기만 하면 기꺼이 고통을 견뎌내지."

"사람은 누구나 제각기 다른 방식으로 자신을 위로하는 법입니다." 남작이 태연하게 말했다. "우리는 우리 자신을 영웅으로 여기고, 영감님은 신기한 경험을 하면 할수록 만족하듯이. 하기야 죽는다는 건 아무리 무능한 사람도 겪을 수 있는 경험이지만……."

열쇠 구멍이 뒤틀리는 소리를 듣고 남작은 입을 다물었다. 이윽고 감시창을 통해 불빛이 다가오는 게 보였다. 흔들리는 불빛이 감방 전체를 이리저리 훑더니, 문이 열리고 병사들이 횃불을 들고 들어왔다. 벽에서는 마돈나가 슬픔을 되찾은 얼굴로 그들을 내려다보고 있었다.

죄수들은 고자질이냐 죽음이냐를 놓고 투표를 강요하러 온 사령관의 호위병들일 거라고 생각했다. 그런데 호위대가 아니라 망나니였다.

"무서워할 거 없어." 망나니 스미릴리오가 부하들을 헤치며 발을 들여놓았다. "아직 시간이 된 건 아니니까. 내가 온 건 치수를 재기 위해서야. 알다시피 목은 이따금 딱딱하게 굳어버리지. 단두대의 칼날로는 도저히 자를 수 없을 만큼 단단해지는 경우도 많아. 그래서 목의 본을 떠야겠어. 양복점이나 양화점에서도 치수를 재잖아?"

"꼭 이렇게 빨리 와야 했나요?" 아제실라오가 비난하듯 말했다.

"나야 한숨 자고 싶었지. 하지만 명령이 떨어진 걸 어떡해. 명령을 내리는 사람은 직접 땀을 흘릴 필요가 없거든."

스미릴리오는 여느 때처럼 알랑거리는 듯한 쾌활한 말투로 지껄이고 있었다. 요새에서는 그를 모르는 사람이 없었다. 그는 시칠리아 태생이지만, 젊은 시절에 나폴리 왕 뮈라[64]를 따라간 이후 줄곧 그와 함께 지냈다고 한다. 3개 국어를 할 줄 알지만 전부 서투르고, 말을 할 때는 일부러 익살맞은 몸짓이나 유치한 태도를 보이는데, 이건 오로지 사형수를 즐겁게 해주기 위한 것이다. 지금은 뚱뚱한 몸을 화려한 나들이옷으로 감싸고 나타났다. 검은색 조끼를 입고, 검은색 구두를 신고, 검은색 장갑을 끼고 있었다.

그를 보고 다섯 사람은 자리에서 일어났지만, 치릴로 수도사는 상처와 나이 때문에 귀찮다는 듯이 마지못해 몸을 일으켰다.

---

[64] 나폴레옹의 최측근 가운데 한 명으로 나폴레옹의 친인척이었으며, 나폴리 왕국의 국왕으로 재임(1808~1815)하기도 했다.

스미릴리오는 우선 치릴로에게 다가가더니, 주머니에서 길이가 1미터 정도인 헝겊띠를 꺼내어 익숙한 손놀림으로 치릴로의 목에 감았다.

"나야말로 조심성이 너무 많아서 탈이지." 스미릴리오가 말했다. "하지만 나는 깨끗한 일을 좋아해. 떠돌이 망나니와는 달라. 내 서류에는 '위대한 판결 집행자'라고 적혀 있거든. 그리고 프랑스에 있을 때 시몽 씨에게 배웠지. 그 유명한 망나니 선생 말이야"

죄수들은 그에게서 한시라도 빨리 해방되고 싶어서, 그 역겨운 존재의 수다와 냄새에 진저리를 치면서도 가만히 서 있었다. 그러나 스미릴리오는 끈질긴 전문가의 눈으로 한 사람씩 차례차례 목의 치수를 잰 다음, 창가로 다가가서 처형대를 다정한 눈빛으로 내려다보았다.

"오, 사랑스러운 장난감이여!" 스미릴리오는 이렇게 외치고는 얼른 덧붙였다. "불쌍한 것, 너를 오랫동안 쉬게 해서 미안하구나. 우리 할머니는 늘 말씀하시곤 했지. 바늘은 쓰지 않으면 녹이 슨다고."

"바늘은 쓰지 않으면 녹이 슨다." 살림베니는 혼잣말로 중얼거리고는 갑자기 심술궂게 물었다. "스미릴리오, 당신 혹시 딸이 있소?"

그러자 스미릴리오는 "저기 있잖아. 이름은 루이지나라고 하지." 하면서 안마당에 서 있는 처형대를 가리켰다.

이 대답에 살림베니는 완전히 질려버렸다.

그러자 나르치소가 말했다.

"많이 아플까요? 난 그게 궁금한데, 아무도 대답해주지 않는군요."

스미릴리오는 한 손으로 제복을 어루만지고, 다른 손을 익살맞게 가슴에 대보이면서 대답했다.

"물을 한 잔 마시는 거나 마찬가지일 거야. 내 말이 거짓말이거든, 내일 밤에라도 귀신이 되어 나타나 내 이불을 벗겨도 좋아."

"자, 그만 가보시오."

남작이 상냥하게 등을 두드려 쫓아내자 스미릴리오는 겨우 밖으로 나갔지만, 관례대로 감방 구석에 아니스 술을 한 병 놓아두는 것은 잊지 않았다. 그러나 이 술병에는 아무도 손을 대지 않았다.

감방은 다시 어둠에 잠겼다. 네모난 창문은 어렴풋이 밝아졌지만…….

"네 시다!" 아제실라오가 외쳤다.

아래쪽에서는 귀에 익숙해진 병사들의 술렁거림이 들려왔다.

"시간을 낭비할 수는 없어." 남작이 메아리처럼 말했다. "이제 시간이 얼마 남지 않았지만, 그동안에도 우리의 의무를 잊지 말고 확실하게 결말을 짓도록 당부하고 싶네. 밤이 끝나는 모습을 보게나. 밤과 함께 우리는 종말을 맞이하는 거야."

"이봐, 시인." 치릴로가 연장자답게 다소 오만한 투로 말했다. "이번에는 자네가 이야기할 차례야."

"그러죠." 살림베니가 말했다. "추억거리야 얼마든지 있으니까, 거기서 하나 고르기만 하면 돼요. 그중에서도 내가 가장 좋아하는 이야기를 해드리죠. 제목은 '눈먼 수탉'입니다."

11
시인의 이야기
―눈먼 수탉

아제실라오의 이야기를 한쪽 귀로 들으면서 나는 무슨 이야기를 할까 생각했습니다. 내 인생의 깨진 거울 조각 가운데 어떤 것을 고르면 좋을까. 둥근 조각을 고를까, 뾰족한 조각을 고를까. 하지만 이 세상과 작별하는 마당에 거짓말을 꾸며낼 마음은 내키지 않는군요.

나는 서로 이어진 두 개의 어항 속에 사는 물고기처럼, 진실과 거짓 사이를 오가며 자랐습니다. 유리벽과 공기를, 음모와 현실을 더 이상 구분할 수 없을 정도였지요. 그렇다면 나 자신은 본질적으로 누구인가. 나는 얼마나 뒤틀린 성격을 갖고 있는가. 이 점에 관해서는 한 번도 언급한 적이 없는데, 그것은 내가 교활하기 때문이 아니라, 나 자신이 누구보다도 먼저 그것을 깨달았기 때문입니다. 나는 분장을 하고 있으면서도 마치 맨 얼굴인 것처럼 돌아다니는 희극배우를 좋아합니다. 그들은 자신을 화려하게 꾸며서 가짜로 만든 다음, 남들을 속이는 기술에 자신감을 갖고 있지요.

내가 시인이라는 칭호를 제멋대로 사용하고 있는 것은 아마 방금 말한 성격적 결함에 그 원인이 있을지 모릅니다. 목적이 단순하면 수단도 단순해야 하는데, 그러지를 못하고 오히려 깊이 생각하다가 목적을 혼동해버리는 단점 때문일 수도 있겠고요. 어쨌든 나는 젊은 시절에 여러 시인의 작품을 읽었고, 아리아도 많이 알고 있고, 필요하다면 장난삼아 두 개의 시구를 하나로 연결할 수도 있지만, 아무리 그래도 나 자신을 시인이라고 부르는 건 좀……. 솔직히 말해서, 낱말을 이것저것 유연하게 연결하거나, 서로 대응시키거나, 마음의 움직임을 음악적으로 표현하는 게 즐거운 것은 사실입니다. 그래서 지난 몇 달 동안 여러분은 내가 바이런[65]의 《시용 성의 죄수》 첫머리를 읊조리는 걸 자주 들었을 것입니다.

갇힌 자의 창백한 빛에
밝은 빛이…….

그리고 《피델리오》[66]에서 죄수들이 지하 감옥으로부터 광명을 향해 올라올 때 부르는 합창곡을 휘파람으로 불기도 했지요.

---

65 영국 낭만파의 대표적 시인. 《시용 성의 죄수》는 1816년에 발표한 장시. 시용은 스위스의 레만 호 근처에 있는 고성으로, 정치범 감옥이었다.
66 베토벤의 유일한 오페라 작품으로 1814년에 완성되었다. 줄거리는 정적 때문에 투옥된 남편을 구출하기 위해 아내인 레오노레가 남자로 변장하여 적진에 뛰어들어 남편을 구해낸다는 이야기다.

그러면서 나는 마음을 졸이곤 했습니다. 이런 시를 읊거나 노래를 부르면 우리한테도 똑같은 기적이 일어나지 않을까, 그래서 우리도 구원을 받게 되지 않을까 하고 말입니다. 부질없는 희망이라는 건 물론 알고 있습니다. 여러분과 마찬가지로 나도 시간이 시시각각 종말을 향해 달려가고 있다는 것을 실감하고 있으니까요. 그렇지만 파멸을 향해 치닫는 외길을 무엇으로도 막을 수 없는 건 아닐 테니까요.

나는 지금 실패해서는 안 되는 중요한 장면에 서 있습니다. 내가 지금껏 작품을 써온 게 여러분을 위한 것인지 아닌지, 그 판단은 여러분에게 맡기기로 하겠습니다. 그리고 조금 전에 아제실라오가 제기한 범죄나 불신의 행복에 비해 내가 지금부터 이야기할 권태의 행복이 더 믿을 만한 것인지 아닌지, 그 판단도 여러분에게 맡기겠습니다.

어쨌거나 여러분은 나와 함께 20년 전으로 거슬러 올라가, 그때 내가 어떠했는지를 상상하지 않으면 안 됩니다. 내 눈은 거짓된 빛으로 반짝이고, 마음만 먹으면 얼마든지 멋진 경험을 할 수 있다는 기대감에 들떠 있었지요. 그 무렵 나를 바라보던 여인들의 눈길은 그야말로 우상을 바라보는 듯했습니다. 그 눈길 속에 담긴 동경과 선망의 빛을 과신하는 건 아니지만, 나는 실제로 미남이었을 것입니다. 더구나 나한테는 한때 이런저런 소문이 따라다녔는데, 용기, 자유에 대한 열망, 쾌락의 침실에서 거리의 바리케이드로 맘대로 나타났다 사라지는 신출귀몰함, 언제나 한 손에는 꽃을 또 한 손에는 총을 들고 있다는 소문이었지요. 이런 소문 덕분에 나는 더한층 전설적인 존재가 되었던 것입니다.

  사람들은 나를 그런 식으로 상상했습니다. 그런 상태에서 나는 폭군[67]을 상대로 귀족들을 봉기시키기 위해 공국으로 들어갔지요. 분명히 말해두지만 내가 선동하려고 한 것은 민중이 아니라 귀족이었습니다. 어쨌든 폭동에 불을 붙이는 데에는 소수의 야심과 질투가 다수의 빈곤보다 훨씬 효과적인 미끼가 되는 법이니까요. 그래서 나는 로메오와 토레무차를 만나야 했습니다. 시내의 은밀한 곳에서, 또는 멀리 떨어진 외딴 시골에서. 그곳에서는 음울한 눈짓으로 웃음을 던지는 파수꾼들의 안내를 받아, 날씨가 거칠어질 조짐을 보이는 흐린 햇살 속에서 말을 타고 갔지요.

  꼬박 하루를 달린 끝에 화산 기슭에 도착했습니다. 인후암에 걸려 목숨이 경각에 달려 있는 마니아체 공작이 급히 불러서 간 것이었습니다. 지금도 잊을 수가 없습니다. 뜨거운 흙먼지에 눈앞이 어두워진 채 걸어가다가, 이따금 쥐엄나무 그늘에서 걸음을 멈추곤 했지요. 마치 하느님을 모독하는 순례 여행을 하는 도중에 여관에 묵듯이 말입니다. 짐승들이 지나다니는 길 양옆의 용암은 분출된 지 얼마 안 된 것이었고, 용의 눈들처럼 숭숭 뚫린 구멍 속에는 최초의 순간적인 번득임이 아직도 머물러 있는 것

---

[67] 1825년부터 1830년까지 양시칠리아 왕국을 통치한 프란치스 1세. 왕세자 시절에는 자유주의적 성향을 보였으나 왕위에 오른 뒤에는 부왕보다도 더 가혹한 보수반동 정치를 폈다.

같더군요.

　우리는 언덕 기슭의 산막에서 휴식을 취했습니다. 산막지기가 대여섯 개의 선인장 껍질을 벗겨주었고, 사발에 시원한 물을 담아주었지요. 그 물을 단숨에 들이켜고 나서 입을 닦고 있는데, 수군거리는 소리가 들려와서 흠칫 놀랐습니다. 그것은 분명히 음모를 꾸미는 자들처럼 소리를 죽인 대화였고, 보일 듯 말 듯 은밀한 몸짓이 오가고 있었습니다. 나는 모르는 척했지만, 조심해야 한다고 스스로 경고했습니다. 하지만 조심한 것도 허사였지요. 길을 다시 떠나자마자 파수꾼 두 명이 고개를 들고 언덕마루에 있는 공작 저택 쪽으로 시선을 던지는 척하더니, 느닷없이 왔던 방향으로 말머리를 돌리는 것이었습니다. 그러고는 한 마디 말도 없이 빛나는 햇살 속으로 사라져버렸습니다. 그러자 나를 태우고 있던 동물이 이번에는 자기 차례라는 듯이 날뛰더니, 나를 길바닥에 떨어뜨리고는 제 동무들을 뒤따라 미친 듯이 달아나버렸습니다. 이때 돌멩이만 없었다면 말을 붙잡을 수도 있었을 것입니다. 그런데 그 돌멩이가 길바닥에 의젓하게 놓여 있었던 것으로 미루어보아, 삐죽 튀어나온 돌 모서리와 내 이마의 만남은 이미 수백 년 전에 정해진 운명이라는 생각이 들더군요.

　나는 세탁물 냄새가 물씬 풍기는 침실에서 정신을 차렸습니다. 머리맡에 여자와 소년의 얼굴이 보였습니다. 그 여자는 지금까지 한 번도 본 적이 없는 새까만 눈을 갖고 있더군요. 맑고 깨끗한 조약돌 두 개 같았죠. 그야말로 광물적인 무기력함, 음울하고 초췌한 그 모습과 결부되는 것은 이 세상에 아무것도 없을 것입니다. 그러나 그 눈에는 나를 의심하는 빛이 가득했습니다. 내가 혼수상태에 빠진 것이 거짓이 아닐까, 짐짓 그렇게 혼절해 있다가 느닷없이 강도로 돌변하지는 않을까 하고 의심쩍어하는 눈빛 말입니다. 그 두 눈은 기다란 속눈썹을 꿈틀거리며, 먹이를 노리는 뱀처럼 나를 조심스럽게 지켜보고 있었습니다.

나는 눈을 뜨기도 전에 그 눈이 나에게 쏠려 있는 것을 느꼈지만, 그 눈빛은 무의식의 장벽을 뚫는 에너지가 되어주었습니다. 마침내 그 눈을 가까이에서 보았을 때 나는 당장에 놀라움과 망연함과 환희에 사로잡혔습니다. 비둘기가 뱀의 매력에 사로잡혔을 때와 똑같은 감각이었지요.

얼굴은 약간 햇볕에 그을렸지만 무척 아름다웠습니다. 마마 자국이 살짝 앉은 그 얼굴은 험상궂게 느껴질 만큼 탐욕스러웠지요. 하지만 신비로운 억제력으로 그 탐욕스러움을 줄이고 있었습니다. 옷도 온통 검정색 일색이었습니다. 호화로운 상복이었지요. 그 차림을 본 순간 나도 깨달았습니다. 마니아체 공작은 이미 죽었다는 것을, 내 임무는 태어나자마자 살해된 거나 마찬가지라는 것을 말입니다. 그 여자는 공작의 미망인이었고, 얼굴이 새파란 소년은 아직 사춘기도 되지 않은 공작의 아들이었습니다. 하지만 소년은 너무 어려서, 공작이 우리 음모에서 맡은 역할을 이어받을 수는 없었습니다.

그 파수꾼 놈들이 왜 도중에 달아나버렸는지도 이제는 알게 되었습니다. 그러니까 놈들은 공작이 죽은 마당에 더 이상 나를 데려다줄 의무가 없다고 판단했던 것입니다. 나는 더 이상 돌봐주어야 할 손님이 아니었고, 내 존재 자체가 속된 말로 표현하든 관용적인 말로 표현하든 귀찮은 골칫거리가 되어 있었던 것입니다.

그렇지 않아도 그 낯선 침대에서 어색함을 느끼고 있었던 터라, 내 마음은 더욱 혼란스러웠습니다. 그동안에도 나는 괴로워하고 있었습니다. 붕대를 감은 머리가 욱신욱신 쑤셨지요. 하기야 돌멩이에 머리를 부딪쳐 기절했지만, 그런 경우치고는 그리 대단한 상처는 아니었습니다. 하지만 갈증은 정말 지독했지요. 열이 끈적끈적하게 달라붙은 느낌이었고, 온몸의 혈관이 뒤틀렸다고나 할까, 마치 나무를 잘라내고 그루터기만 남은 숲에 불을 지른 것 같았습니다. 그런데도 나는 억지로 입을 다물고 있었습니다. 섣부르게 도움을 청하기보다는 신중하게 기다리는 편이 바람직할 것 같았기 때문입니다. 아직은 내가 누구인지 알지도 못할 그녀한테 함부로 털어놓을 수도 없는 일이고, 또 공작이 죽은 지금 어떻게 처신하는 게 좋은지도 알 수가 없었기 때문입니다.

그래서 나는 다시 눈을 감고 어둠 속으로 되돌아갔지만, 두 사람의 얼굴 말고도 집 안의 이모저모를 순식간에 알아보았습니다. 갈대에 회반죽을 바른 높은 천장에는 거무스름한 들보가 가로질러 있고, 거기에 나무로 만든 기사 인형이 목을 매단 형태로 매달려 있고, 어린애 방답게 장난감으로 불룩해진 자루가 있었습니다. 그리고 침대 앞에는 테라스에 면한 창문이 있고, 이루 말할 수 없이 아름다운 하늘이 창틀 속에 갇혀 있었습니다. 그 네모난 쪽빛 하늘 속에는 노란 용설란이 촛대처럼 삐죽 튀어나와 있었습니다.

하루가 지나고, 이제는 더 이상 속여야 할 필요도 없어서 번쩍 눈을 떴습니다. 기분이 아주 상쾌했지요. 바로 그때 방 안에서 숨죽인 목소리로 "살림베니!" 하고 내 이름을 부르는 소리가 들렸습니다. 그 목소리에는 아내나 어머니 같은 친밀감이 담겨 있어서, 나와 미망인은 마치 중세에 경쟁하는 두 왕이 아들과 딸을 혼인시켜 사돈이 되듯, 평화의 무지개와 피의 동맹으로 맺어진 듯한 느낌이 들었습니다.

이리하여 내 인생에서 가장 활기차고 행복한 다섯 주일이 시작된 것입니다. 나는 병석에서 갓 일어난 손님으로 호의에 가득 찬 환대를 받았지만, 이 호의는 결코 진부할 수 없는 파라오의 명령처럼 거의 강제적이었습니다.

미망인은 말수가 적었지만, 남편의 친구였던 나와 친구가 되는 것만으로 충분히 만족한다고 말했습니다. 하지만 우리의 음모에 관해서는 알지 못했고, 알고 싶어 하지도 않았습니다. 그래서 어느 날 밤, 어차피 태워야 한다는 구실로 비밀 서류를 몇 장 주었는데, 거기에는 동지들의 명단과 '살아 있는 신'의 친필 문서가 들어 있었습니다. 밖으로 알려지는 날에는 왕국이 뿌리째 흔들릴지도 모를 만큼 중대한 것이었지요.

그 후 그녀는 식사 때 말고는 나를 찾지도 않았고, 내가 천천히 회복하도록 내버려두었습니다. 식사 때 말고는 내 앞을 그냥 말없이 지나가곤 했지요. 언제 보아도 호리호리한 등을 꼿꼿이 펴고, 커다란 열쇠뭉치를 허리에 늘어뜨리고 있었는데, 그건 저택 안에 있는 수많은 방들을 날마다 살피며 돌아다니기 위해서였습니다. 세심하게 주의를 기울여 이 방에서 저 방으로 옮겨가는데, 이 방에서는 마호가니와 젖빛 유리를 손가락으로 만져보는가 하면, 저 방에서는 다리를 활짝 벌리고 바닥에 주저앉아 노닥거리고 있던 두 하녀의 허를 찌르곤 했습니다. 서른 살보다 마흔 살에 더 가까운 나이인데도, 처녀처럼 곧잘 얼굴을 붉히곤 했지요. 예를 들어 자식이 하나밖에 없느냐고 내가 묻자, 그 아이도 자기가 낳은 자식이 아니라 죽은 전처의 자식이라고 대답하면서 얼굴을 붉혔습니다.

그녀는 열정적이면서도 엄숙하고, 오만하면서도 겁이 많았지요. 나는 날마다 그녀의 또 다른 성격을 찾아냈지만, 그런데도 납득이 가는 전체적인 모습은 끌어내지 못했습니다. 예를 들면, 화가가 코와 턱, 광대뼈를 차례로 그려 얼굴을 묘사하면서, 스스로는 각 부분의 특징을 정확히 포착했다고 자부하는데도, 막상 완성된 화폭을 보면 생각했던 것만큼 비슷한 얼굴이 되어 있지 않은 것과 마찬가지죠. 하인들이 들뜬 마음으로 기다리듯, 앞으로 몇 년 만 지나면 공작의 유언에 따라 공국은 소년에게 양도될 텐데도, 그녀는 아들에게 시종 엄격한 태도를 취하고 있었습니다.

나는 바로 그 소년의 방을 차지하고 있었지요. 아이가 내준 그 방은 그녀의 커다란 침실과 맞붙어 있었습니다. 그래서 아침이면 자주 그녀와 마주쳤습니다. 그녀가 하늘거리는 실크 가운만 걸친 채 지나가는 것을 나는 두 개의 여닫이문 사이에 난 틈으로 엿보곤 했지만, 그녀는 조금도 개의치 않았습니다. 그녀가 걸음을 옮길 때마다 옷자락이 벌어지면서 호리한 몸매가 어른어른 엿보였습니다. 검은 가운을 걸치고 욕실로 천천히 걸어가는 참이었지요.

그녀는 어쩌면 일부러 그렇게 무방비한 태도를 보이는 게 아닐까? 때로는 이런 기분이 들기도 했지만, 다른 때의 차분한 태도를 보면 그런 생각은 쑥 들어가버렸습니다. 그리고 그녀에게는 독특한 냄새가 있어서, 나는 거기에 그만 주눅이 들었지요. 그 체취는 화장을 해도 감춰지기는커녕 오히려 더욱 강해지는 것 같았습니다. 모과나 건포도처럼 달착지근한 냄새인데, 시간이 갈수록 나는 그 냄새에 구역질까지 느끼게 되었지요.

그렇지 않아도 흥미로운 그녀였지만, 아이를 야단칠 때 노골적으로 드러내는 증오심은 내 흥미를 더욱 자아냈습니다. 아이는 빈혈증인데도 정열적인 아이여서, 지칠 줄 모르고 걸어 다녔습니다. 나는 아직 정상적으로 걸을 수 있는 단계까지는 회복되지 않았지만, 가까운 숲이나 들판을 산책할 정도는 되었습니다. 그럴 때면 아이가 길동무를 자청해서 따라나섰습니다. 하지만 길동무라기보다는 오히려 나를 숭배하고 충실하게 따르는 하인처럼 항상 한 걸음 뒤처져 걸었지요.

무위의 황홀함을 안 것은 그 아이 덕분입니다. 꾸벅꾸벅 졸음이 올 만큼 단조로운 생활, 그것은 영원히 계속되는 팽이 돌리기라고나 할까요. 돌아가는 팽이 주위에서는 사물이 정지해 있는 동시에 시간이 무너진 듯한 환상에 사로잡히게 됩니다. 잠자는 공주 이야기에서, 마법에 걸린 순간 그 모습 그대로 얼어붙어 버린 궁정 신하들을 생각해보세요. 콘트라댄스를 추다가 다리를 서로 엇갈리기 위해 들어 올린 사람도 있고, 포도주 잔을 입술에 대고 있는 사람도 있고, 코담배를 한 줌 코로 가져가는 도중에 마법에 걸린 사람도 있고……. 각자 인생의 순수한 또는 불순한 동작 그대로, 찡그린 얼굴이나 웃는 얼굴 그대로 얼어붙어 버린 그 광경을 상상해보세요. 그때의 나도 바로 그런 상태였습니다. 아까도 말했듯이 오랫동안 멀리까지 걸으면서 쉴 새 없이 주위를 둘러보았지만, 언제나 눈부시게 빛나는 방심 상태였지요. 공원에 서 있는 동상이 움푹 들어간 눈구멍으로 이미 사라져버린 전망을 멍하니 바라볼 때의 그 방심 상태 말입니다. 가슴의 고동도 느낄 수 없고, 목소리도 나오지 않고, 모든 정열은 다 소진되고, 그래서 지금은 잊어버린 체온의 흔적만 미지근하게 남아 있을 뿐입니다. 겨울잠을 자고 있는 뱀이 살아 있을 때 남겨둔 체온과 비슷하다고 할까요. 살아 있을 때라니? 그게 살아 있는 걸까요? 아닙니다. 그렇다고 죽은 것도 아닙니다. 잠자는 것도 아닙니다. 선잠을 자며 꾸는 환상, 본의 아니게 멈춰버린 피돌기, 무의식의 암초에 부딪치며 부서지는 작은 물방울……. 이것이 내가 놓인 상태였습니다. 그 상태에서는 무슨 일을 하든, 무슨 생각을 하든, 무슨 말을 하든, 그것이 아득히 먼 비몽사몽의 상태에서 부드러운 걸음으로 다가온 것처럼 느껴졌지요.

여기서 아마빌레(그 아이의 이름입니다)가 나를 도와주었습니다. 무엇보다도 먼저 그 침묵이 도움이 되었습니다. 그리고 아무리 사소한 일을 가지고도 즐거워하는 동물적인 능력도 도움이 되었지요. 예를 들면 흘러가는 구름, 바람의 예언, 또는 사과나무 밑에 떨어져 있는 사과 씨 따위를 보면서 즐거워하는 것입니다. 사과가 있다는 건 이곳이 에덴동산이었다는 명백한 증거라는 듯이…….

아이는 불가사의할 만큼 민감한 청각을 갖고 있어서, 대지와 물과 공기의 알아듣기 어려운 음악까지도 포착해냈습니다. 연못 바닥에 마른 잎이 떨어지는 소리, 마당에 깔린 두 개의 돌 틈에서 자라난 풀이 바람에 스쳐 바스락거리는 소리……. 아마빌레에게 귀는 참으로 훌륭한 장난감이었지요. 그리고 다른 놀이를 가르쳐주었듯이, 그 귀를 사용하는 법도 가르쳐주었습니다. 나는 어린 시절을 너무나 급히 빠져나왔고, 그때는 그런 놀이를 우습게 여겨 배우지도 않았는데 말입니다. 나는 아마빌레보다 나이가 많았는데도, 형을 본받고 싶어 하는 어린 동생 같았습니다. 실은 아마빌레가 나를 따르고, 내가 시키는 대로 행동하고 느꼈는데도 말입니다. 게다가 아마빌레는 열광적인 사랑의 포로가 되어 있었습니다. 이건 아무래도 말해둬야겠군요. 아마빌레는 사실 나를 사랑하고 있었던 것입니다. 내가 포도밭의 모래땅에서 한숨 자고 일어나면, 아마빌레는 내가 누웠던 구덩이를 찾아가 거기에 눕곤 했습니다. 그런 아마빌레의 모습을 보고 있노라면, 마치 제 몸을 녹여 뜨거운 형틀 속으로 흘러들어가려고 애쓰는 것 같았지요. 아마빌레는 내 버릇까지 흉내 내고 있었습니다. 뜻밖에 남의 호의를 받고 당황했을 때 손가락으로 턱을 문지르는 버릇, 고사성어를 인용한 뒤에 천천히 머리카락을 매만지는 버릇…….

아마빌레는 나를 사랑하고 있었습니다. 아니, 내가 되고 싶어 했다고 말하는 편이 좋겠군요. 아마빌레한테 나는 사랑을 순간적이고 절대적으로 상징하는 존재였을 것입니다 그런데 사랑을 애타게 원하다 보면 다른 어떤 것에도 좀처럼 만족하지 못하고 더 많은 걸 요구하게 되지요. 아마빌레는 쾌락의 실체는 물론, 그 존재조차 깨닫지 못했습니다. 내가 보기에 그것은 분명했습니다. 그렇다고 해서 쾌락이 절대적이라고 말할 생각은 없습니다. 다만 쾌락은 머리로든 육체로든 추구하려 들면 끝이 없습니다. 아마빌레가 멀리하고 있는 사치나 마찬가지지요. 아마빌레는 16년의 인생을 고통 없이 살아왔습니다. 그가 아는 고통은 책에서 읽은 것뿐이었습니다. 생모는 아마빌레를 낳다가 죽었기 때문에 얼굴조차 몰랐고, 아버지에 관해서 아는 것이라곤 일요일마다 억센 콧수염과 함께 주어지는 축축한 키스뿐이었고, 계모에 관해서 아는 것은 비단 슬리퍼를 신은 발소리보다 훨씬 먼저 계모가 다가

오고 있음을 알려주는 냄새뿐이었습니다.

　같은 또래의 아이들에 대해서도 몰랐고, 알랑거리는 가정교사나 촌스러운 하인들의 시중을 받았을 뿐입니다. 그래서 아마빌레는 뱃멀미를 하는 듯한 상태 속에서 자랐는데, 그건 건강한 사람이 교차되는 어둠과 빛을 쫓아갈 때처럼 도취된 기분이었을 것입니다.

　따라서 아마빌레는 나를 만나자 당혹감을 느꼈던 것입니다. 어쨌든 나는 먼별에서 온 사람처럼, 그의 일상용어를 뒤엎는 외국인의 말을 사용하고 있었으니까요. 아마빌레가 오랫동안 기사 인형을 상대로 고독한 싸움을 벌이고, 침묵의 논쟁을 벌인 뒤 처음으로 상대한 살아 있는 인간이 바로 나였던 것입니다. 또 나는 이제껏 시골 여름의 숱한 신비나 생물들과 관계를 가진 적이 한 번도 없기 때문에, 내가 그의 구원을 도와주게 될 줄은, 나비와 바퀴벌레, 아지랑이, 독거미, 무당벌레, 살무사 따위와 친해질 줄은 생각지도 못했지요. 아마빌레는 이런 동물들의 존재를 눈으로 보지 않고도 알아차렸습니다. 갈퀴 모양의 나뭇가지 하나만 들고도 지하 수맥을 쉽게 발견한 것처럼 말입니다. 이따금 아마빌레는 손가락을 입술에 대고, 다른 한 손은 내 손을 잡고, 그러고는 말없이 풀밭을 내려다보고 걸어가면서, 매번 새로운 작은 동물들을 발견하곤 했습니다. 자기 소굴에서 느긋하게 쉬고 있는 동물들을 말입니다. 아마빌레는 숲속에서 오케스트라처럼 들려오는 동물들의 울음소리를 듣고는, 거기에 담긴 특질을 끄집어

내어 동물들의 울음소리를 분간할 수 있었습니다. 그는 발바닥에서 손가락 끝에 이르는 신경이 현악기의 현처럼 찌르르하게 떨리는 것을 느낄 수 있었습니다. 그는 또한 열 길 땅 밑에 묻혀 있는 샘물의 술렁거림도 느낄 수 있었습니다.

아마빌레는 저녁때 몇 번 나를 강으로 데려가주었지요. 마틸데 부인은 저택 위에서 우리를 감시하고 있었습니다. 유리창 저편으로 불현듯 사라진 검은 그림자가 그녀였다면 말입니다. 우리는 점점 가까워지는 다정한 물소리에 이끌려, 무성한 갈대를 무릎이나 팔꿈치나 칼로 헤치면서 초록빛 덤불 사이로 구불구불 이어진 샛길을 따라 강으로 내려갔습니다. 처음에 맨발을 물에 담그자, 물이 너무 차가워서 온몸이 떨리더군요.

나는 마치 조난자가 암초 위로 올라가 목숨을 건지듯, 강물로 반들반들하게 닦인 바위 위로 황급히 달아났습니다. 여기에서는 더 이상 움직일 필요가 없었지요. 물고기는 손으로도 얼마든지 잡을 수 있었으니까요.

강에서 무사히 집으로 돌아와 계단을 막 올라가려 할 때, '숲의 봄'이라는 왈츠곡과 마틸데 부인의 체취가 동시에 우리를 덮쳤지만, 우리가 안으로 들어가자마자 부인은 연주를 그만두고 메마른 입술을 혀로 핥으면서, 피아노 건반에 닿아 있던 두 손을 들어 올리더니 손바닥을 우리 쪽으로 뒤집어 보였습니다. 그 손바닥에는 손금도 주름도 전혀 나타나 있지 않았습니다. 난생 처음 보는 희한한 손바닥이었습니다. 나한테는 그게 아무래도 숙명적으로 여겨지더군요. 그녀한테는 어딘지 모르게 마녀 같은 면이 있는 것처럼 보였지요. 마녀라는 말이 나왔으니 말인데, 그녀는 눈에 왠지 모르게 기분 나쁜 웃음을 띠고 있는 데다, 허리를 축으로 하여 온몸을 흔들어 보였습니다. 그 때문인지, 멀어져가는 그녀의 걸음은 발을 질질 끌며 걷는 것처럼 기이한 느낌을 주었습니다. 이것은 그날 밤에 다시 한 번 확인되었지요. 밤중에 문득 눈을 떠 보니, 내 것이 아닌 숨결이랄까 한숨 소리가 닫혀 있는 문 저편에서 들리는 것이었습니다. 나는 무언가 수상쩍은 존재가 거기에 있다는 것을 느꼈지요. 하지만 내가 몸을 일으킨 순간 침대가 삐걱거렸기 때문에 그 존재는 발소리를 죽여 사라져버렸습니다. 복도 모퉁이를 돌아 멀어져가는 희미한 발소리가 들렸지요.

이튿날 아침에 문을 열려고 했더니, 문 뒤에 무언가가 가로막고 있어서 잘 열리지 않았습니다. 간신히 문을 열고 보니, 다리가 묶이고 눈알이 뽑힌 수탉 한 마리가 애처롭게도 문지방을 가로막은 채 피투성이가 되어 버둥거리고 있었습니다. 나에 대한 저주일까요. 웃으면서 넘겨버렸지만, 나로서는 오히려 그걸 내 인생의 색채나 은유로 생각하고 싶었습니다. 물론 범인이 내 어떤 점을 비난하려고 그런 짓을 했는지는 모르지만……

나로서는 좀 더 깊이 생각해야 했는데, 그런 기특한 마음은 나지 않았습니다. 나는 황금물로 채워진 기분 좋게 끈적끈적한 호수를 유유히 헤엄치고 있는 중이었지요. 나는 이 화려한 경험에 더 이상 아무것도 덧붙이고 싶지 않았지만, 안타깝게도 무서운 사태가 벌어지고 말았습니다. 지금부터 그 결말을 이야기할까 합니다.

수도[68]에서 사람이 나를 찾아왔습니다. 공작이 죽었다는 소식이 수도에 전해졌는데도 내가 꾸물거리며 돌아가지 않으니까 수도에서는 의아하게 생각했던 모양입니다. 음모를 위해 파견된 자가 그토록 오랫동안 돌아오지 않고 있으니, 그렇게 생각한 것도 당연한 일이었겠지요. '살아 있는 신'께서 전갈을 보내왔는데, 대륙에서 거대한 음모[69]가 무르익고 있다면서 내가 꼭 필요하다는 것이었습니다(나는 아직 그분을 직접 뵙는 단계에까지는 이르지 않았지만, 정기적으로 그분이 직접 서명한 지령을 받고 있었습니다). 이제 와서 돌이켜보면, 그분은 환상을 그리고 있었다는 것을 알 수 있습니다. 도박을 하는 틈틈이, 때로는 심심풀이 삼아, 그런 꿈같은 이야기의 초고를 쓰고 있었던 것이지요. 그 후 20년 동안 희망과 착각의 번득임 속에서 수없이 그래왔듯이 말입니다. 바로 그 덧없는 꿈, 영원히 끝나지 않을 부질없고 헛된 노력 때문에 오늘 우리는 처형대의 이슬로 사라지게 되었지만 말입니다. 하지만 나는 망설이지 않고 따랐습니다. 지금도 망설이지 않고 그분의 명령에 따르고 있는 것처럼 말입니다. 실패는 성공의 어머니라

---

68 나폴리 왕국과 시칠리아 왕국이 통합한 양시칠리아 왕국은 나폴리를 수도로 하는 중앙집권적 체제였다.
69 1830년에 프랑스에서는 7월 혁명이 일어났다. 이 혁명으로 프랑스에서는 부르봉 왕가의 왕정이 무너지고 오를레앙 공 루이 필립을 왕으로 하는 입헌군주제가 수립되었다.

고 믿으면서, 우리의 대의를 키우는 데에는 삶보다 죽음이 오히려 효과적이라고 믿으면서 말입니다. 그리고 내 마음속에는 조심성과 광기가 항상 뒤섞여 있었기 때문에, 아무리 불가능한 일도 불가능하다는 이유로 거절한 적이 없습니다.

결국 어느 날 밤 짧은 폭풍우가 지나가고 난 뒤, 조용히 문간에 나앉아 흙냄새를 즐기고 있다가 나는 떠나야겠다고 불쑥 말했습니다. 우리는 테라스 난간 옆에 앉아 있었는데, 그 난간의 기둥들 틈새로 갈색 골짜기와 흔들리는 불빛이 엿보였습니다. 어느 농부가 돌담의 자갈을 더듬으며 달팽이를 잡고 있는 모양이었습니다. 서늘한 바람이 불어와 젖은 손수건처럼 우리 다리를 어루만지고 지나갔습니다. 그 정적은 견디기 어려울 만큼 달콤했지요.

나는 이윽고 침묵을 깨고, 되도록 빨리 출발하겠다고 말했습니다. 내 말은 마치 도끼를 내려친 것 같았습니다. 잠시 뒤에 여자가 울음을 터뜨리는 바람에 나는 깜짝 놀랐습니다.

"아, 그렇군요. 어서 떠나세요. 나와 아마빌레가 당신 인생에서 빼앗은 한 달, 우리한테는 너무 과분한 세월이었어요."

그녀의 입에서 이런 말이 나오리라고는 꿈에도 생각지 않았습니다. 그녀가 격렬한 감정을 드러내 보인 것은 그때가 처음이자 마지막이었지요. 아이한테서는 종종 그런 감정을 엿볼 수 있었지만, 그녀까지 그런 감정을 갖고 있다는 건 도저히 믿을 수가 없었습니다. 그녀는 가면 밑에 그런 감정을 용의주도하게 숨기고 있었으니까요.

그녀의 손을 잡자, 그 손은 가늘게 떨리고 있었습니다. 그리고 너무 뜨거워서 불타는 것 같더군요. 마치 숯불에라도 데인 느낌이었습니다. 그 순간 사랑의 열기가 나를 사로잡았습니다. 피가 거꾸로 치솟는 것 같고, 그녀를 갖고 싶다는 강렬한 욕망에, 이번에는 내가 머리끝부터 발끝까지 부들부들 떨리는 것이었습니다.

아이는 아이대로 심란해 있었기 때문에 남의 동요를 눈치 챌 계제가 아니었지요. 아이는 미친 듯이 먹기 시작했고, 그러다가 끝내 눈물을 쏟고 말았습니다.

나는 마음을 다잡고 일어나서 뒤도 돌아보지 않고 내 방으로 올라갔습니다. 뒤이어 둘이서 무언가를 의논하는 소리가 메아리처럼 들려왔습니다.

출발은 다음 일요일로 결정되었고, 둘이서 나를 해안까지 바래다주게 되었지요. 그녀는 이륜마차를, 그리고 아마빌레는 말을 타고 간다는 것입니다. 해안에서는 모든 걸 운명에 맡기고 배를 타고 떠나기로 했습니다.

나는 일부러 시간을 들여 천천히 출발 준비를 했습니다. 어떤 집에 세들어 살던 사람도 몇 년이나 살면서 정이 들면, 떠날 때는 언젠가 다시 돌아오겠다고 생각하는 법인데, 바로 그것과 마찬가지였습니다. 그래도 떠날 때 못내 아쉬워서 가슴을 쥐어뜯는 것에는 변함이 없지만, 이별이 이미 결정되어 있고, 내가 있는 곳도, 남아 있는 시간도 결국에는 과거의 유물이 현재까지 꼬리를 끌고 있을 뿐이라고 여겨질 때는 으레 그렇듯이, 이미 죽어버린 생활의 흔적은 빨리 땅 속에 묻어버리고 싶다고 생각하게 됩니다. 나는 그런 심정으로 여행을 떠났습니다.

그날은 8월 중순의 한여름이었지만, 갑자기 큰개자리의 두 눈 사이로 비집고 들어가기라도 한 듯, 가을이 다가오는 기미를 생생히 예감케 해주는 날이었습니다. 이제 며칠만 지나면 초저녁의 술렁거림과 함께 느슨해진 천장 틈새나 갈라진 나무 틈새에 평온한 권태의 그림자가 돋아나겠지만, 아직 그런 그림자는 비쳐들지 않는 눈부신 계절에 어울리는 하루였지요. 부인은 마차를 몰았고, 아마빌레는 말을 타고 그 뒤를 따라갔습니다. 자식의 상여를 뒤따라가는 아버지처럼 슬프고 어른스러운 태도였습니다. 이건 결코 과장이 아닙니다. 이미 돌아가신 공작을 애도하여 단추 구멍에 꿰매 붙인 검은 리본에다 나의 상징적인 죽음을 애도하는 리본이 또 하나 붙어 있는 것을 보았으니까요. 마부와 하인도 없이 우리 셋이서만 떠나왔기 때문에, 고독하고 불길한 작별의 느낌은 더욱 강해져 있었습니다.

우리가 첸도르비 고개를 넘어섰을 때, 나는 느닷없는 외침소리를 듣고 놀라서 펄쩍 뛰어올랐습니다. 마틸데 부인이 고삐를 놓고는 자기 손을 바라보고 있더군요.

"반지가 없어졌어! 반지가!"

부인은 이렇게 외치고는 마차 옆으로 다가온 아마빌레의 얼굴 앞에 떨리는 손가락을 바싹 내밀었습니다. 위협하는 몸짓처럼 보였지만, 실은 절망적으로 애원하는 몸짓이었지요.

"되돌아가서 찾아다오!" 부인은 부탁했습니다. "틀림없이 비디니의 굽잇길에서 고삐를 잡아당겼을 때 떨어뜨렸을 거야. 우리는 세니아 근처에 있는 오두막에서 기다리고 있으마."

아마빌레는 이상하다는 눈빛으로 계모를 바라보다가, 이윽고 말 머리를 돌려 멀어져갔습니다.

"반지를 찾기 전에는 돌아올 생각 마라."

그녀는 이렇게 외치더니, 이번에는 마차에서 내려 코르크 숲으로 걸어갔습니다. 그 숲 한가운데에 세니아가 있었지요.

나는 처음 가보는 곳이었습니다. 세니아는 관개용 저수지인데, 그 근처에 오두막이 한 채 서 있었습니다. 그 오두막이 그냥 가축우리인지 농부의 움막으로 쓰이는지는 알 수 없었지요. 주위에는 코르크나무들이 얼굴을 찌푸린 관객들처럼 둘러서 있었습니다. 그래서 이곳은 극장이 되고, 우리가 하는 일은 무대 위의 연기가 되었지요.

내가 오페라를 좋아하는 건 여러분이 아시는 대로입니다. 내가 새싹을 따서 《프라 디아볼로》의 마지막 장면처럼 모자에 꽂았을 때, 내 생각을 현실로 돌려놓는 사건이 일어났습니다. 여자는 이미 가축우리로 몸을 피했고, 뒤에 남은 나는 물을 마시려고 물가에 무릎을 꿇었습니다. 그리고 입술을 저수지에 가까이 가져가면서, 이제 곧 입술이 차가운 물에 닿을 것을 예감하고 눈을 가늘게 떴습니다. 그런데 그 눈꺼풀 틈새로 태양이 새로운 안개에 덮인 것을 본 듯한 느낌이 들었습니다.

그게 뭔지 확인하려고 눈을 크게 뜨자, 물에 비친 내 그림자 위에 또 다른 그림자가 나를 덮치듯이 비쳐 있는 게 보였습니다. 내 뒤에 서 있는 사내의 그림자였지요. 내 얼굴에는 수염이 없는 반면, 그는 수염이 텁수룩한 사내였습니다. 내가 물에 손을 담가서 생긴 잔물결이 차츰 가라앉자 그 털보의 그림자도 점점 또렷해졌습니다.

구태여 돌아볼 필요도 없이, 허리에 닿은 칼끝에서 내가 막다른 곳에 몰렸다는 것을 알아차렸지요.

"내가 바로 살리바다." 그가 나직하게 말했습니다. 그 한마디로 충분했지요.

공국에서 가장 유명한 산적 살리바였던 것입니다. 적을 잡으면 살을 날것으로 먹는다는 소문이 나돌고 있었지요.

나는 고개를 돌려 그를 보았습니다. 수염이 더부룩하게 자랐고, 챙이 넓은 원뿔 모양의 모자 밑에는 좁은 이마가 보였으며, 히죽히죽 웃고 있는 입에서는 늑대 같은 이빨이 엿보이고, 커다란 귀가 머리에서 불쑥 튀어나와 여분으로 생겨난 손처럼 꿈틀거리고 있었습니다. 그는 유령 같은 걸음으로 내 뒤에 다가왔지만, 이제는 거칠게 나를 자기 앞에 꿇어앉히고는 튼튼한 밧줄로 내 손목을 둘둘 묶더군요. 그동안 줄곧 기침소리 같은 야릇한 소리를 내며 웃고 있었습니다. 그러고는 주머니칼로 내 허리를 쿡쿡 찌르면서 오두막 안으로 나를 끌고 갔습니다.

마틸데 부인은 우리가 들어온 것을 보고, 자기는 아무것도 몰랐다고 외쳤습니다. 올가미에 걸린 짐승처럼 딱 한 번 외쳤을 뿐, 그다음에는 힘센 주먹을 한 방 얻어맞고 얼굴을 찡그리며 구석에 쓰러졌지요. 살리바는 기침을 웃음으로 얼버무리고, 내 팔을 다시 밧줄로 꽁꽁 묶어서 다 쓰러져 가는 오두막 한가운데에 있는 기둥에 동여맸습니다. 그러고는 여자를 움켜잡고 짚더미 위에 쓰러뜨렸는데, 그때도 여전히 웃고 있었습니다.

이윽고 옷이 찢어지는 소리가 나고, 단추 두세 개가 땅바닥으로 떨어져 데굴데굴 구르다가 어디론가 사라지는 소리가 들렸습니다. 젖가슴이 비어져 나온 것을 보니, 보통 여자와는 달리 양쪽 젖가슴의 크기가 서로 달랐습니다. 왼쪽은 처녀처럼 작았는데, '수녀의 젖가슴'이라고 부르는 작은 아몬드 과자와 비슷했습니다. 반면에 오른쪽 가슴은 너무나 풍만해서, 갈색 젖꼭지가 마치 쇠장식이 녹슨 방패를 연상시켰습니다. 두 젖가슴 사이에 끼워져 있던 보석이 발목까지 흘러내린 옷 위에 소리도 없이 반짝이며 떨어졌습니다. 그 보석을 보았을 때, 그런 상황임에도 나는 뛸 듯이 기뻤습니다. 저건 잃어버렸다던 그 반지가 아닌가. 다이아몬드 반지는 없어진 게 아니었습니다.

그러니까 그녀는 나와 단둘이 있으려는 속셈으로 일부러 반지를 숨겼던 것입니다. 지금 눈앞에 있는 알몸, 금방이라도 터질 것처럼 팽팽한 그 알몸보다도 그 사실을 알게 된 것이 내 머리를 더욱 혼란시키고 욕망에 불을 붙였습니다. 그런데 그 욕망을 채우기는커녕, 잔인하게도 다른 사내가 욕망을 토해 내고 있는 현장에 증인으로 입회하는 꼴이 되다니……

그런데 그 순간 살리바가 내 마음을 알아차렸는지, 내가 거기에 있다는 것을 생각해낸 모양이었습니다. 그는 아무 말 없이, 축 늘어져 있는 여자한테서 옷 하나를 질질 끌어내더니, 그것을 들고 나에게 다가왔습니다. 그러고는 재수 없는 놈이라는 듯이 내 머리에다 그 옷을 아무렇게나 뒤집어씌웠습니다. 그래서 내 눈은, 언젠가 문 뒤에 놓여 있던 그 수탉처럼 앞을 볼 수 없게 되었고, 더는 아무것도 분간할 수 없었습니다. 처음 얼마 동안은 헐떡거리는 사내의 숨가쁜 소리가 들리더니, 그다음에는 쾌락을 갈구하는 여자의 신음소리가 사내의 거친 숨소리와 어우러져 들려올 뿐이었지요.

나는 겨우 고개를 흔들어 씌워진 옷자락 틈새로 밖을 엿볼 수 있게 되었지만, 살리바는 어느새 여봐란 듯이 문간에 서서 옷매무새를 가다듬으며, 누가 오지나 않는지 감시하고 있었습니다. 여자는 짚더미 위에 반듯이 누워 있었는데, 특히 입술이 눈에 띄더군요. 그 입술은 거친 키스에 시달렸으면서도 좀 더 키스해주기를 원하는 듯 반쯤 벌어져 있었습니다. 그리고 얼굴이 하얗기 때문에 입술은 상처처럼 붉어 보였지요. 비극적으로 욕망을 충족시킨 두 눈은 천장을 바라보며 무언가를 찾는 듯했고, 온몸은 순교의 어두운 신성함을 등에 짊어지고 있는 것 같았습니다.

얼마 지나지 않아 살리바는 감시를 그만두었습니다. 그러자 여자는 사내를 부르듯 턱을 치켜들었고, 살리바는 다시 여자한테 다가가 그녀를 덮쳤습니다. 둘 다 이번에는 아무 소리도 내지 않고, 마치 공동 작업이라도 하듯 그 행위에 몰두해 있었지요. 나무줄기를 톱으로 켜거나, 호흡을 맞추어 모루를 메어치거나, 노를 젓는 것처럼……. 진지하고 힘든 일을 하느라 땀을 흘리는 것처럼…….

아마빌레가 들어온 것을 처음에는 알아차리지 못했습니다. 고쳐 생각했는지, 의심을 품었는지, 예감이 작용했는지는 모르지만, 어쨌든 돌아온 건 분명합니다. 아마빌레는 서로 뒤엉켜 있는 두 사람을 보자마자 사내에게 달려들어, 그 등에다 작은 주먹을 소나기처럼 퍼부었습니다.

"아마빌레, 어서 나가!" 나는 재갈이 물린 입으로 간신히 외쳤지만, 아마빌레는 내 말을 듣기는커녕 쳐다보지도 않았습니다.

살리바는 천천히 포옹을 풀었습니다. 그런데 아마빌레의 뺨을 때린 것은 살리바가 아니라, 살리바와 함께 몸을 일으킨 여자였습니다. 아이는 순간 당황한 표정이더니, 여자를 뚫어지게 바라보며 문까지 뒷걸음질을 쳐서 모습을 감추었습니다. 살리바도 오래 있지는 않았습니다. 늑대 같은 이빨을 반짝이며 야릇한 소리를 내는 것이 작별을 고하는 그 나름의 방식이었지요.

여자는 내 포박을 풀기 전에 잠시 꾸물거리며 몽유병자처럼 느릿느릿한 동작으로 옷을 입었습니다. 우리가 오두막을 나오자 아마빌레의 말이 저수지에서 물을 마시고 있고, 안장은 비어 있었습니다. 아무리 둘러보아도 아마빌레의 모습은 보이지 않았습니다. 강 쪽을 향해 아마빌레의 이름을 불렀지만 대답이 없었습니다.

강까지 가서야 겨우 아마빌레의 모습을 발견했습니다. 아마빌레는 강가의 둥근 바위에 걸터앉아, 두 다리를 허공에 내던지고 있더군요. "아마빌레! 아마빌레! 아마빌레!" 하고 세 번째 부르자, 그제야 겨우 정신을 차린 듯 고개를 돌렸습니다. 하지만 우리를 바라보면서도 눈에는 들어오지 않는 모양이었습니다. 그리고 그 얼굴에는 원망과 미움이 잔뜩 새겨져 있었지요. 아니, 그 표정에는 일종의 굴절된 행복감이 엿보이는 것 같기도 했습니다. 아마빌레는 강물에 몸을 던지기 전에 어쩌면 이렇게 생각했는지도 모릅니다. 자기가 강물에 몸을 던져 죽으면 그 모습이 우리 기억 속에 영원히 새겨질 거라고, 칼처럼 찌르는 듯한 그 눈빛은 영원히 우리 가슴에 남아있을 거라고······.

그루터기와 잡초, 가파른 경사 때문에, 시체를 강가로 끌어올리는 건 무척 힘이 들었습니다. 하지만 이제 아마빌레는 뾰족한 바위에 목을 한쪽으로 기울이고 누워 있었습니다. 어깨가 우묵한 땅 속에 들어가 있었는데, 거기에는 밤마다 그의 침대에서, 그의 베개에서 볼 수 있던 그 우아한 흔적이 남아 있었지요. 모래 위에 엎드려 있어서 얼굴은 보이지 않았습니다. 다리 밑에는 개미들이 우글거리고 있었는데, 다리가 개미탑을 건드리는 바람에, 개미탑이 무너진 건 아니지만, 개미들이 그 속에서 기어 나온 것입니다.

주위는 쥐죽은 듯 조용해져 있었습니다. 아마빌레의 두 팔은 꼭 날개 같았습니다.

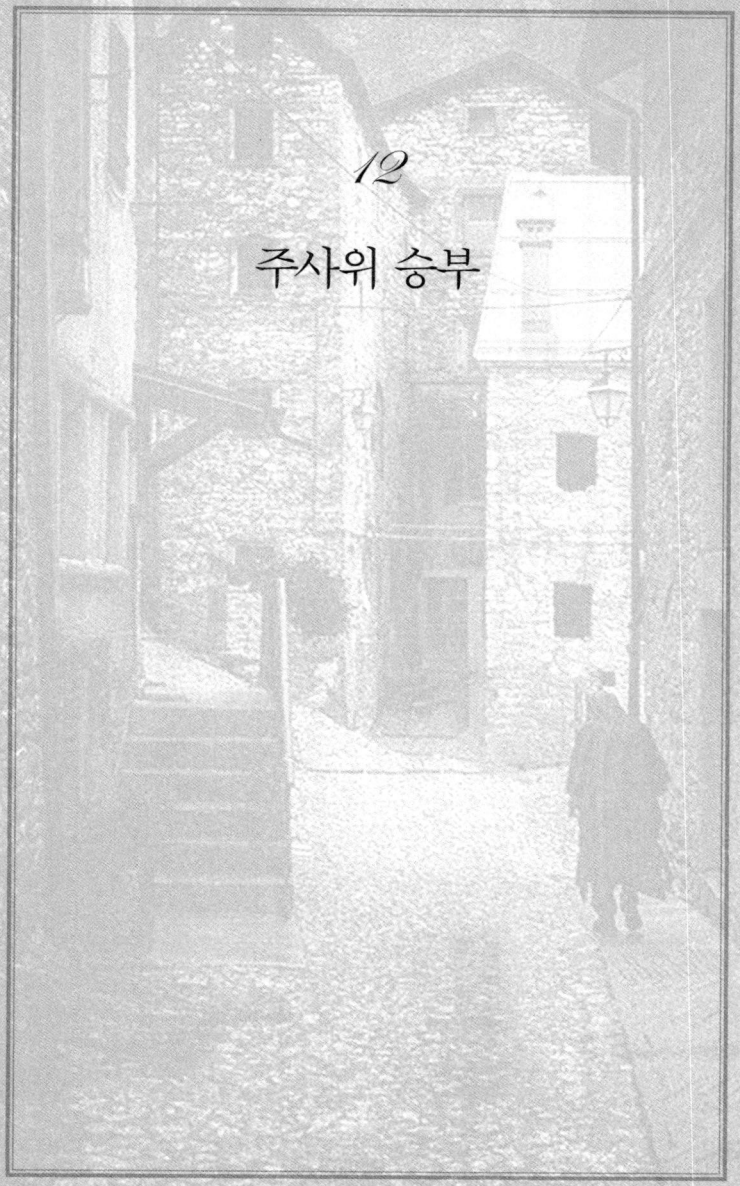

12
주사위 승부

시인은 여기서 이야기를 멈추었다. 치릴로 수도사가 뭔가 말을 하려다가 입을 다물었다. 그러자 살림베니가 수도사를 부추겼다.

"내 이야기를 어떻게 생각하세요?"

"한마디로 말하면 자네 이야기는 지어낸 거야. 하지만 아주 그럴듯하군. 정말이지 시인다운 솜씨야. 거짓말을 아예 처음부터 정말처럼 꾸며내다니…… 아니지. 내 생각에는, 실제 있었던 일과 크게 달라진 건 결론뿐인 것 같아. 끝부분만 거짓이고 나머지는 정말일 거라는 얘기지."

"정말 대단하십니다." 살림베니는 경의를 표했다. "하지만 그걸 어떻게 아셨죠? 어디 한번 털어놔보세요."

"오두막에는……." 하고 치릴로는 아무것도 아니라는 듯이 설명했다. "세 사람이 아니라 두 사람뿐이었어. 여자한테 올라타고 있다가 아이한테 들킨 건 바로 자네고 말이야. 아이는 산적을 질투해서 자살한 게 아니라 자네에 대한 실망 때문에 자살한 거지."

"그럼 살리바는요?" 다른 사람들도 흥미를 느꼈다.

"살리바 따위는 애초부터 없었어." 치릴로가 다시 설명했다. "살림베니가 양심의 가책을 전가한 희생양일 뿐이지."

"하지만 산적치고는 멋진 이름이잖습니까." 시인이 웃었다. "알고 싶다면 말하겠는데, 내 이야기는 좀 더 가지를 쳐서 행복하게 끝납니다. 공작이 죽은 지 아홉 달이 지났을 때 미망인이 아기를 낳았지요. 죽기 전에 후사를 남기려는 노인의 눈물겨운 노력이 보상을 받았다고나 할까요. 아마빌레가 일찍 죽으리라는 것을 예상이나 하고 있었던 것처럼 말입니다. 그리고 그 후 살이 찌고 온화해진 마틸데 부인은 새로운 후계자를 위해 공국을 친히 다스리고 있습니다. 남편과 의붓아들의 무덤에는 일주일에 한 번씩 가서 꽃을 바치고 진정한 참회의 눈물을 흘리고 있지요."

"좋군요." 병사가 말했다. "시인이어서 그런지 이야기도 남들보다 막힘이 없었어요. 게다가 짧은 시간에 의무를 끝냈군요. 지금은 다섯 시가 다 되었지만, 아직 다섯 시는 아니니까요."

병사는 밖을 내다보려고 창가로 다가갔다. 창에는 희미한 불빛이 흔들리면서 다가왔지만, 진짜 불빛이라기보다는 꿈속의 불빛인 신기루였다.

"착착 움직이고 있군. 순조롭게 돌아가고 있어." 병사는 제자리로 돌아와 앉으면서 중얼거렸다. 그의 말은 해가 떠오르고 있다는 뜻이 아니라 나무 난간과 계단을 포함하여 이제 거의 다 완성된 처형대를 말하고 있는 것이었다.

처형대 밑에서는 망나니 스미릴리오가 다소 들뜬 태도로 의자에 걸터앉아, 일꾼들에게 마지막 지시를 내리고 있는 것이 보였다.

그때 남작이 허물없는 말투로 시인에게 말을 걸었다.

"자네가 서두에 인용한 바이런 말인데……. 나는 젊은 시절에 그 시밖에 읽지 않았거든. 그래서 지난 몇 달 동안, 레만 호에 있는 그 수중 감옥에서 얼굴을 서로 볼 수 없도록 쇠사슬에 묶여 있던 세 죄수의 입장과 이 높은 곳에 갇혀 있는 우리 입장을 비교하지 않을 수 없었지. 우리의 처지가 그 죄수들만큼 지독한 건 아니지만. 그런데 그 시인의 두 번째 구절에서 나는 혼란에 빠졌다네. 해방된 생존자가 이렇게 인정한 대목 말일세.

……같은 자유를 되찾았을 때
한숨짓지 않을 수 없었다.

불쾌한 한숨, 부자연스럽게 인정하는 모습! 우리 운명과의 관계만이 아니라 민중의 운명과의 관계라는 점에서도……."

"무슨 말씀인지 잘 모르겠는데요." 나르치소가 말했다.

"하지만……." 하고 다시 남작이 말했다. "이건 자네가 맨 먼저 유념했어야 할 문제야. 이런 식으로 자신한테 물어봐야 해. 노예 상태에 완전히 길들여진 나머지 걸핏하면 떠나가는 그런 사람들을 위해 내 피를 흘려봤자 무슨 이익이 있는가 하고……. 나는 지금까지 사슬에 묶여 기뻐하는 건 연인들뿐일 거라고 믿었어."

"그런데 이제는 당신도 깨달았다는 말이군." 치릴로가 빈정거렸다. "옛날 노예는 자유에 놀란 나머지 현기증까지 느끼곤 했다는 걸. 그 자유야말로 그들에게는 견디기 어려울 만큼 괴로운 질곡이었다는 걸."

"그러니까 요컨대……." 병사가 다시 일어나더니, 이번에는 자못 놀란 듯이 말했다. "우리는 목숨을 바치면서까지 수백만의 인민을 위해 애쓰고 있습니다. 그들을 해방하려고 말입니다. 자유야말로 목숨과 바꾼 선물인데, 그들은 그 선물을 역겨워하지는 않더라도 귀찮아할 가능성은 있다. 이렇게 말씀하시고 싶은 건가요?"

"그렇다고 할 수 있지." 남작은 창문 쪽으로 멍하니 고개를 돌린 채 대꾸했다. "그러고 보니 우리는 아직도 의혹을 다 풀지 못한 셈이군. 자, 다들 곰곰이 생각해보게. 이 의혹으로부터 끌어낼 수 있는 결론은 무엇일까. 내 생각은 이래. 우리의 죽음이 헛된 거라면 차라리 죽지 않는 게 낫다. 설령 계약 위반이 된다 하더라도 말이야."

"남작님도 유혹을 받고 유다가 될 참이었군요!" 나르치소가 중얼거렸지만, 그의 표정은 행복해 보이기도 하고 불행해 보이기도 했다. 그가 이번에는 다른 동료들에게 말했다. "지금 이야기하고 있는 좌절 말인데요, 공상일지도 모르고 사실일지도 모르지만, 이것으로서 일보 후퇴하기 위한 구실이나 암시를 끌어내기가 쉬워진 게 아닐까요. 어떻습니까. 나는 지금 두려움 때문에 떨고 있는 것만은 아닙니다. 그야 물론 분별이 없어서 떨고 있는 건 사실이에요. 인류의 한숨과 눈물, 운명을 다룬 소설 따위는 도저히 쓸 수가 없으니까요. 내가 과감하게 선택을 결행하는 것은 배신이냐 아니냐, 목숨이냐 죽음이냐, 둘 중 하나를 선택해야 하는 막다른 궁지에 몰렸을 때입니다. 그건 나 자신에 대한 도전이고, 내 명예를 건 주사위 승부지요. 그리고 판정을 내리는 건 하느님입니다."

아제실라오가 헛기침을 하고 말을 받았다.

"나는 군인이라서 궤변을 늘어놓는 데에는 서투르지만, 한 가지만은 확실히 눈에 보이는군요. 우리가 애초에 이야기를 시작한 까닭은 가장 행복했던 기억을 죽는 순간에 눈 속에 새겨두기 위해서였습니다. 말로나마 이 감방 바깥을 여행하거나, 심심풀이로 속마음을 털어놓거나, 지식을 과시하려고 이야기를 시작한 면도 있었을 테고요. 그런데 우리는 저마다 그것과는 전혀 다른 비열한 생각을 추구하면서, 입 밖에 내지는 않았지만 마음속에 그것을 소중히 간직하고 있어요. 적어도 내 눈에는 그렇게 보입니다. 솔직히 말해서 우리 네 사람은 누가 더 비겁한지 남몰래 서로 비교하고 있는 거나 아닌지 걱정이 되는군요."

방 안이 조용해졌다. 곤혹스러운 분위기였다. 마침내 이 정적을 깬 것은 치릴로 수도사였다. 그는 얼굴에 둘둘 감은 누더기의 찢어진 틈새로 네 사람이 나누는 수작을 바라보면서 가만히 귀를 기울이고 있었다. 그러다가 입을 열었다.

"나야 그를 모르니까 이름을 말할 이유도 없지. 따라서 나를 의심할 필요는 없어. 하기야 나도 자네들과 마찬가지로 구원받을 수 없는 신세이긴 하지만, 이 중립적인 입장에서 들려주고 싶은 말이 딱 하나 있네. 자네들은 어쩌면 지금 기고만장해 있을지 모르나, 두 개의 극단적인 행위 가운데 하나를 선택하라고 강요받은 게 자네들이 처음은 아니라는 사실일세. 특히 아제실라오한테 한 마디 하고 싶은데, 자네한테는 정말 놀랐어. 신학을 공부했다면 로욜라[70]의 도덕적 신조를 무시하면 안 돼. 자유를 가져다주는 이성은 겉보기뿐인 의무를 보여주는 이성보다 훨씬 명백하고 개연성이 있다는 게 로욜라의 가르침인데, 거기에 따르면 의무를 거역하는 행동이야말로 정당한 것으로 되어 있지."

"그것 때문에 한 사람이 죽어야 하는데도 말입니까?" 병사가 냉정하게 되물었다.

"저울의 한쪽 접시에 네 명의 목숨을 올려놔 봐. 다른 쪽 접시에 올려놓은 한 사람의 목숨보다 네 배는 무거워."

"지금은 한 사람이지만, 앞으로는 수천수만 명이 목숨을 잃을 테니까요. 그리고 그 한 사람의 생명과 함께 민중의 행복, 시민의 신조도 사라질 겁니다."

병사가 대꾸하자. 치릴로는 어깨를 으쓱했다.

"그만 좀 해둬! 자네들은 단 한 방울의 피도 바칠 가치가 없

---

[70] 스페인의 성직자(1491~1556). 1534년에 사비에르 등과 예수회를 창립하고 프로테스탄트의 발흥에 대항하여 교회 내의 숙정과 교황권 회복에 노력했다.

는 일에 사로잡혀 있는 거라구. 그리고 자네들 자신도 알고 있잖은가. 자기를 희생해야 하는 순간이 다가올수록 생명의 피가 혈관 속에서 점점 더 중요하게 느껴지고, 온갖 숭고한 말을 늘어놓으며 시건방지게 큰소리를 쳐도 점점 맥이 빠지고 공허하게 느껴지고 있다는 것을 말이야. 그래서 저울의 바늘이 떨리는 것을 보고 그렇게 당황하고 있는 거라구. 안 그래?"

시인이 치릴로의 말을 가로막았다.

"목숨을 택할 것인가 십자가를 택할 것인가. 원한다면 내기로 결정해도 좋아. 목숨이 이기면, 서로 의논해서 목숨을 구하도록 하지. 십자가가 이기면, 묵묵히 십자가에 매달리는 거야." 그러고는 심각한 표정으로 덧붙였다. "왜 우리가 이렇게 흔들리고 있지? 조금 전까지만 해도 그렇게 자신만만하고 당당했던 우리가 아닌가 말이야. 죽음이라는 건 가까이 다가가 냄새를 맡아보면 정말 놀랍고 두려운 일이지. 하지만 잘못 생각하면 제값 이상으로 과대평가하게 돼. 마치 나그네의 불안한 눈에는, 나무 그늘에 돋아난 잡초도 밤의 어둠 속에서는 거인처럼 보일 수 있는 것과 마찬가지지."

"얘기가 원점으로 돌아갔군." 치릴로가 주장했다. "자네들의 죽음이 과연 대의명분에 도움이 될 것인가 아닌가. 어려운 문제군."

남작이 말을 받았다.

"문득 생각이 났네. 메레 기사가 파스칼한테 제기했던 문제 말일세. 승부가 뻔히 드러난 상태에서 도박을 중단해야 했을 때,

판돈을 어떻게 분배할 것인가?"[71]

"무슨 말입니까?" 이렇게 순진한 질문을 하는 것은 언제나 나르치소였다.

"지금 허공에 떠 있는 내기의 판돈은 우리 목숨이야. 우리는 파스칼의 계산법에 따라 판돈을 나누어 갖게 된다는 뜻이지."

"비유가 너무 억지스럽네요." 살림베니가 항의했다. "나도 파스칼을 따르고 싶지만, 그 원칙은 오히려 윤리적으로 해석하고 싶군요. 밀폐된 유체의 한 점에 힘을 가하면 다른 모든 부분에도 똑같은 힘이 가해지게 된다는 원리 말입니다. 따라서 우리의 피를 액체로 보았을 경우, 우리가 이제 곧 흘리게 될 피는 그렇게 되면……."

"여섯 시가 됐습니다." 병사가 말했다.

"그럼 이제 우리가 투표하기로 한 약속을 지킬 때가 왔군. 지금까지는 제멋대로 토론을 벌였지만, 이제는 잠시 혼자가 되어 각자 마음을 결정해주게."

이렇게 말하면서 남작은 자리에서 일어났고, 나머지 세 사람도 뒤따라 일어났다. 그러고는 모두 눈을 감고 말없이 서 있었다. 한편 치릴로는 여전히 침대에 누운 채, 그들의 태도를 한 사람씩 살폈다. 곧이어 그들은 투표함이 놓여 있는 탁자로 한 사람씩 다

---

[71] 파스칼은 프랑스의 수학자·철학자·신학자(1623~1662). 한때 사교계에 몸담았을 때 메레 기사와 친교를 맺었는데, 메레가 던진 문제에 대해 수학적 해결책을 제시하면서 확률론을 창안하게 되었다.

가가서, 우선 인가푸 남작부터 백지에 단호하게 선을 하나 그은 다음 구멍 속에 집어넣었다. 다른 사람들도 태연히 그 뒤를 따랐다. 어쨌든 겉으로는 태연해 보였다. 절망적인 태도를 보인 것은 나르치소뿐이었다.

"자, 이제 모든 게 끝났다." 남작이 엄숙하게 선언했다. "수도사 양반, 이제는 당신이 이야기할 차례요. 그다음에는 될 대로 되라지."

13

문제의 해결사

"내 이야기를 듣고 싶다고? 천만에. 내 인생에 대해서는 이야기하지 않겠다." 치릴로 수도사가 말했다. "어차피 내 인생 따위에는 흥미도 없을 테고, 듣고 나면 괜히 마음만 뒤숭숭해질 테니까 말이야. 자네들은 운명을 결정하는 한 표를 던졌지만, 나는 자네들이 저 탁자 위에 놓여 있는 상자를 마지막 순간에 뚫어지게 바라보고 있는 것을 몇 번이나 보았다. 자네들은 '진실의 입'이 과연 말을 할 것인가 아닌가를 곰곰이 생각했으리라. 만약에 말한다면 누구의 입을 통해서 말할까. 만약에 말하지 않는다면, 이제껏 침묵을 지킨 게 얼마나 다행이었던가 하고······.

자네들의 이야기는 뭐랄까······. 이런 하룻밤의 데카메론을 제안한 건 아무래도 좋지 않았던 게 아닐까. 결과적으로 보면 피차 괴로움만 맛보았고, 냉정함을 잃은 채 자신을 속속들이 드러내버렸으니까 말이지. 실제로 자네들은 밀고자가 되었든 아니든, 방금 전에 의혹의 딜레마를 풀기는 했지만, 비록 한순간이나마 제각각 마음속으로 배신한 건 틀림없으니까 말이다. 그래서 죽는다면 스스로도 불만이고 인생이나 죽음에도 불만을 느끼며 죽겠지. 자네들이 어젯밤에 고해신부나 종교의 도움을 거절한 건 알고 있다. 그렇다면 내가 불경스러운 타인이나 길거리 악당, 변절자 따위한테 고백해서 굳이 불쾌감을 맛볼 필요는 없지 않은가."

그의 목소리에는 뜻밖에도 빈정거리는 울림이 담겨 있었고, 동시에 웅변조의 말투도 느껴졌기 때문에 모두 어안이 벙벙해졌다. 꾸깃꾸깃해진 누더기 속에서 솟아나온 목소리이기 때문인지도 모른다. 그 누더기는 어느새 창문으로 비쳐든 새벽빛이 칼을 휘둘러 목에서 잘라낸 것처럼 이상해 보였다. 그 누더기는 마치 태아를 쓰레기 속에 버리기 전에 둘둘 싸서 감추어둔 피투성이 포대기 같았다.

치릴로의 목소리가 이어졌다.

"자네들은 세속 재판에서 험한 꼴을 당했고, 하느님의 법정에서도 똑같은 꼴을 당할 테니, 이제 와서 내가 새삼스럽게 제3의 재판관이 될 필요는 없으리라. 하지만 내 눈에는 자네들이 모두 부정하고 허약하고 어리석어 보였다. 입으로는 줄곧 그와 반대되는 말을 해왔지만 말이다. 자네들은 겉으로는 번드레하고 한껏 멋을 내고 있지만 마음은 썰렁해 보였어. 분명한 사실이다. 먼저 아제실라오, 발끈해서 제 아비를 죽인 놈. 너는 인간 말종에 불과해. 그리고 살림베니, 자네는 과부와 고아를 유혹한 불한당일 뿐이야. 남작, 당신은 아벨을 가장한 카인이고, 나르치소, 넌 걸핏하면 반하기 잘하는 나르치소에 지나지 않아. 나르치소⋯⋯. 얼마나 고집스럽고 비극적이고 고독한 이름인가. 하지만 나르치소, 너는 조금도 그 이름에 어울리지 않아.

아니, 솔직히 말해서 이 기적의 하룻밤은 내 인생에서 가장 사치스러운 하룻밤이겠지만. 나는 자네들의 수호천사가 아닌 수호악마가 된 느낌이다. 자네들의 자만심과 두려움을 가지고 노는 수호악마. 다소는 자네들한테 알랑거리기도 했지만 말이야. 이제 와서 하는 말인데, 나는 자네들을 부추겨 이야기를 듣고, 나는 나대로 소설가를 자처하며 듣는 역할을 맡았지. 어쨌든 나는 상반되는 두 가지 방식으로 자네들을 이용했다. 꼭두각시를 조종하듯 자네들 뒤에서 실을 잡아당기고 있었는가 하면, 무대 앞에 버티고 앉아서 자네들의 연기를 즐기고 있었다는 말이지. 적인가 싶으면 어느새 공범자로 변해 있고, 공범자인가 싶으면 어느새 적으로 돌아가 있고. 나는 자네들을 꼭두각시처럼 조종하고 있었는데도 자네들은 내가 누구인지, 내 정체를 알아차리지 못했다. 하지만 나는 어둠 속에 숨어서, 자네들이 중대한 문제를 잘못 다루고 있는 것을 들으며 속으로는 내내 화를 내고 있었다. 자네들은 하느님과 죄악과 죽음을 하찮은 일, 왕이니 헌법이니 행복이니 구원이니 하는 인생의 사소한 일과 뒤섞어 말하고 있었으니까 말이다."

"이봐요, 지금 우리를 놀리고 있는 거요?"

병사가 벌컥 화를 내며 항의했지만, 살림베니가 손짓으로 말렸다.

"그냥 내버려둬. 횡설수설하고 있지만, 뭔가 나름의 이치가 있어."

그러는 사이에 밖은 점점 밝아지고, 철창에는 기다란 회색 띠가 드리워졌다. 술렁거리는 소리를 듣고 비가 또 내리기 시작한 것을 알았다. 새벽의 기미로 보면 오늘은 온종일 해를 보기 힘들 것 같았다.

"자, 어서 계속하시오. 재미있을 것 같은데." 남작이 말했다.

그때 마침 지하실 쪽에서 여느 때처럼 꼬끼오 하는 소리가 들려왔지만, 거리가 먼 탓인지, 벽을 향해 미친 듯이 질러대는 그 목소리도 오늘은 왠지 모르게 슬픈 느낌을 주었다.

"성 베드로는 수탉 우는 소리가 들릴 때까지 기다리지 않았지." 치릴로가 말했다. "아마 자네들 가운데 누군가도……."

남작은 어깨를 흔들었다.

"잠시 후 투표함을 열어보면 알게 될 거요. 그거야 어쨌든, 우리를 그렇게 업신여기고 우리 이야기에 그만큼 잔소리를 했으면서 자신의 이야기는 한마디도 해주지 않으니, 차라리 얌전하게 잠이나 자는 게 어떻겠소. 잘 수 있다면 말이오."

"그건 안 돼요." 나르치소가 항의했다. "이런 모욕을 당하고도 가만히 있을 수는 없어요. 그리고 사령관이 오기를 기다리는 동안 잠자코 있는 건 무섭잖아요. 이야기해주세요. 부탁입니다. 줄거리가 통하는 이야기를 할 수 없다면 그냥 잡담이라도 좋으니, 영감님 자신에 대해 아무 얘기나 해주세요."

"그런 조건이라면 좋다. 그리고 믿을 만한 귀에다 고백하는 거니까. 어차피 자네들의 귀는 이제 곧 세상에서 가장 신중하고, 게다가 아무 소리도 듣지 못하는 귀가 될 테니까. 물론 자네들이 나를 모를 리는 없겠지. 길모퉁이마다 나붙은 수배 전단을 보고 내가 누구인지는 모두 알고 있을 테니까. 게다가 전단에는 나를 죽이거나 산 채로 붙잡으면 막대한 현상금을 주겠다는 약속까지 적혀 있잖은가. 그러니 전단을 안 읽었을 리가 없겠지. 전단을 읽었으면 알았겠지만, 나는 칠순 노인이고, 수도사라는 별명을 갖고 있다. 이 별명은 옛날의 디아볼로(악마) 수도사와 비슷하다는 이유로 내 부하들이 붙여준 것이다. 아니, 어쩌면 내가 어머니 젖꼭지에서 빨았던 종교의식에 대한 열망 때문에 그런 별명이 붙었는지도 모르지. 어쨌든 나는 아무리 비참한 역경에 처해 있을 때도, 하느님한테서 무참하게 버림을 받았을 때도, 종교의식에는 한 번도 빠진 적이 없었다. 그래서 기도를 드릴 때, 합장한 손바닥이 아직도 피로 물들어 있는 꼴을 본 것도 한두 번이 아니었다.

나는 왜, 어떻게 도둑이 되었는가. 여기에 대해서는 온갖 소문이 자자하고, 노래까지 만들어졌을 정도다. 거기에 따르면 치릴로는 부자에다 학문도 높고, 나폴리에서는 뛰어난 철학자로 알려져 있다더군. 하기야 나폴리에는 철학자가 우글거리지만 말이다. 그리고 치릴로는 닌파 카라파라는 미인과 결혼했는데, 그 아내가 어떤 멋쟁이 녀석의 품에 안겨 있는 것을 목격하고는 두 사람을 꼬챙이에 꿰듯 단칼로 찔러 죽였다. 그 후 산으로 달아나 바르다렐리 일당에 가담한 뒤, 신명을 다 바쳐 열심히 일했다. 그 후 두목이 죽자 후계자가 된 치릴로는 선두에서 지휘했는데, 이 무리는 칼과 도끼로 무장하고 큰길에 출몰했다. 치릴로는 자네들과 한 패거리이고, 방식은 좀 과격할지 몰라도, 번영하고 있는 이 나라의 정치 체제를 근본적으로 뒤엎으려는 의도는 자네들과 다를 게 없다.

이것이 대략 나에 대한 소문일세. 실제로는 전혀 다르게 진행되었지만, 그 이상은 지껄이고 싶지 않다. 물론 내 경력은 누가 봐도 구제할 길이 없겠지만, 사면은 요구하지 않겠다. 내가 스스로 내 죄를 사면해버릴 테니까. 내가 한 짓은 모두 지난 40년 동안의 전례에 자극을 받아서 거부하려야 거부할 수 없는 힘에 떠밀려 어쩔 수 없이 저지른 것이다. 길고 가파른 산비탈을 굴러 떨어지는 바위와 마찬가지지. 나로서는 멈추고 싶어도 멈출 수가 없었다. 골짜기가 나를 받아준 덕분에 간신히 평탄한 곳에 어떻게든 자리를 잡긴 했지만 말이다.

똑같은 일이 한 시간 뒤에는 우리 앞에도 일어날 것이다. 내가 부당하게 태어났다고 아무리 외쳐도 때는 이미 늦었다. 아제실라오, 너는 부당하게 태어났다고 말하면서 태연하게 아비한테 벌을 주었지만, 그것과 마찬가지다. 내가 훨씬 더 부당하지만 말이다. 나도, 너도, 자네들 가운데 어느 누구도 확실한 정체성을 갖고 있지 않아. 바위처럼 확고하고 책임감 있는 자아를 갖고 있지 않다는 얘기다. 어쨌든 내 인생은 자네들과 마찬가지로, 무한한 자아 속을 거침없이 흐르는 인위적인 의식의 흐름에 불과했다.

자네들이 내 적인지 동지인지는 묻지 않겠다……. 하지만 나는 밤마다 하느님께 기도를 올렸다. 최종적으로는 치릴로라는 이름 속에, 고독하고 불평등한 치릴로의 운명 속에 끝까지 살아남을 수 있게 해달라고. 하지만 나한테는 그 운명도, 그 이름도 실감나지 않는다. 마치 체에 부은 물이 모조리 새어나가 버리는 것과 마찬가지지. 광기에 방불한 내 살인의 목적은 하나뿐이었다. 즉, 나는 내가 남에게 안겨준 고통을 통해서만 존재한다는 것을 스스로에게 납득시키고 싶었던 것이다. 그럭저럭하는 동안 나도 자네들과 마찬가지의 결론에 도달했다. 우리가 부딪치는 운명은 그다지 다른 게 아니다. 누구는 길고 누구는 짧다는 차이는 있지만, 자네들은 하나같이 그림자밟기 놀이를 하거나 숨바꼭질을 하면서 살아왔다. 내 인생도 그랬지만, 자네들의 인생도 등장인물이 바뀌었을 뿐 내용은 모두 똑같다. 우리는 그러니까 흩어진 공문서 사본을 찢어서 불완전한 것으로 만든 셈이지. 우리는 끝없이 이어지는 무대에 등장하여, 이상하고 탐욕스러운 정체불명의 가면을 뒤집어쓰고……."

"그럼 우리의 이 귀중한 하룻밤도 헛소동에 불과했다는 겁니까?" 나르치소가 항의했다.

그러자 노인의 장광설에 별로 감동한 기색이 없는 남작이 말했다.

"나의 옛 친구인 파스콸레 갈루피 남작[72]이라면 지금의 재담이 우리 이야기보다 한 수 위라고 말하지 않을까. 언젠가 산책하고 있을 때 갈루피 남작이 태어날 때부터 동굴에 갇힌 죄수의 이야기를 해준 게 기억나는군. 그 죄수의 눈에 보이는 것은 벽에 비친 그림자뿐인데, 죄수는 그걸 실물로 착각했다는 거야. 하지만 갈루피는 이미 죽었어. 그래서 나는 알게 되었는데……."

"진실은 과연 알 수 있는 것일까?" 살림베니가 흥얼거리고는 이렇게 덧붙였다. "이 말은 로시니[73]의 《도둑까치》에 나오는 구절입니다."

치릴로 수도사가 고개를 저으며 남작에게 말했다.

"나는 철학자인 체 토론을 벌일 생각은 별로 없네. 다만 내가 얼마나 불안정한 혼동 상태에 있는지, 그리고 하느님께서 베풀어 준 그 유일하고 분명한 눈길이 헛되지 않기를 얼마나 겸손하게 원했는지, 그걸 말해두고 싶었을 뿐이야."

살림베니는 두려움에 굴복하지는 않았지만, 수다로 그 공포를 피하고 싶은 듯했다.

"내가 몇 년 전에 쓴 시를 기억하세요? 바로 그런 혼동에 대해 쓴 시인데……."

그러고는 시를 읊었다.

---

72 이탈리아의 철학자(1770~1846). 본문에 언급된 이야기는 플라톤의 《국가》에 나오는 '동굴의 비유'이다.
73 이탈리아의 오페라 작곡가(1792~1868). 《도둑까치》는 1817년에 밀라노에서 처음 공연되어 큰 성공을 거두었다.

시간과 노력의
헛된 낭비다
엉덩이와 쐐기풀을
혼동하다니…….

그러자 남작이 말했다.
"그 건달의 노래가 항간에 퍼졌을 때엔 자네 나이가 아직 세 살도 안 되었을 텐데."
그러자 시인은 맥없이 입을 다물어버렸다.
"이제 한 시간 남았습니다." 순찰대가 다가오는 소리를 듣고, 아제실라오가 말했다. "여섯 시예요."
"엉덩이와 쐐기풀이라……." 수도사가 희미하게 웃었다. "그래. 그 천박한 시와 마찬가지로, 나한테도 혼동할 만한 점이 있지 않을까 하고 찾아봤다네. 그리고 일치하지 않는 점을 네댓 개 찾아냈지. 맹신자와 서투른 배우, 자연신론자와 살인자. 때로는 민중의 사도. 그런데 내가 납득할 수 없는 건, 정체불명의 '살아 있는 신'이 왜 자네들의 음모에 끼어들지 않았을까 하는 점일세."
"그분은 어쩌면 지금 이 순간 두려워하고 있는지도 몰라. 우리가 배신하지나 않을까 하고……." 남작이 중얼거리며 눈을 지그시 감았다. 갑자기 어딘지 모를 곳으로 여행을 떠나는 것처럼 보였다.
"글쎄, 지금쯤 오히려 몸조심하느라 어딘가에 꽁꽁 숨어 있지 않을까?" 치릴로가 작은 소리로 나르치소에게 물었다.

젊은이는 자제심을 잃고 있었다.

"그렇지 않습니다. 분명히 제자리에 계실 거예요. 그분이 행방불명되었다면 난리가 났을 테니까요."

그러자 치릴로가 받았다.

"그래, 궁정에서는 누군가 자리를 비우면 금세 들통이 나지." 나르치소가 고개를 끄덕이자 치릴로는 다시 말을 이었다. "여행을 떠나려면 왕에게 하직 인사를 드리지 않을 수 없지. 의무니까 말이야. 왕이 없다면 왕의 동생에게라도."

이제 그의 말을 듣고 있는 사람은 나르치소뿐이었다. 다른 세 사람은 갑자기 두려움과 졸음에 짓눌린 듯 눈앞을 뚫어지게 바라보며 멍하니 앉아 있었다.

"왕의 동생은……." 하고 치릴로가 말을 이었다. 그 목소리는 퐁퐁 솟아나는 작은 샘물처럼 알랑거리는 것 같았다. "여행이라면 아주 좋아해서 접견을 기꺼이 허락하지."

"누구 말입니까? 시라쿠사 백작요?" 나르치소가 물었다. 그러고는 중얼거렸다. "그라면 얼마든지 할 수 있지요. 아주 간단해요. 스스로 거울을 보면서 접견을 요구하면 될 테니까요."

그러고는 비웃음을 띠며 입술을 깨물었는데, 피곤한 입술은 밤샘과 단식 때문에 갈라져 있었다. 그의 모습은 시시각각 더 추해지고 더 늙어가는 것 같았다.

"'살아 있는 신', 그분이 시라쿠사 백작에게 접견을 요청한다?"

젊은이는 이렇게 중얼거리고는 동지들을 팔꿈치로 쿡쿡 찔렀다. 그러나 동지들은 모두 같은 침대에서 서로 기댄 채 몸을 흔들며 묘지기처럼 시치미를 떼고 있었다.

"자기가 자기한테 접견을 요청하다니, 어떻게 그럴 수가 있지?"

치릴로가 웃었고, 나르치소도 함께 웃었다. 그러나 하도 순간적으로 일어난 일이어서, 다른 사람들은 수도사가 의기양양하게 외치는 소리를 들으면서도 무슨 일이 일어났는지를 금방 이해하지 못했다.

"으하하하, 풋내기 녀석! 됐다. 그 웃음만으로도 증거는 충분해. 내가 이겼다. 이제 네놈들은 필요 없어."

그의 목소리가 별안간에 달라진 것처럼 들렸다. 그런데 그 달라진 목소리도 역시 죄수들의 귀에 익은 목소리였다. 그제야 그들은 깜짝 놀라 수도사를 바라보았다. 수도사는 믿을 수 없을 만큼 날렵하게 일어나 문으로 다가가더니, 단호하게 세 번 문을 두드렸다.

무장한 병사들이 들어와 감방 구석에 섰을 때, 네 사람은 기억을 더듬어 그 목소리의 정체를 깨닫고는 깜짝 놀랐다. 하지만 수도사는 어느새 이마에 두르고 있던 가짜 붕대를 재빨리 풀고 있는 참이었다. 앞머리를 이루고 있던 더부룩한 가발이 붕대와 함께 바닥에 떨어지자 기름을 듬뿍 바른 백발이 나타났다. 그 백발은 땀에 흠뻑 젖어 있었다. 안대를 풀자, 애꾸에다 사팔뜨기인 눈이 나타났다. 그가 마지막 아마포를 벗었을 때, 학생과 남작,

병사와 시인은 너무나 잘 알고 있는 사령관의 얼굴이 그 밑에서 나타나는 것을 보고 당황하여 몸서리를 쳤다.

"총잡이!" 네 사람은 입을 모아 외쳤다. 다른 사람이 그들을 보았다면, 그 반짝이는 눈과 헐떡이는 목소리가 과연 놀란 탓인지 안심한 탓인지 분간할 수 없었을 것이다.

사령관은 옷에서 검은 헝겊을 빼내어 보이지 않는 쪽 눈을 가리고는, 투표함을 열기 위해 작은 열쇠를 꺼냈다. 감방 안이 조용해졌다. 병사들은 벌써 날이 밝았는데도 다시 촛불을 켰다. 그 불꽃은 사정없이 다가온 아침 햇살에 생기를 잃고 칙칙해 보였다. 총잡이는 천천히 상자를 열고는 종이쪽지를 꺼냈다.

"이제는 사실 쪽지를 확인할 필요도 없지." 사령관이 말했다. "그 뱀 같은 자의 이름을 알았으니까. 하지만 내가 한 약속은 불문율로 살아 있다. 만약 네놈들 가운데 한 녀석이라도 고백을 했다면 너희 모두 목숨을 구하게 될 것이다."

그는 창가로 다가가서 보이는 쪽 눈으로 쪽지를 읽기 시작했다.

"지독한 놈들! 하지만 나로서는 유감이 없다." 잠시 후에 그가 말했다. "만약에 네놈들이 이름을 밝혔다면 내 모처럼의 노력도 괜한 헛수고가 되었을 테니까 말이다." 그러고는 싸늘한 말을 이었다. "한 시간 여유를 줄 테니 네놈들의 바보 같은 짓을 실컷 자랑이나 해라." 그러면서 쪽지를 팔랑거렸다. "너희들이 박수를 칠 시간은 한 시간뿐이다. 하지만 그렇다고 해서 목숨을 건질 수 있다거나 역사에 이름을 남길 수 있다는 생각은 꿈도 꾸지 마라."

이렇게 말하면서 사령관은 쪽지를 갈기갈기 찢어버렸다.

"나는 '똥이나 먹어라!' 라고밖에 쓰지 않았는데……." 하고 남작이 부드럽게 말했다. "표절[74]이긴 하지만."

총잡이는 다시 웃음을 터뜨렸다.

"아주 기분이 좋군. 일이 잘 풀려서 말이야. 난 미리 내다보았지. 네놈들이 미친 듯이 화를 내서 결국 이성을 잃게 되리라는 걸. 그랬기 때문에 보다시피 가장 부정하고 가장 교활한 방법을 써서 네놈들을 해치울 수 있었다. 그 뱀 같은 녀석이 숨어 있는 게 왕좌 바로 옆이라는 걸 안 이상, 나는 우선 그놈의 촉수부터 잘라내어 바다로 보내주겠다. 어제 진짜 치릴로가 한 발 먼저 간 곳으로……."

그는 갑자기 입을 다물었다. 머릿속에 둥지를 틀고 있는 쥐새끼가 하룻밤 쉰 뒤에 또다시 날뛰기 시작한 것이다. 하지만 그 움직임이 너무나도 상냥해서, 마치 그에게 작별과 화해의 신호를 보내고 있는 것처럼 여겨질 정도였다. 마치 태풍이 지나간 뒤에 뒤늦게 한 방울의 비가 이마를 두드릴 때처럼, 또는 달아나면서 쏜 파르티아[75] 사람의 화살이 발치에 맥없이 떨어지듯.

사령관은 마치 자식의 뺨을 쓰다듬어 달래려는 것처럼 두 손

---

74 나폴레옹의 친위대장 피에르 캉브론 남작이 워털루 전투에서 패한 뒤 항복을 요구하는 영국군 장군에게 대꾸한 말이다.
75 기원전 3세기 중엽 이란계 유목민이 카스피 해 남동쪽에 세운 고대 국가. 파르티아 사람들은 유목민답게 호전적이며 말을 잘 탔다고 한다.

문제의 해결사

바닥으로 관자놀이를 문질렀다. 그러고는 목청을 높여 "누구나 자기가 있을 곳에 있게 마련이지." 하고 혼잣말을 한 다음, 갑자기 슬픈 어조로 네 사람에게 말했다.

"자, 그럼 가보실까. 네놈들은 죽으러, 나는 살러. 누구의 운명이 더 나은지는 하느님만이 아시겠지"

"무서워요." 나르치소가 중얼거렸다.

"다 끝났어."

아제실라오가 말하자 시인이 고개를 끄덕였다.

그러나 남작은 어깨를 으쓱했다.

"글쎄, 그럴까?"

14
비둘기가 나르고
사냥꾼이 발견한 문서

콘살보 데 리티스의 유언장

아래에 서명한 나 푸틸리아노의 기사 콘살보 데 리티스는 생애의 종말이 눈앞에 다가왔음을 깨닫고, 육체적 건강함과 정신적 건전함을 더 이상 잃기 전에 미리 유언장을 작성해두는 바이다.

내가 죽는 순간에 남게 되는 동산 및 부동산에 대해서는 그 상속인으로 나의 왕이신 군주를 지명하여, 내가 죽는 순간부터 그 권리를 누리고 이용하도록 한다. 또한 내 육신이 차가운 시체가 되면 몬테칼바리오 교회에 매장해주기를 바라며, 그 교회에 대한 기부금으로 내 기도를 담아 총액 30데나로를 금화로 유증한다.

내 영혼에 안식이 있기를.

(서명자) 콘살보 데 리티스
(연서자) 아니엘로 발레스트라

콘살보가 왕에게 바친 서한

푸틸리아노의 기사 콘살보 데 리티스는 공증인들이 유언장이라고 부르는 형식에 따라, 제 하인 발레스트라가 저의 신임을 받는다는 의미로 연서한 제 자필 유언장에 이 설명서를 첨부하여, 하인이라는 비천한 신분을 가진 자이나 감히 고귀하신 폐하의 무릎에 매달리도록 그에게 위임했습니다.

이 하인에게 적의와 질시의 손길이 뻗어와 그를 음해하려는 처사가 자행될 우려가 있고, 또한 그렇게 될 것이 거의 확실하므로, 가장 비밀을 요하는 서한을 보낼 경우 항상 그렇듯이 사본 한 통을 따로 작성하여 비둘기 다리에 매달아 날려 보내려 합니다. 비둘기가 용케 험한 날씨와 등대지기의 올가미를 피해 무사히 섬을 빠져나가 목적했던 성과를 이루기를 바랄 뿐입니다.

서한이 담길 봉투를 굳이 묘사하자면, 육각형으로 접혀 있고, 스페인산 붉은 밀랍으로 봉인한 다음, 저희 집안의 문장을 찍어 두었습니다. 문장은 낙타가 웅덩이에서 물을 마시는 도안인데, 그 도안 위에는 '나는 고생을 좋아한다.' 라는 문구가 적혀 있습니다. 마치 제 생활방식을 훈계하기 위해 선조들이 일부러 골라둔 격언 같습니다. 사막의 낙타처럼, 저도 샘물을 마실 때에는 우선 발부터 들이밀어 물을 탁하게 더럽힌 뒤에야 비로소 마시는 습성을 갖고 있으니까요.

그건 제가 불만을 품고 있기 때문입니다. 첫째는 언제나 애매

모호한 태도를 보임으로써 저한테 광신적인 성격을 강요한 자연에 대해 불만을 갖고 있고, 둘째는 너무도 혼란스러운 나머지 모든 원칙이 흔들리고 있는 이 시대, 믿으면 믿을수록 모든 게 의심스러워지는 현 시대에 대해 불만을 갖고 있습니다. 저의 부하들이 아직은 눈치를 못 채고 있습니다만, 제가 죽고 난 뒤인 내일, 진혼미사를 올리는 동안 그들이 수군대는 소리가 벌써부터 들리는 듯합니다. 지난 몇 달 동안 근무 태도며 얼굴 표정이 이상했다느니, 아침에는 말도 잘하고 글도 척척 잘 썼는데 밤에는 험악한 표정으로 입을 꾹 다물고 있었다느니, 저에 대해 이러쿵저러쿵 떠들어대는 사람이 나올 것은 불을 보듯 분명합니다. 제가 완전히 분별을 잃었다고 말입니다.

사람들은 저를 오해하고, 모함하고, 비방하고, 물고 늘어질 것입니다. 거기에 대한 판단은 폐하께 맡기겠습니다. 이 편지가 모든 것을 증언해줄 것입니다. 육체적으로나 정신적으로 제가 병든 것은 사실입니다. 육체적인 질병은 옛날 어느 여름에 나무 그늘에서 잠자고 있을 때 귓구멍 속으로 들어간 미물 탓입니다. 그 미물이 등에인지 바퀴벌레인지 시궁쥐인지는 저도 모릅니다. 어쨌거나 그 미물은 제 머릿속을 멋대로 이리저리 돌아다니다가 뇌의 중추에 이르자, 거기에 둥지를 틀고 앉아서는 통 나오려고 하지 않았습니다. 그 후 그 미물은 점점 자라 제 온몸에다 촉수를 뻗었지만, 저는 그 미물이 저에게 정이 든 나머지 수염을 기르고 있는 거라고 상상하여, 그 녀석을 무스타초[76]라는 이름으로 부르며, 때로는 꾸짖기도 했고 때로는 사정도 했습니다. 제가 그 녀석의 안전한 보금자리인지, 아니면 그저 녀석이 실수로 떨어진 함정인지는 알 수가 없습니다. 어쨌든 거기에서 생겨난 것이 우울증과 홧증이고, 악몽과 광기에 찬 생각도 생겨났습니다.

이렇게 되자 병이 슬슬 도덕을 침해하는 단계에까지 이르렀습니다. 물에 겨자를 개어 찜질해보기도 했고, 거머리를 붙여서 피를 빨게도 해보았고, 분홍빛 월계수 즙을 발라보기도 했습니다만, 전혀 효과가 없었습니다.

그런데 인가푸 남작 일당이 처형당한 뒤였습니다. 저는 왕좌 근처의 깊숙한 곳에서 무르익은 엄청난 음모를 고발했고, 시라쿠사 백작은 물론 반역을 도모한 사실이 없다면서 결백을 주장했지만, 시라쿠사 백작의 타락과 오욕을 비난하는 포고가 나왔습니다. 그런데 이런 일이 있은 뒤, 이 고발을 성립시키기 위해 사전에 정지 작업을 했을 뿐더러 그 고발의 주동자이기도 했던 저는 회의에 빠지게 되었고, 그 때문에 당장 증오라는 독에 감염되고 말았습니다. 그래서 결국에는 더 이상 고통을 당하고 싶지 않았기 때문에, 죽음이야말로 저의 유일한 도피처라고 확신하게 되었습니다.

폐하께서는 때맞춰 상세한 보고를 받아 알고 계실 테고, 못 보고 넘어가는 일은 없으시겠지만, 저는 제 것이 아닌 옷을 걸치

---

[76] 수염이라는 뜻의 '무스타키'를 약간 변형한 말.

고 사형수들이 마지막 밤을 지새는 감방에 숨어 들어가, 음모의 어두운 문을 열어줄 열쇠인 '열려라, 참깨'를 얻기에 이르렀던 것입니다. 하지만 미처 보고를 드리지 못한 사실이 따로 있기에, 오늘 그것을 겸허하게 고백하고자 합니다.

저는 단순한 억측에 불과한 범죄를 거짓 증거로 보강했습니다. 증거라 해도 제가 스스로 날조한 것이고, 게다가 그것을 용의자의 사냥용 오두막에서 우연히 발견했다고 보고를 드린 것도 실은 거짓말이었습니다. 이 같은 월권행위를 저지르는 것은 사실 내키지 않는 일이었지만, 제 판단을 단단한 수정처럼 강화하기 위해서는 그럴 필요가 있다고 생각했던 것입니다. 그런데 그 후, 죄수들과 대화를 나누었던 그때를 몇 번이고 거듭 검토하는 동안, 가시 하나가 제 관자놀이에 박혀 쿡쿡 찌르게 되었습니다. 그날 밤에 인가푸 남작이 일당과 나눈 눈짓이며 속삭임, 그 밖의 여러 가지 낌새가 머리에 떠올랐습니다. 솔직히 말씀드려서 제가 가장 두려워하는 것은 남의 비웃음을 사지나 않을까 하는 점입니다. 여우로 변장하고 남의 소굴에 뛰어들었다가 담비한테 걸려 죽게 된다면, 그것처럼 치욕스러운 일이 또 어디에 있겠습니까. 그런데 놈들은 어쩌면 처음부터 제 의도가 무엇이고, 제가 누구인지를 알고 있었던 게 아닐까요? 놈들이 끝내 수괴의 이름을 말하지 않았던 것은 무고한 사람의 이름을 슬쩍 암시해놓고, 그래서 저한테 그것을 알아채도록 함으로써 제 허영심을 만족시키기 위해서가 아니었을까요? 그 결과는 어땠습니까. 폐하의 후계자가 대신

오명을 뒤집어씌웠고, 그렇게 된 이상은 후계자를 죽여야 한다고 저는 폐하를 부추겼습니다. 왕조의 단절을 도운 셈이지요. 제 손으로 장미꽃 바구니에 폭파 장치를 숨긴 것보다 훨씬 더 효과적으로 말입니다.

그렇지 않아도 여러 가지로 불안한데 거기에 불안이 또 하나 늘어나서 저는 좀처럼 마음을 가라앉힐 수가 없습니다. 잘못은 오로지 저에게 있었습니다. 치릴로로 변장했으면서, 콘살보가 놈들에게 은밀히 약속한 특별사면에 대해 알고 있다는 걸 과시함으로써 그만 제 정체를 드러내고 말았던 것입니다. 분명히 기억하고 있지만 그때부터 그 가증스러운 놈들은 소근소근 속삭이고, 손짓 눈짓으로 신호를 나누었습니다. 그러고는 천연덕스럽게 처형장까지 걸어가 단두대 위로 올라간 다음, 목을 칼날 밑에 들이대면서도 빈정거리는 눈으로 저를 바라보았지요.

더 이상 무엇을 말씀드리겠습니까. 제 정보원들(하지만 그들을 과연 믿을 수 있을까요? 혹시 그들도 저를 파멸로 몰아넣기 위해 침투한 첩자들이 아닐까요?)이 왕국 안팎에서 조사한 결과, 제 눈은 분명히 뜨였습니다. 그와 동시에 머리도 뒤죽박죽이 되어버렸지요. 어쨌든 그렇게라도 되지 않았다면 아마 지금도 계속 괴로움에 사로잡혀 남의 눈을 피해야 했을 것입니다. 정보원들의 보고는 저에게 여러 가지를 가르쳐주었습니다. 인가푸의 쌍둥이 형제 가운데 파리에서 죽은 것은 동생이 아니라 형이라는 것, 그리고 결투를 하다가 얼굴에 총을 맞고 죽은 게 아니라 나뭇가지에 스스로 목을 매어 죽었다는 것, 나르치소는 정원사를 따라 가출한 게 아니라 누나를 유혹했기 때문에 집에서 쫓겨났다는 것, 아제실라오가 상관을 살해한 것은 사실이지만, 여자를 놓고 싸우다 그랬다는 것 등등……. 살림베니에 대해서는 말씀드리지 않겠습니다. 그의 이야기가 엉터리라는 것은 이미 알려져 있으니까요. 이렇게 되고 보면 놈들은 저를 감쪽같이 속이고 우롱했다고 생각할 수밖에 없습니다. 놈들은 제각기 이야기를 늘어놓으면서 수수께끼 풀이로 저를 끌어들이고, 진실과 거짓이 뒤섞인 이야기를 에둘러서 후렴처럼 장황하게 되풀이했습니다. 결국 저는 어린애처럼 나섰다가 오히려 덫에 걸려들어, 놈들이 원하는 인물을 저의 사냥물로 점찍게 되었던 것입니다. 그 인물이 더듬거리는 말투를 갖고 있고, 지독한 도박광이며, 궁정에 자유롭게 드나들 수 있고, 메디치 가의 로렌자초[77]와 닮았다는 등……. 놈들은 이런 것들을 제게 넌지시 알려주었고, 이런 실마리들을 종합해서 저는 그만 엉뚱한 인물을 표적으로 삼는 실수를 저지르고 말았던 것입니다. 제 자존심은 심한 상처를 받았지만, 폐하의 은덕에 충분히 보답하지는 못했어도 불충하다는 비난은 면했다고 생각했기 때문에, 양심의 가책만은 별로 느끼지 않았습니다.

하지만…… 하지만 두목을 배신하겠다는 의도를 노골적으로 드러낸 놈들은 우리 마음속에 앞으로 영원히 공포를 심어주려고

---

[77] 중세 이탈리아의 정치가·저술가(1514~1548). 같은 집안의 알레산드로 데 메디치가 피렌체 공작으로서 전제군주로 흐르자 암살했다.

한 게 아닐까요? 참새를 쫓아내기 위해, 어떤 식으로 쓰러져도 결코 망가지지 않는 환상의 허수아비, 이 세상에 존재하지도 않는 환상의 허수아비를 만들어낸 게 아닐까요? 그렇습니다, 폐하, 저는 이 점을 강조하고 싶습니다. '살아 있는 신'이란 놈들의 말이나 음모 속에 있는 허수아비일 뿐, 실제로는 결코 존재하지 않습니다. 그 호칭도 하느님을 모독하기 위해 붙였을 뿐입니다.

아, 폐하! 제 눈에는 모든 것이 어지럽게 돌아가, 얼마나 혼란스러워 보이는지 모릅니다! 이제 나이가 들었으니 죽음 따위는 두렵지 않습니다. 하지만 제가 알지 못하는 역사의 바람 속에서 제가 웃음거리가 되는 것 같아 두렵습니다. 그래도 놈들에 대해서는 충분히 알고 있습니다. 놈들은 그야말로 대담하고 엄청난 범죄를 저지른 자들로서, 참으로 경탄할 만합니다. 쇠처럼 강인한 심장으로 그 혹독한 고문을 견뎌냈고, 용감한 전사처럼 의연하게 처형대에 올라갔습니다. 그 마지막 밤에 놈들은 자신들이 하고 있는 일에 회의를 품기도 했는데, 그것은 얼마나 인간다운 모습입니까. 그러면서도 에두른 거짓말로 그 의혹을 숨기려 한 것은 또 얼마나 용기 있는 일입니까. 치릴로가 저의 입을 빌려서 꾸짖었듯이, 놈들은 평생 동안 가난한 자들의 굶주림보다는 억압의 쇠사슬을 더 걱정했습니다. 저는 치릴로로 변장했을 때, 처음에는 부끄러워서 견딜 수가 없었지만, 나중에는 점점 더 치릴로를 닮아가는 제 자신에게 기쁨을 느꼈을 정도입니다. 감정만이 아니라 말투까지도 치릴로를 그대로 닮아가고 있었던 것입니다. 저는 그런 제 자신을 보고 놀라고, 놈들과 가진 대화에 놀라면서, 이런 생각을 했습니다. 나는 도대체 누구인가? 우리 인간들은 무엇인가? 우리는 실체인가 가짜인가? 종이로 만든 허구, 하느님의 형상을 모방한 피조물, 죽음의 팬터마임 무대에 등장했을 뿐 실재하지 않는 존재, 적의를 가진 마술사가 빨대로 불어대는 비눗방울?

이런 식으로 나열했지만, 진짜는 아무것도 없습니다. 아니, 진짜도 가짜도 아무것도 없습니다. 모든 사실은 일절 존재하지 않기 때문에, 그 자체로부터는 뭐가 나오려야 나올 수가 없습니다. 우리는 모두 정통에서 벗어나 있습니다. 우리가 이끌거나 억누르는 사람도, 우리를 규합하거나 분리시키는 사람도, 모두 정통에서 벗어나 있습니다. 형이상학적인 얘기가 아닙니다. 우리도, 우리를 움직이는 사람도, 그저 아무렇게나 적당히 뒤섞여 있을 뿐입니다. 구멍이 숭숭 뚫린 두개골에 어릿광대의 주먹코를 붙이는 식으로 말입니다. 언젠가 파리에서 그림 한 점을 본 적이 있습니다. 화실에서 팔레트와 붓을 들고 그림을 그리는 원숭이 그림이었지요. 우리 인간은 어차피 물방울에서 생겨난 피조물과 같은 존재가 아닐까요. 원숭이 화가가 장난으로 그린 엉터리 그림이 아닐까요. 방 한가운데에 서 있는 허수아비라고 말해도 좋지 않을까요. 그런데 서로 마주보게 놓여 있는 거울 두 개의 장난 때문에 허수아비의 수가 많아 보일 뿐이지요.

저승을 연상시키는 이 어두운 시간, 제가 보기에는 모든 것이

정처 없이 떠내려가고, 모든 총알이 연기에 가려 부옇게 흐려진 표적을 벗어나는 것처럼 보이지만, 어찌된 셈인지 예수 그리스도의 마지막 몇 마디[78]가 목을 타고 올라오는군요. 입이 떨려서 말이 제대로 나오지 않지만, 여행을 떠나기 전에 준비하는 식량처럼 언젠가는 도움이 되겠지요. 자비를 구하기 위해서만이 아니라, 제가 아무것도 아닌 존재로 돌아가려는 순간 저라는 존재의 무상함이 나만의 문제가 아니라 우리 모두의 고뇌하는 인상을 풍기기 위해서입니다.

이제 새벽이 가까웠습니다. 커튼의 양쪽 자락이 입맞춤을 나누는 언저리에 어렴풋한 한 줄기 파란빛이 떠오르는 것을 보면 새벽이 다가오고 있음을 알 수 있습니다. 해변에서 들려오는 나귀들의 울음소리가 차츰 시들해지고, 요리사들이 아침마다 버리는 음식 찌꺼기를 찾아 갈매기들이 끼룩끼룩 울면서 동쪽 비탈로 날아들 것입니다. 그거야 어쨌든, 올해는 겨울이 무척 빨리 왔습니다. 고드름 칼날이 등을 찌르는 느낌입니다. 땔감이 떨어졌기 때문에 책을 벽난로 속에 집어넣었지만 아무 소용이 없습니다. 책들은 재가 되었지만, 책 속에 있는 위인들과 마법사들은 저를 따뜻하게 해주지 않습니다. 성 안에 있는 아틀란테[79], 동굴 속에 있

---

78 예수가 십자가에 못 박혀 숨을 거두기 전에 부르짖은 마지막 말 "나의 하느님, 나의 하느님, 어찌하여 나를 버리셨나이까?"(마태복음 27장 46절)
79 루도비코 아리오스토의 《광란의 오를란도》에 나오는 마법사.

는 프로스페로[80], 감옥에 있는 세기스문도[81]……. 그들처럼 저도 타닥타닥 튀는 소리와 연기 냄새에 둘러싸여 재가 될 것입니다.

저는 공기 속에서 새로운 정적을 느끼고 있습니다. 죄수나 경비병들은 모두 사라졌거나, 죄를 사면받았거나, 달아나버린 모양입니다. 저 혼자 섬에 유배된 것처럼 살아남아 있습니다. 이제 죽음을 앞두고 마지막으로 이 세상을 보고 싶어 얼굴을 밖으로 내밀어보니, 하늘과 바다 사이에 무언가 당당한 것이 보이지만, 아무리 애를 써도 그게 무엇인지 알아볼 수가 없습니다. 기구인지 구름인지, 아니면 천사인지. 문득 아제실라오의 팔뚝에 새겨져 있던 문신이 기억납니다. 그놈은 나비가 핀에 꽂힌 모양이라고 말했지만, 하늘과 바다 사이에 있는 그것이 기구든 구름이든 천사든, 거기에서 저는 제가 하늘로 날아오를 거라는 예언을 읽을 수 있다고 고집스럽게 생각하고 있습니다.

하지만 구구한 변명과 궤변처럼 들리는 비유에는 마침표를 찍기로 하겠습니다. 저는 이제 더 이상 쓸 말도 없고, 할 일도 한 가지를 제외하고는 남아 있지 않습니다. 망나니 스미릴리오가 자진해서 제 일을 도와줄 거라고는 기대하지 않습니다. 피 묻은 앞치마를 두르고 두 눈만 뚫린 복면을 쓴 차림으로, 문을 두드리고 제 방으로 들어오리라고는 기대하지 않습니다.

---

80 셰익스피어의 《폭풍우》에 나오는 주인공으로, 동생의 술책으로 추방된 뒤 무인도에 표착하여 마법을 터득한 밀라노의 공작.
81 칼데론 데 라 바르카의 《인생은 꿈》에 나오는 폴란드 왕자.

나중에 저한테 옷을 입혀줄 사람이 발레스트라인지 아니면 다른 누구인지는 알 수 없지만, 그는 예복이 단정하게 개켜져 침대 위에 놓여 있는 것을 보게 될 것입니다. 감색 연미복, 진홍색 바지, 훈장, 털모자, 칼······. 사제복인 셈인데, 저는 아무것도 듣지 못하는 섬의 귀에다 대고 이 사람이야말로 신성하다고 끈질기게 외치고 있습니다. 지금 섬은 고요합니다. 오늘 아침은 진짜 수탉은커녕, 그 가짜 수탉의 목소리도 들리지 않습니다. 요새 기슭의 파도도 잠잠하고, 제 머릿속에 살고 있는 무스타초의 이빨도 잠잠합니다.

저는 그동안 줄곧 무슨 꿈을 꾸었던 것일까요. 그리고 지금은 또 무슨 꿈을 꾸고 있는 것일까요. 마치 무대의 막을 내리는 끈을 손에 쥐고 있는 것처럼, 심장이 두근거려 금방이라도 터질 것 같고, 설명할 수 없는 강렬한 행복감이 넘쳐흐르는 느낌입니다. 초인간적인 알파벳의 신비로운 작용 속에서, 제가 굴러 떨어진 어둠의 '오메가'가 영원한 빛의 '알파'가 되는 것은 아닐까요?

잠시 후에는 알게 되겠지만, 그 순간에는 제가 알고 있다는 것조차 모르게 될 것입니다. 저는 두 다리 사이에 소총을 끼우고, 한쪽 발을 방아쇠에 걸고, 입 안에는 총구를 집어넣고, 이마에는 흰 깃발을 두른 가운데, 우주의 정적 속에서 울려 퍼지는 커다란 총성을 하느님의 외침소리처럼 듣게 될 것입니다.

옮긴이의 덧붙임

작가에 대한 소개부터 해야 할 것 같다.

《그날 밤의 거짓말》의 저자인 제수알도 부팔리노$^{\text{Gesualdo Bufalino}}$는 이탈리아에서는 묵직하고 특이한 작가로 평가받고 있다. 1920년에 이탈리아 남부의 시칠리아 섬에 있는 코미소에서 태어나 제2차 세계대전 때 징집되어 참전한 기간을 빼고는 1996년에 불의의 교통사고로 타계할 때까지 평생을 고향에서 살았다. 코미소는 인구가 3만 명도 안 되는 작은 도시이다.

이 작품을 발표한 것은 1988년, 작가의 나이 68세 때이므로, 그를 원로 작가라고 불러도 좋겠지만, 그런데 그게 좀 망설여진다. 1988년까지 발표한 저술 목록을 살펴보면 다음과 같다.

《전염병 전파자의 이야기》(소설, 1981)

《쓴 꿀》(시집, 1982)

《그림자 박물관》(에세이, 1982)

《소설 인물 사전》(1982)

《눈먼 아르고》 (소설, 1984)

《무표정》 (칼럼집, 1985)

《상처 받은 남자》 (소설, 1986)

《회의주의자》 (금언집, 1987)

《빛과 죽음》 (에세이, 1988)

《시칠리아의 소금》 (에세이, 1988)

위에서 볼 수 있듯이 작품은 모두 1980년 이후에 발표한 것들이다. 그러므로 부팔리노는 거의 평생을 교직과 번역에 종사하다가 환갑이 지나서야 작가로 데뷔했음을 알 수 있다. 그를 원로작가라고 부르는 데 망설인 까닭이 거기에 있다.

그리고 그는 왜 '묵직하고 특이한 작가'인가. 여기에 대해서도 설명이 필요하다. 나이는 많다고 하지만 문학적 연륜으로 보면 신예 작가에 지나지 않는데도, 이탈리아를 비롯한 유럽의 문단과 언론에서는 부팔리노를 모라비아나 샤샤 같은 대가들과 같은 반열에 놓고 있다. 그렇다면 이 늦깎이 작가가 그처럼 높은 평가와 대접을 받는 이유는 무엇일까. 그것은 처녀작인 《전염병 전파자의 이야기》가 '캄피엘로 문학상' 대상을 받았기 때문이다. 이 상은 대상을 뽑는 방식이 특이한데, 우선 전문가들의 추천을 받아 다섯 편의 작품을 선정한 다음, 이 다섯 작품을 놓고 일반 독자들이 투표하여 대상을 결정한다. 무명작가의 처녀작이 다섯 편의 작품 가운데 하나로 뽑힌 것만으로도 주목할 만한 일인데,

대상까지 차지한 것은 보기 드문 사건이었다. 특히 1981년에 선정된 다섯 명 가운데에는 거물급 여류작가인 안나 반티, 시인이자 시나리오 작가로 유명한 토니노 게라 등 내로라하는 작가들이 포함되어 있었기 때문에 부팔리노가 대상을 받으리라고는 아무도 예상하지 못했다. 그런데도 그는 압도적인 지지로 대상을 획득했던 것이다.

이 《전염병 전파자의 이야기》는 제2차 세계대전 직후인 1940년대 중반부터 쓰기 시작하여 한때 중단했다가, 1970년부터 1971년까지 초고를 완성했지만, 책상 서랍에 넣어둔 채 퇴고 작업을 계속했다. 우연히 이 작품을 읽은 레오나르도 샤샤가 부팔리노를 설득하여, 시칠리아의 작은 출판사에서 출간했다. 그래서 세상에 나오게 되었는데, 이 작품은 발표되자마자 '문학적 사건'으로 화제를 모았다.

부팔리노는 처녀작으로 단번에 문학적 성공을 거두었지만, 그 후의 작품들도 기대에 어긋남이 없었다. 특히 《그날 밤의 거짓말》은 20세기 이탈리아 문학을 대표하는 작품의 하나가 될 것이라는 평가까지 받았다. 이 책은 발표되자마자 각종 문학상의 후보 물망에 올랐으나, 작가 자신은 그런 데에 전혀 관심이 없었다. 출판사 측에서 설득한 끝에 겨우 '스트레가 문학상' 후보가 되는 것을 허락받았는데, 부팔리노가 후보에 올랐다는 소식이 전해지자 다른 후보자들이 자진 사퇴해버렸다. 그래서 1988년도 스트레가 문학상은 무투표로 결정되었다. 캄피엘로 문학상도 그렇고, 스트레가 문학상의 경우를 보아도 부팔리노의 실력이 어느 정도인지를 충분히 알 수 있다.

《그날 밤의 거짓말》(원제 : Le menzogne della notte)은 한마디로 말해서 지적 유희의 소설이라고 할 수 있다. 무대는 19세기 중엽의 시칠리아 왕국에 딸린 어느 외딴 섬의 요새 감옥. 부르봉 왕가의 지배로부터 벗어나기 위해 국왕을 암살하려다 붙잡혀 사형선고를 받은 네 명의 사내가 참수형을 하루 앞두고 마지막 밤을 보내고 있다.

인가푸 남작 : 50대. 귀족 출신. 쌍둥이 동생의 죽음을 통해 새로운 사상에 눈을 뜨고 비밀결사에 가담한 뒤, 혁명 활동가로 변신.
살림베니 : 40대. 자칭 시인. 본명도 직업도 미상. 국왕과 교회를 비꼬는 풍자시를 유포하는 등, 신출귀몰한 모험가이며 음악 애호가.
아제실라오 : 30대. 병사. 사생아로 태어나 수도원에서 성장. 열다섯 살 때 환속하여 군에 입대. 상관을 살해하고 탈영한 뒤 인가푸 일당에 가담. 폭파 전문가.
나르치소 : 20대. 학생. 어릴 적부터 지상과 천상의 권력에 반항적이었으며, 살림베니의 심복으로 비밀결사에 가담한 미남 청년.

이들 네 사람은 마치 《데카메론》에서 페스트의 공포를 잊기 위해 이야기로 기분을 달래듯, 처형을 앞두고 남은 시간 동안 각자가 차례대로 자신의 인생을 회고한다. 그러나 그들의 이야기 속에는 진실과 거짓, 실재와 환상, 보람과 회한이 뒤섞여 있으며, 이 모든 것은 결국 또 다른 음모를 향하여 치밀하게 전개된다. 마침내 소설이 끝났을 때 독자들은 과연 어떤 기분일까.

작가는 이 소설에서 추리소설의 기법과 장치를 몇 겹으로 짜맞추고 있을 뿐만 아니라, 문학과 오페라 아리아 등에서 인용한 구절들을 콜라주처럼 짜깁기함으로써 책벌레다운 면모를 과시하고 있다. 이 책에 인용된 구절들은 대부분 이탈리아의 고전 작가들의 문장이지만, 스탕달의 문장도 들어 있는 모양이다. 호사가라면 어디에 누구의 구절이 숨어 있는지 찾아내는 즐거움도 있을 것이다.

제목에 쓰인 단어 '거짓말(Le menzogne)'에는 밀고·허구·공상·기만 등 이 책의 내용이 모두 관련되어 있으며, 이 '거짓말'이야말로 실은 문학의 실체가 아닌가 싶다.

문학은 흔히 허구를 통하여 인생의 진실을 호소하는 한 수단이라고 말한다. 이때 허구란 물론 시간과 공간을 초월한 가공의 상황 및 사건이다. 따라서 이 책에 묘사된 줄거리는 물론이거니와, 역사적 배경과 지리적 공간도 거의 다 작가의 머릿속에만 존재하는 '가공의 사실'이다. 그리고 보면 이 소설에 역주를 달 필요는 없었을 것이다. 그런데도 몇몇 필요한 대목이나 사항에 설명을 덧붙인 까닭은, 그렇게 하는 것이 이 책에 대한 독서의 즐거움을 좀 더 높일 수 있지 않을까 하는 역자 나름의 노파심 때문이었다.

앞에서도 말했듯이 이 책은 19세기 중엽을 시대적 배경으로 하고 있다. 다음은 1850년을 전후한 이탈리아의 역사적 상황을 요약한 글인데, 이 책을 읽는 데 도움이 될까 하여 덧붙여둔다.

19세기 전반까지만 해도 이탈리아는 크고 작은 여러 나라로 분열되어 있었다. 북부는 합스부르크 왕가의 오스트리아 제국이 롬바르디아와 베네치아 지방을 다스렸고, 로마에서 마르케에 이르는 중부 지역은 교황령이었고, 남부는 스페인계 부르봉 왕가가 나폴리 왕국과 시칠리아 왕국을 지배했으며, 서북부의 피에몬테 지방과 사르데냐 섬은 이탈리아 계통의 사보이아 왕가가 지배했다. 그 밖에 토스카나 공국, 파르마 공국, 모데나 공국은 오스트리아에 예속된 귀족들이 다스렸다.

이처럼 국토가 분열되어 있는데도, 이탈리아 사람들은 통일을 지향하는 열정보다는 지방적 전통에 애착하는 태도가 보편적이었고, 그래서 북쪽의 도시인들은 남쪽의 시칠리아 사람들에 대하여 동족으로서의 애정이나 친밀감이 별로 없었다. 그뿐만 아니라 이탈리아 사람들은 종교적 심성이 뿌리 깊은 탓에 왕이나 교회의 지배를 당연한 것으로 믿었으며, 그래서 18세기 후반에 미국과 프랑스에서 혁명이 일어나 자유와 평등을 기조로 하는 새로운 이데올로기가 유럽을 휩쓸었음에도 불구하고 이탈리아는 여전히 구체제의 세계관을 답습하고 있었다.

그러나 나폴레옹의 지배를 받으면서 사정이 달라졌다. 이탈리아 내의 여러 나라들 사이의 장벽이 무너지기 시작했으며, 헌법이 제정되고 의회제도가 실시되는 등 정치적 체제도 새롭게 바뀌었던 것이다. 이렇게 시작된 흐름은 나폴레옹이 몰락한 뒤에도 멈추지 않고 계속되었다. 물론 나폴레옹의 지배가 떠나간 자리에는 왕정을 회복한 왕국들이 다시 들어섰지만, 지하에서는 조국의 독립과 자유를 쟁취하기 위한 비밀결사가 조직되어 활발히 움직였다. 여러 조직이 있었으나, 특히 '카르보나리'가 가장 주목할 만한 활동을 전개하여 전국에 지부를 결성하기에 이르렀다.

카르보나리는 1820년에 시칠리아 왕국에서 자유주의적 개혁을 이루었고, 1831~1832년에는 교황령에서 자유주의 혁명을 일으키기도 했으나 오스트리아의 간섭과 개입으로 실패하고 말았다. 이러한 좌절 속에서 등장한 마치니는 '청년 이탈리아'당을 조직(1831년)하여 혁명의 새로운 토대를 쌓는 데 진력했다. 그의 노력은 좌절을 거듭했지만, 카부르라는 또 하나의 영웅에게 독립 및 통일에 대한 신념을 심어주었다. 13년 동안의 남아메리카 망명생활을 끝내고 귀국한 카부르의 정치적 역량과 외교적 수완 덕분에 롬바르디아가 오스트리아의 지배에서 벗어날 수 있었으며(1858년), 그의 활동은 남쪽의 시칠리아 왕국 내에서 독립과 통일을 지향하는 혁명 세력에게 큰 자극이 되었다. 이때 등장한 인물이 바로 가리발디다. 카부르의 후원을 받은 가리발디는 '천인대天人隊'(붉은 셔츠를 입은 천 명의 의용군 부대)를 이끌고 시칠리아 섬에 상륙하여 부르봉 왕가의 지배를 종식시킨(1860년) 뒤, 이 지역을 사르데냐 왕 비토리오 에마누엘레 2세에게 넘겨주었다. 이듬해 3월에 에마누엘레 2세는 자신이 이탈리아의 유일한 국왕임을 선포하고, 가리발디가 양도한 남부 지역을 왕국의 영토로 편입시켰다. 그러나 오스트리아가 장악하고 있는 베네치아 지방과 프랑스가 수비하고 있는 로마는 신생 이탈리아 왕국의 영토가 아니었다.

그래서 이탈리아는 프로이센-오스트리아 전쟁(1866년) 때 프로이센과 손을 잡고 오스트리아를 패배시킨 뒤 베네치아를 손에 넣었으며, 프로이센-프랑스 전쟁(1870년)이 일어나 프랑스군 수비대가 로마에서 철수하자 이탈리아는 곧 군대를 진군시켜 교황령을 병합하고 로마를 수도로 지명했다. 이로써 이탈리아는 통일된 민족국가를 세우게 되었다(1870년 9월 20일).

끝으로 한 마디―

이 책은 원래 이탈리아어로 씌어졌다. 그러나 역자는 이탈리아 말을 모르기 때문에 다른 나라 언어로 번역된 책을 가지고 중역할 수밖에 없었다. 영역판을 대본으로 삼고 일역판을 참조했다.

* * * *

내가 이 책을 번역한 것은 1994년이었다. 그 후 20년 세월이 흐른 뒤 〈섬앤섬〉 출판사에서 제의가 들어왔는데, 내가 번역한 책이 '회복저작물'에 해당한다면서, 이 책을 다시 내고 싶다는 것이다. 이 책을 처음 읽은 날의 감동이 되살아났다. 그 무렵은 나도 소설을 쓰느라 끙끙대던 때여서, 외국에서 괜찮은 소설이 나오면 어떻게든 구해서 읽고는, 안도감으로 가슴을 쓸어내리기도 하고 절망감으로 가슴을 치기도 했는데, 결국 내가 소설을 접은 것은 몇몇 소설이 나에게 안겨준 절망감 때문이었다. 그만한 소설도 못 쓸 거면서 소설을 쓴다고 애쓰는 꼴이 안타깝고 부끄러웠던 것이다. 그런 소설들 가운데 하나가 바로 이 책 《그날 밤의 거짓말》이다(출판사를 하는 친구가 한번 읽어보라고 책을 주었는데, 읽어보고는 내가 먼저 번역해서 내자고 제의했던 기억이 난다). 원작이 뛰어나면 번역은 그만큼 힘들다. 수준에 맞추려면 몇 곱절 애써야 하기 때문이다. 그래서 번역에도 나름대로 정성과 노력을 쏟았던 기억이 새롭다.

2013년 여름에 초판을 내면서 위의 글을 '역자 후기'로 썼는데, 이번에 작가의 탄생 100주년을 기념하여 개정판을 내게 되었다. 그동안 절판되는 바람에 독자들은 읽고 싶어도 책을 구할 수 없었는데, 이제 다시 나오게 되었으니 참 다행한 일이 아닐 수 없다.

2020년 가을, 제주 애월에서
김석희

그날 밤의 거짓말

개정판 제1쇄 발행 2013년 8월 10일
개정신판 제1쇄 발행 2020년 11월 15일

지은이 제수알도 부팔리노
옮긴이 김석희

펴낸이 김현주

편집장 한예솔
교 정 김형수
디자인 노병권
마케팅 한희덕
펴낸곳 섬앤섬

출판신고 2008년 12월 1일 제396-2008-000090호
주   소 경기도 고양시 일산동구 백석로 119, 210-1003호
주문전화 070-7763-7200   **팩스** 031-907-9420
전자우편 somensum@naver.com
인   쇄 세영미디어

ISBN 978-89-97454-42-6 03880

이 책의 출판권은 섬앤섬 출판사가 소유합니다. 저작권법에 따라 보호를 받는 저작물이므로 무단 전재와 복제를 금합니다.

이 도서의 국립중앙도서관 출판예정도서목록(CIP)은 서지정보유통지원시스템 홈페이지(http://seoji.nl.go.kr)와 국가자료종합목톡 구축시스템(http://kolis-net.nl.go.kr)에서 이용하실 수 있습니다. (CIP제어번호 : CIP2020041765)